민중을 이끄는 마리안느

민중을 이끄는 마리안느

윤규열 장편소설

개미

소설가의 말

낚시에 따라간 적이 있다.

낚싯배에서 줄을 내렸다. 친구들은 낄낄대며 여러 종류의 물고기를 건져 올렸다.

바람이 불고 배가 흔들렸지만 아무렇지 않게 줄을 내리고 던졌다.

나는 처음이라 그런지 몰라도 물고기가 걸리면 옆에 있는 사람에게 피해를 주었다.

물고기가 빠져나가려고 요동치다가 다른 사람이 내린 줄을 엉키게 하였다.

친구들은 용케도 아무렇지 않게 물고기를 건져냈지만 쉽게 되지 않았다.

지금 우리 사회에도 낚싯줄이 엉키듯 어수선한 일들이 너무 많다.

자기만 생각하고 행동도 그렇게 한다.

또 모든 사안을 자기에게 유리하게 해석한다.

그들은 자기 합리화의 방편으로 노이즈마케팅을 했다고 말한다.

우리는 3년 전 광화문 광장에서 촛불을 들었다.

새로운 정부가 탄생하였고 적폐로 몰려 수많은 사람들이 영어의 몸이 되었다.

그러나 아직 적폐는 끝나지 않았다.

저항은 시작되었고 그 저항은 시간이 갈수록 커져만 가고 있다.

역사의 한 장이었던 해방.

우리는 한때 적폐였던 반민족 행위자들을 처단하려고 하였다.

그때도 지금처럼 저항이 일어났다.

적폐를 잡으려던 사람들이 도리어 빨갱이라는 생소한 죄로 몰렸다.

어쩌면 시간이 흘러가면서 그때의 일처럼 되돌아가지나 않을지 서늘한 느낌을 받는다.

2019년 7월 미원토굴에서

윤규열

1

초겨울. 사납지 않은 바람이 불었다. 억새밭은 온통 갈색 천지였다.

사각거리는 강변의 억새밭을 걷던 성규는 성글게 잎이 매달려있는 수양버들 아래 노랗게 칠이 된 나무벤치에 앉았다.

수양버들 아래에 앉아 투명하게 햇볕에 반짝거리는 금강의 물결을 바라보았다. 넓은 강물의 물결이 구겨진 도화지처럼 잔잔하게 출렁거리고 있었다. 반짝거리는 물결은 물 위로 떠오른 수백 마리의 물고기 은빛비늘로 착각할 정도였다.

한동안 생각 없이 강물을 바라보고 있을 때 강물 저쪽에서 일순 작은 토네이도가 일었다.

잔잔하던 강물이 갑자기 크게 흔들거리며 갈대숲으로 밀려오자 갈대숲이 출렁이며 수런거렸다.

토네이도는 강물 위를 이리저리 핥고 다니다 드디어는 성규가 앉아있는 억새밭 나무벤치로 다가왔다.

바람이 억새밭에 이르자 숲이 아우성치며 머리를 흔들고 몸을 비틀었다. 앙상한 버드나무 가지에서도 바람이 고음의 쇳소리를 내며 지나다녔다.

“이곳은 가끔씩 이렇단 말이야.”

성규는 날아다니는 억새 잎과 먼지를 피하려고 눈을 감았다.

갈대밭은 사각거리는가 싶더니 어느새 고음의 쇳소리로 몸살하는 소리가 들렸다. 그 소리는 아버지의 음성이 섞여있는 것 같았다.

아버지의 마지막 신음소리가 깊은 동굴 속에서 들려오듯 시나브로 또렷하게 들려왔다.

“성규야. 아버지의 마음을 잘 알고 있지.”

병상에 누워있던 아버지가 힘겹게 말한 마지막 유언이었다.

성규는 유년시절부터 아버지와 해망동 끝집에서 살았다.

아버지는 바람 치는 해망동 끝집에서 어머니와 성규를 남겨두고 배를 타고 동지나와 남지나로 고기를 잡으러 나갔고 보름이 되어서야 집으로 돌아왔다.

아버지가 집을 나가면 어머니는 근처 어판장에 가서 일을 하였다. 어머니의 일은 먼 바다에서 들어온 물고기를 다듬고 분류하며 크기와 종류대로 어상자에 담아 공판을 할 수 있도록 돕는 일이었다.

유년시절 성규는 늘 혼자였다.

해망동 끝집에 살면서 위로 조금만 오르면 곧 월명산에 있는 수시탑에 닿았다. 여름철 울창한 소나무와 숲으로 길이 막혀있는 월명산 수시탑에 오르면 바람이 시원하게 불었다.

북서풍을 막는 시내 안쪽 사람들은 늘 월명산을 보배로운 산으로 불렀지만 해망동 북서쪽에 살고 있는 사람들은 그런 혜택을 볼 수 없어 고스란히 북서풍을 안고 살아야 했다.

겨울철에는 늘 한기 섞인 바닷바람과 맞닥뜨려 살았고 한 여름에는 물고기 썩는 냄새와 시름해야 했다.

겨울바람은 늘 성규가 살고 있는 월명산 산허리에 머물러 있었다. 방 안에서도 바람소리가 휘휘 하고 마치 귀신들이 움직이는 소리처럼 들렸다. 광풍이 불어올 때에는 문풍지를 찢어버리려고 방문을 흔들어 댔다.

겨울철에는 늘 한기가 머물러 있어 잔설이 겨우내 골목길에 쌓여 봄바람을 기다렸다.

배가 입항해서 돌아온 아버지는 봄바람이 불기 시작하면 술 마시는 날이 잦았다.

"이 환장할 것 같은 마포름."

무슨 뜻인지 아무도 이해할 수 없는 말을 하면서 술을 마셨고 취기가 오르면 어느새 두 눈에는 눈물이 고여있었다.

아버지가 출항하고 혼자서 어두컴컴한 방안에서 지내다보면 어느새 보름이 되었고 해망동에는 배들이 들어왔다는 신호로 물고기비린내가 진동하였다. 어머니는 아버지가 배를 타고 나간 것을 어떻게 알았는지 알아내고는 부둣가로 나갔다.

아버지와 어머니는 늘 배가 들어오는 날에는 같이 집으로 들어왔다. 집으로 들어온 아버지의 일성은 이랬다.

"오늘은 고향 동네가 보이는 그 바다에 그물을 내렸당게. 고향 냄새가 물씬물씬 풍겼고. 그물에는 그놈의 은갈치가 그리도 많이 들었고……. 고향의 물고기들이지. 성규야, 아버지 고향 행원리를 너도 잘 알지."

성규는 그 말을 들을 때마다 고개를 끄덕였다.

하지만 성규는 아버지의 고향을 단 한 번도 가지 않았고 잘 알지도 못했다. 아버지는 고향을 그리워하면서도 말만하였지 한 번도 찾지 않았다.

바람이 울고 울적한 날이 되면 늘 막걸리 한 병을 어두컴컴한 방안으로 들고 들어가 혼자서 술을 마셨다.

아버지는 깊은 한숨과 함께 술을 넘겼다. 그 모습을 옆에서 바라보고만 있던 성규는 아버지의 슬픈 모습에 감히 말을 붙여볼 엄두도 내지 못했다.

“성규야, 지금은 살기 좋아졌다. 아버지의 아버지와 아버지의 어머니 너의 할아버지와 할머니 말이다.”

그 말을 해놓고 더 이상 말을 잇지 못하고 눈물을 흘렸다.

그때 아버지의 힘없는 눈동자는 먼 고향 그 어디엔가 꽂혀 있는 것 같았다.

수런거리는 소리에 눈을 떴다. 작은 새인 촉새 떼가 억새 숲 속에서 사람이 있다고 떠들어 댔다.

성규는 아버지의 고향을 꼭 가봐야겠다고 마음을 먹다가도 늘 그 생각은 생각에서 멈췄다.

고향의 자세한 내용도 아버지가 술을 마시며 토막토막 한 말이 전부이고 또 아버지의 고향을 알 수 있는 혈족도 없었다.

“성규야, 아버지는 홀로 이곳으로 들어 왔단다. 고향엔 아무도 남아있지 않았어. 이곳 미친바람이 부는 해망동을 떠나려 해도 갈 곳이 없었다. 그래도 봄 판이 되면 마포름만은 못해도 이곳 바람도 마포름과 비슷하다. 너는 이곳이 고향이지만 아버지의 고향도 너의 고향이 되는 것이다.”

아버지는 그 말을 해놓고 성규의 눈을 똑바로 바라보았다. 그때 바라보는 아버지의 눈은 검붉은 눈이었다. 프랑스에 있을 때도 아버지의 그 검붉은 눈이 마치 몸의 일부처럼 따라다녔다.

강물을 바라보았다. 갈대가 사각거리는 소리만큼 파도의

깊이가 컸다. 눈을 감고 타국에서 생각하곤 했던 익숙한 소리를 생각해 보았다. 아득히 멀리에서부터 소리가 들려왔다. 고향이 생각나면 늘 들려오던 소리였다.

그 소리는 아버지가 먼 바다로 나가고 어머니가 말하는 소리였다. 어머니는 고음도 아니고 늘 나지막한 소리였다.

유학의 길에서도 센강을 걸으면 환청처럼 늘 들려오는 소리였다. 성규는 어느 때부턴가 어머니의 목소리가 슬프게 들렸다.

"성규야, 아버지가 어디쯤에 계실까?"

"바다 어디쯤 있겠죠."

어머니의 얼굴은 늘 수심이 가득했다.

아버지는 해망동 산동네를 떠나면 늘 아무런 소식이 없었다.

성규는 초등학교 방과후에 늘 홀로 월명산 주변을 떠돌았다. 그땐 가끔씩 키 큰 왕 소나무와 소나무 그늘에 말없이 피어나던 동백꽃을 바라보는 것이 유일한 취미였다.

"아버지께선 고기 잡는 것이 그렇게 재미있대요."

성규가 아버지를 기다리는 어머니를 바라보며 원망스럽다는 듯 말했지만 어머니는 아무런 표정을 짓지 않았다.

"너도 아버지의 고향 잘 알고 있지."

"제주도……"

"그래 아버지는 그 제주 앞바다가 이곳보다 좋은 신 모양이구나."

성규는 괜한 말을 했다고 생각하고 앉은뱅이책상 앞으로 가 숙제를 한다고 책을 꺼냈다.

늘 그런 식이었다. 어머니는 아버지가 하는 일을 그리 좋아하지 않았지만 그것이 아버지의 천직이라는 것을 부인하지 않았다.

어머니를 생각하다 다시 일어나 억새밭을 걸었다. 억새의 흰 목이 출렁거리며 고개를 끄덕였다. 뿌연 억새의 머리 사이로 조잘거리며 촉새 떼가 따라왔다.

발걸음을 천천히 하면서 촉새들의 이야기를 들었다. 새들의 이야기는 어떤 땐 비웃는 소리로 어떤 땐 칭찬의 소리로 들리기도 하였다.

귀국을 하면서도 아버지의 기구한 삶이 자꾸만 떠올랐다. 어머니가 암으로 세상을 등진 후로 아버지는 말을 잃었다. 겨우 말을 시작했을 때는 그나마 술을 마신 후였다.

입항 후엔 술을 입에 대지 않던 아버지는 집에 들어와 막걸리 한 병을 마시는 것이 전부였다.

유학을 결정하고 유학 고시에 합격했다고 말했을 때 얼굴에 미소가 가득했지만 곧 그 미소는 사라져 버렸다. 성규는 그것을 어머니에게 자신이 해주지 못한 현실에 대한 죄책감으로 생각했다.

어느 날 어두컴컴한 방 안에서 했던 아버지의 말을 떠올려

보았다.

“성규야, 이제 너도 많이 컸다. 다른 집 아이들처럼 해주지 못해 미안하구나. 하지만 이게 내 최선이었다. 지금은 어머니가 먼 길 떠나 없지만 너는 꼭 곁에 어머니가 계시다고 생각하면서 생활해야 한다.”

아버지는 그 말을 하고는 눈을 감았다.

어떤 일이 있었는지 모르지만 아버지의 눈에서 두 줄기 눈물이 방바닥으로 떨어졌다.

아버지와 둘이서 어머니를 화장하고 어머니의 유골 상자를 방 안에다 49일 동안 모시고 살았다.

아버지는 한동안 배를 타지 않고 어머니의 유골 상자를 지켰다. 그것이 아버지로서는 어머니에게 해 줄 수 있는 최선의 방법이었을 것이다.

성규는 아버지 곁에서 아버지의 행동을 지켜보기만 했다.

49일이 되던 날 성규를 앞세운 아버지는 어머니의 유골 상자를 들고 군산 앞바다로 멀리 나갔다.

안벽 끝에서 우리를 기다리고 있던 작은 전마선에 오르고 아버지는 전마선 선장에게 최대한 멀리 가자고 하였다.

아버지는 가슴에 어머니 유골 상자를 꼭 껴안고 바다의 어느 곳에 갈 때까지 꼼짝도 하지 않고 앉아있었다.

그곳이 어디쯤인지는 모르지만 해망동 앞바다의 탁류가 아니고 맑은 물이 넘실대는 곳이었다.

"이 전마선으로는 더는 가지 못해요."

전마선 선장은 아버지를 바라보며 미안한 듯 조심스럽게 말했다.

"여기서 멈춰주세요."

아버지의 말이 떨어지자 전마선 선장은 기다렸다는 듯 실외기를 껐다. 전마선은 작은 파도에 밀려 천천히 떠내려갔다.

아버지는 어머니의 유골 상자를 조심스럽게 열었다. 유골 상자에 손을 집어넣고 어머니의 유골을 한 움큼 꺼냈다. 그 순간 아버지의 손이 조그맣게 떨렸다.

"여보, 미안해요. 제주 앞바다까지 훨훨 떠나시오. 나도 곧 따라 갈 것이니."

그 말을 하고 유골을 바다 위에 뿌렸다. 그때 아버지의 눈에는 눈물이 그렁그렁 맺혀있었다.

성규는 그런 아버지의 행동을 살펴보고만 있었다. 어머니의 유골을 몇 움큼을 바다에 뿌린 아버지는 성규를 바라보았다.

성규는 아버지의 생각을 알아차렸다는 듯 어머니의 유골을 조심스럽게 꺼내 아버지가 했던 대로 바다에 뿌렸다.

"어머니, 편안하게 쉬세요."

그것이 마지막 이별의 말이었다.

어머니를 그렇게 떠나보내고 집으로 돌아온 아버지는 술

을 마시며 말했다.

술기운이 아니라면 말을 하지 못하겠는지 한숨을 몇 번 몰아 쉰 다음에야 비장한 표정으로 성규 앞으로 바짝 다가앉았다.

"아버지는 늘 고향을 생각하며 살았다. 아버지는 고향 앞바다까지 가서 고기를 잡았지만 고향땅은 한 번도 밟지 않았다. 그 이유는 고향을 아버지의 가슴에 묻고자 한 것 때문이었다…… 그것은 아버지의 일이고 너는 아버지와 다르니 아버지의 고향을 가든지 하는 것은 너의 자유이다."

아버지의 그 말은 항상 귀 주위를 핥고 다녔다. 아무리 이국땅 멀리 떠나 있어도 아버지의 그 말은 늘 귓전에 있었다.

아버지는 왜 고향을 떠나고 나서 다시는 고향땅에 한 번도 밟지 않았을까? 라는 의문이 시작된 것은 아버지가 위독하다는 것을 접하고부터였다.

술을 마시면 늘 한탄하듯 했던 말들을 유추해 보면서 갈대밭을 걸었다. 생각이 깊어질수록 갈대는 고음으로 울었다. 그땐 수런거리는 작은 새들의 목소리 따윈 귀에 들리지도 않았다.

"성규야. 아버지의 마음을 잘 알고 있지."

아버지는 늘 그 말을 하고 이야기처럼 아버지가 겪었던 옛날이야기를 하였다. 그때는 유년시절이었기 때문에 더욱 그 말을 알아들을 수 없었다.

"그때 바다에서 한라산으로 겨울을 몰아내는 봄바람이 불었지. 그것을 제주 사람들은 마포름이라고 하지. 너는 제주의 마포름을 알지 못할 것이다. 그 나른한 봄바람. 그 나른한 봄바람이 제주지역 전역에 노란 유채꽃을 피워내고 붉은 동백꽃을 피워내지. 그 환장할 것 같은 때에 낯선 사람들이 섬에 들어와 진을 쳤고 선량해 보이는 그 사람들은 인간의 가면을 쓴 악마들이었어. 마을 사람들은 이유 없이 오라면 갔고 누구하나 거역하지 못하였지. 작은 어촌의 촌부인 어머니도 아버지도 옆집 그 아저씨도 아주머니도 할머니도 할아버지도 또 같은 또래의 친구들도 말 한마디 못하고 그렇게 끌려가 조리돌림 당하더니 해가 서쪽 바다로 떨어지던 저녁나절 벼락 치는 천둥소리가 들리고는 돌아오지 않는 거라."

그 말을 끝으로 막걸리 종발을 들었다. 그 떨리는 목소리와 아버지의 손과 눈물을 잊을 길이 없었다.

아버진 그렇게 몇 마디를 하고는 그대로 새우처럼 누워 잠에 들었다.

그렇게 잠이 든 아버지의 이마의 주름살을 살펴보다가 이불을 꺼내 덮어주고는 아버지 옆에 누워 아버지가 했던 말들을 떠올리다가 그 말이 무엇인지를 생각하며 잠이 들었다.

어머니는 밤늦게까지 일을 하고 들어오기 때문에 눈을 떠보면 어느 사이 어머니가 곁에 누워있었다.

그런 날이면 여지없이 꿈속에서 무서운 사람들에게 도망

다니는 꿈을 꾸었다.

강바람에 갈잎들이 사각거리며 달려오는 말발굽 소리처럼 아우성을 쳤다. 성규는 앞에 있는 나무벤치에 앉아 아버지의 한스런 인생역경을 생각해 보았다.

아버지는 갈릴레오가 어떤 사람인가, 소크라테스가 플라톤이 어떤 사람인지 알 까닭이 없었다. 또 프랑스에서 늘 보았던 민중을 이끄는 마리안느를 알 까닭은 더욱더 없을 것이었다.

성규는 차츰 머리가 커지면서 아버지의 아픔을 알 때쯤 유학을 준비하였다. 아버지는 처음엔 이런 촌구석에서 유학이 말이나 되는 거냐고 하였지만 무엇 때문이었는지 갑자기 생각이 바뀌어 그때부터는 이런 촌구석에만 있지 말고 적극적으로 유학을 가라고 말했다.

"너는 나처럼 이렇게 살아서는 안된다. 니가 생각한 대로 유학도 가고 다른 나라에서 자유롭게 살아봐라. 많은 도움은 줄 수 없지만 그래도 힘닿는 데까진 너를 도울 것이니. 나에게는 그것이 어머니에게 미안함을 풀어주는 것이 될 거다."

어머니는 하루도 빠짐없이 해망동 어판장에서 물고기 비린내와 함께 살았다. 성규는 집 앞 울타리에 기대서서 어머니가 일을 하는 파란 지붕의 어판장을 내려다보며 어머니를 생각했다. 밤늦게 어머니가 집으로 들어오면 어머니 몸에서 늘 비릿한 물고기 비린내가 풍겼다.

2

까미유 끌로델. 프레디와 미첼은 그렇게 불렀다. 동양의 보잘 것 없게 생긴 작은 아이를 보고 늘 그렇게 불렀다.

성규는 까미유 끌로델이라는 예명을 들을 때마다 비참하게 생을 마감한 천재 조각가 까미유 끌로델보다는 쁘띠메종이라는 단어를 생각하곤 하였다.

바람에 사각거리는 누렇게 잘 익은 갈잎이 흐느적이며 울어댔다.

'까미유 끌로델. 자네가 파리에 없어서인지 이 늦가을 마로니에의 넓은 잎들이 우수수 속절없이 쏟아져 내리고 있다네. 아버지의 부음을 안 것은 몽파르나스에 있는 르조키에서

네. 잘 다녀오시게.'

미첼의 문자였다.

나무의자에 앉아 미첼에게 문자를 보냈다.

'아무에게도 말하지 않았다네. 같이 살고 있는 프레디에게만 그 말을 했을 뿐이고 이 일을 비밀로 해두라고 했는데 어떻게 알고 문자를 했는가? 고맙고 일이 끝나면 곧 파리로 들어 갈 것이네.'

가을 강둑을 바라보며 마로니에의 낙엽이 길 위를 쓸고 다니는 센강을 떠올려 보았다.

파리에서는 좁다란 센강이었지만 물결은 이곳처럼 조용한 강이 아니었다. 늘 좁은 수로를 따라 세찬 물줄기가 흐르고 그 위를 유람선이 사람을 싣고 오고 갔다. 가끔씩 화물선도 움직였다.

사람들은 그 강둑을 걸으며 사색을 했다. 지난가을 어느 날엔 옷깃을 세운 한 동양 사람을 보았다. 무엇 때문인지 깊은 상념에 젖어서 고개를 깊게 숙이고 걸었다. 동양 사람이라 반가워 자세히 보니 그는 한국에서도 잘 알려진 유명한 음악가였다.

그때 프레디가 말했다.

"까미유 끌로델. 저 사람 아는가?"

그때서야 그를 바라보았다.

"글쎄."

프레디는 음악을 하고 있어 그를 바로 알아보았다.

억새숲을 걸으며 키 큰 미루나무가 긴 밭둑을 차지하고 서 있는 이탈리아의 한적한 시골을 생각하며 이곳에도 강둑을 향해 미루나무가 길게 서있었으면 하는 생각을 하였다.

한국의 혼란스러운 이야기들이 가끔씩 르몽드지의 한쪽에 드러나 있곤 하던 때였다.

친구인 미첼과 프레디는 한국의 일들을 자주 언급하면서 혁명이라는 단어를 앞세웠다.

"이런 혁명도 있는 것인가?"

그때 미첼이 촛불집회를 하는 한국을 말했다.

억새숲에서 새들이 수런거리며 바스락거렸다. 억새숲 위를 강바람이 지나다녔다.

새소리를 귀 기울여 들어보았다. 그 소리는 아버지의 일생을 이야기하고 있는 것 같았다.

아버지는 고향을 떠나 단 한 번도 찾지 않았다는 것을 알면서도 왜 한 번 다녀오라는 말을 하지 않았을까?

그때 아버지는 고향의 말을 하면서 깊은 상념에 젖었다. 어떤 땐 슬펐던지 눈물을 흘렸고 그 눈물 속에는 어떤 분노 같은 것도 담겨있었고 두려움도 섞여있었다.

가끔씩 파리에서 아버지에게 전화를 하면 늘 전화비가 많이 나온다고 말하며 무엇 때문에 전화를 했는지 용건만 말하라고 하였다. 전화의 말미에는 '그곳에서는 이곳 일은 잊어

버리고 너만 잘 있으면 되는 것이다.' 이렇게 말하고 전화를 끊었다.

파리의 한적한 에펠탑 근처의 골목에서 살고 있었지만 늘 마음은 고향인 군산 해망동 끝집을 생각하면서 살았다. 바람이 심하게 부는 날에는 그 생각은 더했다.

'까미유 끌로델. 너는 어떻게 살고 있는 것인가?'

프레디의 문자였다.

갈릴레오가 종교재판을 끝내고 나오며 말했다는 '그래도 지구는 돌고 있다.' 그래서 어떻게 되었다는 것인가? 그래 지구가 태양 주위를 돌고 있다.

언젠가 샹젤리제 거리를 걸어 개선문으로 그리고 콩코르드 광장 벤치에 앉았을 때 프레디는 그렇게 말했다.

"프랑스 혁명이 끝나갈 때 왕정 아래 잘 먹고 잘살았던 사람들이 하나하나 혁명군에 끌려와 단두대에서 목이 잘렸지. 어여뻤던 마리 앙투아네트 목도 잘렸고. 루이 16세의 목도 여지없이 혁명군의 검붉은 눈은 피해가지 않았지. 그도 신이 아닌 인간으로 단두대에서 목이 잘려나갔지. 이곳 콩코르드 광장에 높이 세워진 단두대를 생각해 보게. 그리고 이 광장에 나뒹굴었던 그 잘난 사람들의 머리를."

"이곳이 그곳이란 말인가?"

그때 성규는 푸른 잔디가 깔린 공원 주변을 두려운 눈으로 두리번거렸다.

“혁명은 피를 부르는 것이지. 지나온 것을 깨끗하게 치워 버려야 되지 않겠어. 오죽했으면 그렇게 끝이 난 프랑스 혁명에서도 제2의 프랑스 혁명이 또 일어났겠는가?”

프레디는 한국에서 불고 있는 촛불혁명은 과거를 깨끗하게 청산하지 못할 거라고 하는 소리였다.

한동안 벤치에 앉아 멀리로 보이는 에펠탑이 주황색으로 불을 뿜을 때서야 일어났다. 그 말을 끝으로 프레디는 성규의 표정을 보아가며 말을 하지 않고 에펠탑에서 비치는 불빛만 바라보았다.

센강변을 걸으며 아버지를 생각했다. 혁명은 피를 부르는 것이라던 그의 말이 오래토록 귓전을 맴돌았다.

아버지가 겪었던 그때를 돌아보았다. 4·3이 혁명이었을까? 자유나 평화를 위한 민초들의 몸부림 때문에 그 일을 당했던 것일까? 이곳에서 불었던 프랑스 혁명과는 의미가 다르다는 데까지 생각하고는 한동안 그 자리에 서서 유유히 흘러가는 센강물을 바라보았다.

“까미유 끌로델. 자네는 뭔 생각을 그리 깊게 하고 있나?”

한마디도 하지 않고 성규의 태도만 흘깃흘깃 바라보던 프레디가 센강을 바라보며 말했다.

“옛날 한국에서 있었던 일들을 생각해 보았어.”

“이 강물은 멀리 노르망디로 흘러나간다네.”

그 말을 한 프레디는 한동안 성규의 모습을 바라보기만 하였다. 프레디의 말은 혁명의 강이라는 의미가 있었다.

아무것도 모르고 죽어가는 사람들의 모습을 바라보던 겁에 질린 사람들의 얼굴들이 스쳐 지나갔다.

밤새도록 군인들의 놀림감으로 고문을 당하던 사람들은 낮이 되면 사람들이 보는 앞에서 여지없이 영문도 모른 채 죽어야 했다.

그곳에서는 혁명도 없었고 그렇다고 자유를 갈망하는 그런 눈도 없었다. 그저 살다가 아무런 이유 없이 쓰러졌다. 그것을 참지 못한 일부의 사람들이 무기를 들고 한라산으로 올라갔다.

프레디와 강변을 걸으며 한국에서 있었던 아버지의 과거에 대하여는 한마디도 하지 않았다. 그것이 성규로는 최선이었다.

프레디와 성규는 서로의 깊은 생각을 존중하며 늘 가곤 하였던 몽파르나스에 있는 르조키로 향했다.

르조키에 도착하자 창가에 홀로 앉아 창밖을 바라보던 미첼이 반갑게 바라보며 말했다.

"이곳에 있는 줄 알고 왔네."

미첼의 얼굴에는 반가움이 그대로 표시되어 있었다.

"연주회는 잘 끝났는가?"

미첼이 미안한지 웃으며 말했다.

"연습일 뿐인데."

“본 연주회는 언제인가?”

“얼마 남지 않았어. 난 그냥 따라 하기만 하는 것이니 쉽지.”

프레디는 유리 그림으로 그려진 이곳에서 일을 했다던 끼끼의 모습을 바라보며 생각에 잠겼다.

성규도 아버지가 위독하다는 전화를 접하고부터는 아버지 생각을 하며 말없이 맥주를 따라 마셨다.

그렇게도 반대만 하시던 아버지가 왜 갑자기 유학을 허락한 것일까 생각해 보았다.

만선을 하고 그날따라 목포에서 어판을 했다는 아버지는 실제 입항 날짜와는 다르게 일주일이 넘어서야 집으로 돌아왔다.

그리고 천천히 비장한 모습으로 말했다.

“네가 그렇게 원했던 유학을 이제부터 반대하지 않겠다. 아니 나는 찬성하고 그렇게 하라고 권장하고 싶다.”

아버지가 잡은 고기를 목포항에서 내리고 위판했던 그때가 5·18때였다. 광주에 소요사태가 있었고 광주의 그 민주화운동이 모든 배들의 움직임을 막았던 거였다.

아버지는 그때부터 아들에게 자신의 상처 때문에 헐거워진 삶을 자식에게 넘겨주지 않으려고 그렇게 결단했던 것 같았다.

바람이 불었다

겨울이 깊어가면서 차츰 바람이 차갑게 불었다. 이미 겨울이었지만 갈대나 억새는 그대로 서서 바람을 맞이하고 있었다.

어느 사이 수양버들의 잎이 단 한 잎도 남김 없이 떨어져 축재에 쓰이던 실처럼 긴 줄기를 늘어뜨리고 있었다.

수양버들 잎이 바스락거리는 수양버들 아래 나무의자에 생각 없이 앉아있었다.

그때 핸드폰에서 문자가 날아왔다.

'까미유 끌로델 잘 계시는가? 이곳 파리는 오후 5시만 되면 해가 저물어 파리의 모든 것들을 어둠이 삼켜 버린다네. 친구가 파리에 없으니 뭔지 허전하기만 하네. 어제 미첼은 잠시 다녀온다고 레옹으로 떠났네. 그 우중충하고 뭔가가 골목에서 달려 나올 것 같다던 그 레옹이 그렇게 좋은지 참. 생각 같아서는 미첼과 함께 병문안이라도 해야 하지 않을까? 이야기 했다만 기다리고 있는 일들이 많아 그만두기로 했다네. 미안하네. 이렇게 살고 있는 우리가 안타까울 뿐이네.'

프레디였다.

성규는 문자를 보고 프레디도 곳 파리를 떠날 거라는 생각을 하면서 자리에서 일어났다.

잠시 미첼과 함께 다녔던 레옹을 생각해 보았다.

지금도 직물공장의 건물들이 그대로 남아있는 레옹은 꼭 한국의 낡은 집들이 즐비한 공단지대를 생각하게 하였다.

신발가게는 그대로 있을까? 초콜릿 가게는? 미첼과 다녔던 여러 곳을 생각해 보았다. 지금도 저녁이 되면 일제히 성당에서 종소리가 들리는지도 궁금했다. 론강과 손강의 강줄기도 떠올려 보았다.

억새의 하얀 목이 춤을 추고 있었다.

촉새는 자꾸만 따라오며 자기들끼리 수런거리며 이야기하고 있었고 억새는 서로를 비비며 사각거렸다.

금강의 하구를 걸으며 늘 파리만 생각했다. 성년이 될 무렵부터 쭉 살고 있는 파리가 제2의 고향이었다.

핸드폰을 만지작거리다 프레디에게 문자를 했다.

'프레디 보고 싶네. 이곳으로 온 지도 벌써 꽤 되어가는군. 아버지는 이곳에 도착하자마자 눈을 감았다네. 경황이 없어 연락도 하지 못해 미안하네. 이곳에서 49일은 지나야 다시 파리로 갈 것 같네. 잘 지내시게.'

아버지가 떠나고 나서 외부 사람과는 처음으로 연락하는 것이었다.

3

안온한 꿩의 둥지였다.

월명산이 서북풍을 막고 있는 아담한 자리에 용의 문신이 그려진 조그만 사찰이 평화롭고 조용하게 좌정해 있었다.

사찰로 들어가기 전 문 앞에 멈추어 서서 월명산 홍천사라는 명판과 문에 그려진 사천왕의 그림을 바라보며 유년시절의 옛 추억을 생각하다 안으로 들어갔다.

문 앞에서 보는 것과는 달리 경내에는 안온한 온기가 있었다.

이른 아침이었지만 눈부신 햇살이 아직도 푸른빛을 잃지 않은 댓잎 위에 오소소 쏟아져 내리고 있었다.

푸른 경내와 작은 조약돌이 깔려있는 뜰이 조화를 이루며 작은 터전에 고즈넉한 풍경을 그려내고 있었다.

경내를 들어서려면 알림이 없어도 절 안에서는 조약돌을 밟는 소리 때문에 누군가 경내로 들어왔다는 것을 알렸다.

성규는 조심스럽게 조약돌을 밟으며 법당 쪽으로 올라갔다. 아무도 없었고 조그마한 바람에도 처마 끝에 달린 풍경이 청아하게 아우성치고 있었다.

풍경소리는 걸음을 옮길 때마다 더욱 큰소리로 누군가 들어온다는 것을 알리는 것 같았다.

아버지는 어머니가 암으로 세상을 떠나자 어머니의 유골이 들어있는 나무상자를 들고 배에 오르며 말했었다.

“성규야, 너는 아버지가 떠나면 아버지가 어머니에게 했던 대로만 하면 되는 것이다. 유골함은 납골당에 보관하고 삼일째 되는 날에는 부처님께 극락왕생의 예를 다하고 매 칠일마다 제사를 지내야 한단다. 그리고 49일째 되는 날에는 먼저 부처님께 고한 다음 이렇게 바다에 뿌려야 한다. 위패는 저 너머 홍천사에 모셔두고 말이다. 바다에 뿌려야 죽어서라도 고향으로 갈 거 아니냐.”

그렇게 말하던 아버지는 어머니의 위패를 홍천사에 모셔뒀었다.

성규도 아버지가 했던 대로 아버지의 위패를 홍천사에 모셔두었다.

홍천사에 찾아가 아버지께서 돌아가셨다는 말을 주지에게 직접 말하자 주지는 마치 알고 있었다는 듯 빙그레 웃으며 성규를 맞이하였다.

그날 주지스님은 법당에 앉아 목탁을 두드리며 몇 번이고 지장보살을 외쳤다. 그 소리를 들으며 주지스님의 경 읽는 소리가 끝날 때까지 부처 앞에 절을 하였다.

그 일은 아버지가 했던 그대로였다. 불당 안에서 정성스럽게 아버지가 했던 대로 예를 올렸다. 참배를 하면서 마음속으로 아버지의 극락왕생을 빌었다.

예를 마치고 정중앙에 앉아있는 부처님을 바라보았다. 부처는 마음을 알고 있다는 듯 내려다보며 조용하게 미소를 보내고 있었다.

문득 부처는 얼마나 많은 사람들에게 저런 미소를 보냈을까 하는 생각이 들면서 여러 가지 생각들이 머릿속을 요란스럽게 하였다.

삼층 대웅전을 내려오며 어머니의 모습과 아버지의 모습을 번갈아 떠올렸다.

어머니의 기억은 물고기 비린내가 배어있는 냄새와 더불어 있었고 아버지는 어두컴컴한 방 안에서 하얀 술 종발을 내려놓고 앉아있는 모습이었다.

"저를 모르겠습니까?"

좁은 복도에서 법복을 입은 아낙이 합장을 하며 말했다.

아낙을 바라보았다. 어디서 보았음직한 아낙의 모습인데 좀처럼 누구인지 떠오르지 않았다.

대학에 들어가서 졸업도 하지 않고 줄곳 프랑스에서 생활했던 터라 한국에서의 일을 까맣게 잊어버리고 살았다. 또 한국에는 알 만한 사람도 없었다.

"누구신지?"

"여기 아래에 있는 초등학교에 다니지 않았는지요."

아낙을 자세히 바라보았다. 안면이 있는 사람이었지만 도대체 자세하게 떠오르지 않았다.

"성규 아닌가요."

이름도 또렷하게 알고 있었다.

"네. 맞습니다."

"나 혜숙이."

"아! 혜숙이."

그때서야 어렴풋이 떠오르는 것이 있었다.

혜숙이는 늘 혼자서 노는 아이였다. 아이들과는 동떨어진 곳에서 아무렇지 않게 운동장의 흙을 파며 혼자서 놀았다.

"그런데 이곳에 어떻게."

흥천사의 신도쯤으로 생각하고 법복을 입은 모습을 살폈다. 잘 어울리는 모습이었다.

"흥천사 신도라서, 이곳에서 공양주보살로 봉사하고 있어요. 봉사할 사람도 없고 주지스님의 부탁도 있고 해서."

혜숙은 그 말을 하고 신도들이 기거하고 있는 방으로 안내하였다.

"이렇게 만나다니 정말 오랜만이네."

성규는 초등학교 때 꽤 똑똑했던 혜숙을 떠올리며 방과후에 가끔씩 월명공원 수시탑 앞에서 만나 놀곤 하던 때를 생각해 보았다.

"아버지가 돌아가셨어. 생전에 아버지께서 부탁한 것도 있고 해서 이곳에 위패를 모셨지. 오늘이 삼일째 되는 날이라서 이렇게 찾아왔네. 격식도 모르네. 내가 지금 잘하는지도 모르겠고. 잘 지내지."

"나야 그렇지. 친구들로부터 프랑스에 있다는 소식은 들었어."

"벌써 오래전 일이야. 한국의 일들을 까맣게 잊고 살았는데 갑자기 한국으로 들어오게 되었어. 이렇게 아버지 일로."

"위패를 보았는데 긴가민가했지."

혜숙은 벌써 중년티가 났다. 얼굴에는 무언지 모를 순탄치 않은 생활을 하고 있다는 것을 단적으로 보여주고 있었다.

신도들이 기거하는 방에는 아무도 없었다. 혜숙은 늘 해온 것처럼 능숙하게 다기를 꺼내 차를 준비하였다.

벽에 붙어있는 여러 이해할 수 없는 문구들을 살펴보며 혜숙이가 차를 준비하는 모습을 바라보았다.

"이곳이 집인 것 같아. 능숙한 걸 보면."

혜숙이 것으로 보이는 옷가지 들을 바라보며 말했다.

"이곳에서 1년을 보냈어. 사람들이 싫고 이곳이 편해서 그리고 어려서부터 홍천사 신도였으니까. 지금은 내 어려운 것을 알았는지 주지스님께서 공양주보살로 있어 달라는 부탁이 있고 해서 이곳에 눌러있어."

공양주보살이 무엇을 하는지는 몰라도 꽤 중요한 직책을 가지고 있는 듯 보였다.

"프랑스로 들어간 후로는 한국에 나오지 못했네. 그곳에서는 하루하루가 어떻게 지나갔는지 모를 정도로 세월이 빨랐다네."

그 사이 혜숙이는 다기를 가지고 성규 앞에 앉아 찻잔에 차를 따랐다.

"결혼은 했는가?"

"외국에 있으니 결혼도 그렇게 쉽지 않았네. 차일피일 미루다보니 이렇게 나이는 먹었고 이제는 다 틀린 거 아닌가 싶네."

"그래. 그래도 결혼은 해 봐야 하는 거 아냐."

"파리에도 내 나이쯤 되는 결혼을 하지 않은 친구들이 몇 있네. 그 친구들하고 지내고 있으니 결혼할 필요를 못 느끼지."

"혜숙이는 결혼했는가?"

그 말을 하자 혜숙은 무엇을 생각하는지 잠시 눈을 감았다. 혜숙이의 얼굴에는 벌써 눈가의 주름이 자글자글 피어있었다.

"결혼은 하였지만 그게 순탄하지 않았어. 마음고생만 하다가 이렇게 이곳으로 홀로 들어와 살고 있는 것이고."

"그래."

더는 할 말이 없었다. 괜히 혜숙이의 아픈 상처를 헤집지 않았나하는 미안함에 차를 들었다.

"이곳에서 언제까지 있을 것인가?"

"아버지께서 생전에 사십구재까지는 제사를 지내라고 했어. 그때까진 한국에 있어야지."

"연고도 없을 텐데 무얼 하고 그때까지 기다리나?"

"요즘 금강하구에서 사색을 하며 지내내. 숙소도 그곳에서 멀지 않은 곳에 마련해 두고 있지."

"그래."

"금강하구에 만들어 놓은 공원에는 갈대며 억새가 한창이네. 그곳에서 하루를 보낸다네. 새들하고도 친해져 내가 가면 도망치지도 않아. 이제는 그곳에 익숙해졌어. 그동안은 늘 센강만 생각하고 걸었는데 이곳에서는 금강의 둔치를 걷고 있다네. 한국 사람이라 그런지 센강보다는 이곳 금강의 느낌이 훨씬 좋은 것 같아. 경치도 그렇고 물도 조용해서 사색하기 딱 좋은 곳이야."

"프랑스 파리는 가보지 않았지만 사람들은 센강 센강 하잖아 그렇게 유명한 강이고."

"그렇긴 하지만 이곳보다 좋지는 않아. 이곳에 와보니 이곳이 훨씬 좋아."

"이곳에서 살아오면서 금강하구의 그런 곳이 있는지 알지 못하고 살아왔네. 여유도 없었고. 한 번 가봐야겠어."

시간 가는 줄 모르고 혜숙이와 이야기를 나누었다.

"성규가 좋다는 그 억새밭이며 갈대밭에 한 번 데려다 줄 수 있어."

혜숙이가 어렵게 말했다.

"난 매일같이 그곳에 가지만 같이 간다면 더욱 좋을 듯도 하네."

그 말을 하고 일어섰다.

혜숙은 문을 열어주며 잘 가라고 눈인사를 하였다.

문을 나서며 햇살이 오소소 쏟아져 내리는 경내를 바라보았다.

고즈넉한 경내의 풍경이 마음을 차분하게 하였다. 고요를 깨듯 간간히 조용하게 풍경소리가 울안에 울려 퍼졌다.

"잘 있어."

혜숙은 성규가 정문을 나설 때까지 방문 앞에 서서 바라보고 있었다.

흥천사를 나와 바로 월명산으로 올라갔다. 아직도 왕소나무 아래에는 동백이 꽃망울을 머물고 있었다.

수시탑까지 올라가 뿌옇게 보이는 군산 앞바다를 바라보았다. 미세먼지 때문인지 유년에 보았던 강 건너가 흰 천으로 가려져있는 듯 보였다.

계단에 앉아 지난 세월을 생각했다. 예전에 살던 산동네는 이미 철거되어 험한 몰골로 남아있었다.

한동안 유년의 기억을 더듬다 늘 오르고 했던 길을 찾아 집이 있었던 곳으로 내려갔다.

한동안 내려가면 한길이 있고 한길에서 도심 쪽으로 조금만 가면 해망굴이 있었다. 성규는 항상 그 길로 학교를 오갔다.

4

숲길을 가다 멈춰 서서 바스락거리는 숲속을 바라보았다. 뱁새들의 바스락거리던 소리와 수런거리는 소리와는 다르게 숲속 저쪽에서 들리는 제법 무거운 짐승의 발짝 소리였다.

깊은 숲속 어딘가에서 들리는 소리에 집중하고 있을 때 제법 큰 새인 꿩이 숲의 가장자리로 나와 얼굴을 드밀었다.

붉은 뺨과 검은 눈동자 목에는 언젠가 보았던 해국처럼 청보라의 목도리를 하였다. 눈 주위에 한 줄로 아이라인처럼 그어놓은 흰 줄무늬가 있고 꼬리 끝에는 아름다운 공작의 무늬를 한 꿩이었다.

성규는 꿩이 찾는 무언가를 생각하며 그 모습만 바라보고

서 있었다. 주변에서 따라다니며 조잘거리던 그리도 많던 뱁새들이 그 시간에는 한 마리도 없이 조용하였다.

꿩은 성규를 바라보다가 길라잡이처럼 빠른 걸음으로 앞서 걷더니 이내 우렁찬 소리를 내지르며 날아가 버렸다. 오랜만에 만나본 꿩이었다.

숲길을 걸으며 어제 보았던 혜숙을 생각했다.

한국에 들어와 처음으로 만나보는 아는 사람이었지만 오랜 시간 이야기도 하지 않은 것이 아쉬웠다. 전화번호를 알려주어 언젠가는 전화라도 할 것이라는 믿음은 있었다.

명경지수를 바라보았다.

강물에 그려 넣은 키 큰 메타세쿼이아의 그림자가 마치 하얀 도화지 위에 그려진 한 폭의 그림처럼 훤히 보였다.

멍청히 강물을 바라보고 있을 때 리옹이 생각났다. 손강바르브 섬에서의 미첼과 프레디와 함께 바라보았던 그 섬의 수려한 풍경과 명경지수의 손강의 그림이 연상되었다.

명경지수에 비친 수변을 그려 보겠다는 미첼이 결국은 이젤을 짊어지고 떠났던 기억이 떠올랐다.

혼잣말을 하였다.

'미첼이 이곳으로 왔다면 금강을 어떻게 표현했을까?'

손강의 그림에는 화폭을 점령한 붉은 빛깔. 강물의 색깔은 녹색이었다. 녹색 위에 그림자는 연녹색으로 칠하여져 있고 길가에 늘어서 있는 올리브나무는 진녹색으로, 중세풍의 건축물은 라이트그레이로 처리해 있었다. 그림의 모든 면이 붉은색과 어울렸다.

"이것이 우리가 갔다 온 바르브섬인가? 이게 손강이고?"

프레디였다.

"왜 이렇게 붉은색 천지인가?"

성규와 프레디는 미첼을 바라보며 그의 말을 기다렸다.

"내 생각이 그랬어. 더는 묻지 말기를 바라네."

그때 미첼은 말없이 맥주잔만 비웠다.

"그림을 보고 '왜'라는 말이 필요할까? 우리가 미안했네."

프레디는 임기응변식으로 빨리 분위기를 바꿨다.

미첼이 이곳을 찾아온다면 그리고 이곳을 그림으로 표현한다면 어떻게 했을까? 그 의문이 꼬리를 물고 따라다녔다.

갈대밭과 억새밭이 조화를 이루고 있는 이곳의 표현을 억새는 아마 붉은색으로, 갈대는 아마 연한 붉은색으로 표현을 한 것이고 강물은 손강과 론강 빛깔과 같이 녹색으로 그렸을 것이었다.

미첼의 그림에는 붉은색이 화폭을 많이 차지하고 있어 그렇게 그릴만 했다. 손강의 그림도 붉은색이 많이 차지하고 있었지만 강물의 색깔인 녹색과 녹색 속에 마치 종이가 찢어져 나간 것처럼 나무의 모습인 라이트그레이 색깔의 물감이 조화를 이루고 있었다.

잠시 동안 캔버스 앞에서 그림에 몰두하고 있는 미첼을 생각하다 아버지를 떠올려 보았다.

아버지는 왜 프랑스로 유학하는 것을 허락한 것일까?

아버지의 생각을 하면서 조용하게 잠들어 있는 늪지대를 나무다리 위에서 내려다보고 있었다.

물은 고여 잠들어 있었지만 그 물 위에는 이미 사그라진 연꽃의 줄기가 꺾여 서 있는 갈대와 몸부림을 치고 있었다. 그 모습들은 여름 내내 치열하게 살며 꽃을 피워낸 자연의 그림자였다.

전화기에서 벨이 울렸다. 프랑스에 있는 프레디의 문자였다.

'친구. 오늘 드디어 리옹에서 공연을 했다네. 친구가 있었으면 했는데 좀 아쉬웠지. 앞자리에 미첼이 앉아있어 위안이 되기도 했다네. 지금은 파리로 돌아와 미첼과 르조키에서 오늘 공연을 이야기하며 술에 취해 있다네. 자네가 보고 싶네. 일을 잘 처리하고 어서 오게.'

미첼과 함께 리옹 벨쿠르 광장에서의 일들이 스크린의 한 장면처럼 떠올랐다.

겨울. 눈이 오는 광장 루이 14세 동상의 어깨에는 흰 눈에 쌓여 있었다. 부자연스러운 모습으로 루이 14세는 말 위에 올라앉아 있었지만 그 모습은 위태롭게 보이기까지 하였다. 동상의 발과 머리 그리고 말의 등에는 흰 눈이 자꾸만 쌓여 갔다.

“친구들 저 루이 14세를 보라고.”

미첼이 동상을 바라보며 조그맣게 말했다.

“말에서 곧 떨어지겠군.”

프레디가 조그맣게 대답했다.

“등자가 없는 말이네.”

성규는 그렇게 말하고 무엇 때문에 그 말을 했는지 생각하며 미첼을 바라보았다.

“사람들은 프랑수아 프레데릭 레모가 실수하여 그렇게 조각했다고 하지만 나는 다르게 해석한다네. 프랑스 혁명 때 혁명군에 의해 파괴된 조각을 맞추어 다시 조각했던 것인데 프랑수아가 등자도 없는 말 위에 위태롭게 올라 앉아있는 루이 14세를 조각했겠나? 루이 14세의 왕정 몰락을 그려내고 싶었을 것이지. 그래서 저렇게 루이14세를 위태롭게 조각했던 것이고. 예술가들의 표현을 자기 맘대로 해석하지 않았으면 하는 소리네. 까미유 끌로델은 어떻게 생각하는가? 그림 그리는 나보다 자네가 더 전문가이니 뭔가 알고 있겠지.”

미첼의 말에 잠시 동안 그의 그림에 대하여 생각해 보았다. 그의 그림에는 왜 늘 붉은색이 점령해 있을까?

고흐의 캔버스에는 늘 노란색이 점령하고 있는 것과 미첼의 그림에 붉은색이 점령해 있는 것은 어쩌면 그 둘이 통하는 뭔가가 있을 것이라는 아득한 생각을 하였다.

미첼은 성규가 조소를 한다는 것을 잘 알고 있어 의견을

구하는 것이었지만 프레데릭 레모의 생각을 알턱이 없는 성규는 정확한 답을 하지 않고 미첼이 말한 대로 루이 14세를 바라보기만 했다.

다시 주변이 소란스럽게 변하고 있었다. 한줄기 약한 바람이 불고 어디서 날아왔는지 뱁새가 조잘거렸다.

어떤 땐 아버지가 뱁새로 환생했나 싶게 자꾸만 뒤따라 다니면서 조잘거렸다. 하늘은 맑고 따뜻한 겨울이었다.

파리에서는 겨울 동안 짧은 해 때문인지 사람들은 우울함 속에서 살았고 성규와 프레디 미첼은 몽파르나스의 르조키에서 우울함을 달래며 살았다. 하지만 이곳에서는 파리와는 달랐다.

마음속에 늘 고향이라는 단어를 달고 살았는데 아버지가 먼 길을 떠났다고 생각하니 고향을 잃어버린 사람처럼 쓸쓸하기도 했다.

바람이 일기 시작했다. 다시 고요하던 숲이 몸살을 하고 있었다. 성규는 숲길을 걷고 있다가 숲속에 있는 노란 벤치에 앉아 파리에서의 일들을 생각해 보았다.

프레디는 악보를 그리고 있었고 미첼은 화폭에 그림을 그려 넣고 있었다. 그들의 옆에서 성규는 어떻게 채각을 할까 고민하고 있는 모습이 보였다. 늘 파리에서 하던 일이었다.

"이제 나가세. 오늘은 더 이상 생각하지 않으려고 하네."

붓을 내던진 미첼이 먼저 일어서며 친구들을 일으켜 세웠다.

그것이 일상이었다.

그 길로 르조키까지 묵묵히 걸었다. 누구 하나 말을 하지 않았다. 고개를 숙이고 뭔가 깊은 생각에 빠져 걸었다.

오래된 카페지만 지금도 드나드는 사람은 많았다. 주인이 수도 없이 바뀌었지만 매상에는 힘을 쓰지 않았다.

성규는 그곳에 갈 때마다 이렇게 해도 되는 것인가? 하고 의문을 가지기도 하였다.

5

찬바람이 불었다. 아침 일찍부터 호텔 주변을 산책하다 늘 찾아다니던 강변으로 향했다.

다른 날과는 달리 바람도 세차게 불었다. 차가운 바람 때문에 피부로 느껴지는 체감온도가 많이 내려갔다.

얼굴을 가리고 천천히 걸었다.

그동안 간간이 사람들이 지나다녔지만 오늘은 추워서 그런지 주변에는 아무도 없었다. 철탑 전깃줄에서 쇳소리를 내며 바람이 윙윙 울어댔다.

바람이 불지만 숲의 야산 정상인 조그만 정자인 금강정으로 가는 길을 택했다.

억새가 출렁거리며 하얀 머리를 제멋대로 흔들었다.

자갈길을 걸으며 이렇게 바람이 심하게 불 때면 불쑥불쑥 나타나는 뱁새의 무리도 깊은 숲속에 움츠리고 있을 것이라고 생각했다.

싸그락거리는 발짝 소리가 마치 해망동 겨울 골목을 오가던 소리처럼 들렸다.

작은 정자에 올랐다. 정자의 이름은 금강정이었다. 강물은 굴곡이 깊은 파도를 그려내고 있었다. 그 파도는 어김없이 갈대밭 가장자리로 덮쳤다.

한동안 강물에 피어오르는 파도를 감상하기만 했다. 숲속의 바람은 때때로 고음의 쇳소리로 마음을 산란하게 하였다.

문득 파리의 친구들이 떠올랐다. 친구들은 무엇을 하고 있을지도 궁금하였다. 전화기를 꺼내어 미첼과 프레디의 문자를 보았다. 문자만 보아도 그들이 바로 옆에 있는 것 같이 느껴졌다.

금강정을 내려와 천천히 숲속으로 향했다. 숲속은 바람은 그다지 심하게 느껴지지 않았다.

깊은 숲에서부터 새로운 소리가 들렸다. 발길을 멈추고 숲속으로 몸을 숨기던 뱀처럼 길게 숲 안쪽으로 꼬리를 감춘 오솔길에 검은 색과 흰색의 얼룩무늬 고양이가 가장자리에 몸을 움츠리고 뭔가를 바라보며 연약한 소리를 냈다.

멀찍이 서서 고양이를 바라보고만 있었다. 그때였다. 전화기에서 벨이 울렸다. 그 소리를 들은 고양이는 소스라치게 놀라며 숲속으로 들어가 버렸다.

"나 혜숙이."

전화를 받자 혜숙이가 주저하며 말했다.

"잘 있었어."

"오늘 시간이 되나 해서 전화 걸었어."

혜숙의 말은 늘 그렇게 조심스러웠다.

"나야 늘 이렇지. 시간은 늘 있고."

성규는 그런 혜숙을 생각하며 말했다.

"오늘 시간이 되면 만날 수 있을까?"

뭔가 생각하며 조심스럽게 말했다.

"어디서? 나는 이곳에 아는 곳도 없고."

"홍천사 아님 그 호텔 커피숍이 어떨지."

"두 곳은 다 좋은데 혜숙이가 좋을 대로."

"내가 그 호텔 커피숍으로 갈께. 참 초등학교 때 친구인 소영이를 데려가면 어떨까?"

"소영이가 누군데."

"초등학교 때 우리 반 여자 반장이었는데 기억이 없어?"

"얼굴을 보면 알겠지."

초등학교 때 생각을 하며 금강하구를 걸었다. 철썩거리는 강물의 몸부림 소리와 바람이 갈대와 억새를 매만지는 소리가 함께 들렸다.

호텔에서 점심식사를 마치고 커피숍에 들어가 혜숙을 기다렸다.

기다리며 소영이가 어떻게 생겼을까 잠시 동안 생각하였다. 어렴풋 기억이 떠올랐다.

양 갈래로 머리를 매고 늘 앞자리에 앉아 선생님의 질문에 곧잘 대답하던 여자아이가 있었다. 선생님은 마치 자기의 딸인 양 늘 그 여학생을 끼고 돌았다. 똑같은 실수나 잘못이 있으면 처벌이 달랐다. 그래서 늘 학생들에게는 불만이었던 그 여학생. 그게 소영이 일거라는 생각에 미소가 절로 나왔다.

출입문 쪽에서 사람의 인기척이 있어 바라보니 혜숙이가 들어오고 있었다.

"여기."

성규가 자리에서 일어나 손을 들어 표시하였다.

"앉아."

성규가 먼저 자리를 안내하였다.

"잘 있었어. 여긴 소영이."

혜숙이가 자리에 앉기 전에 먼저 소영이를 소개하고 앉았다.

"얼굴이 그때 그 모습이네."

소영이가 먼저 손을 내밀었다.

"너도 그때 그 모습이다."

성규는 생각하고 있었던 그 학생이었다고 스스로 생각하

며 말했다.

"파리로 떠났다는 이야기는 들었지."

"여기 소영이는 대학에서 향토사학을 연구하고 있어."

혜숙이가 거들며 말했다.

"일찍 고향을 떠나서 이 고장에 대해서 아는 것이 없는데 잘됐네."

"그럼 내가 고향에 대하여 세밀하게 이야기해 줄게. 너는 프랑스 이야기 좀 해줘."

"그럴까."

"성규야. 너 사십구재에 대하여 아는 것이 없다고 하더니 지금도 모르나?"

혜숙이었다.

"나는 사실 아는 것이 없어. 아버지께서 생전에 말씀하셨던 49일 동안 기다렸다가 바다에 뿌려달라고 했거든. 다만 나는 49일 동안 기다렸다가 아버지께서 말씀하셨던 대로 하는 것이 내 할 일이라고 생각해."

"자세한건 내가 알려 줄게."

혜숙이는 49재를 지키는 한국인들의 정서에 대하여 말하려 하는 것 같았다.

"그래 고맙다."

"사십구재란 불교에서 말하는 것으로 사람이 죽으면 매 7일마다 7회에 걸쳐서 죽은 사람을 위하여 명복을 비는 일종의 종교의식이야. 칠칠일이라고도 하고 칠칠재라고도 하지. 말하자면 불교에서는 사람이 죽으면 49일 동안 중음상태에 있다고 하는데 극히 악하거나 극히 착한 사람은 죽은 다음 바로 다음 생을 받는다고 하네. 하지만 일반인들은 49일 동안 중음에 머문다고 하여 좋은 업보를 바라는 마음에서 49재를 하게 되어 있어. 그러니까 매 7일 되는 날에 재를 지내는 것이고 그 일이 현대에 와서는 까다롭고 시간적 여유가 그리 많지 않아 위패를 법당에 모셔두고 매 7일마다 스님들이 그 일을 대신하게 되어 있어. 성규 아버지께선 알아보니 살아계실 때 주지스님께 부탁해둔 것으로 알아. 그래서 절에서 알아서 재를 지내 주는 것이고."

"그래."

"더 자세한 것은 그때마다 내게 물어봐. 그럼 아는데까지 알려 줄게."

"고마워."

"지금 파리에서 살고 있다는 소리는 많이 들었어. 파리에 가면 한번쯤 만나려고 생각은 했었지."

소영이었다.

"향토사학을 하고 있다는데 이곳에서 태어났지만 아는 것이 별로 없어."

"초등학교를 나오고 중학교 고등학교를 다녔지만 공부만 하느라 아는 것이 없으리라 생각은 하고 있었어."

"49일 후엔 다시 프랑스로 돌아갈 것인데 그때까지 부탁 좀 하네."

"알았어."

"7일 되는 날에 홍천사로 가야 되는가?"

"말했지만 이미 아버지께서 생전에 부탁해 둔 일이긴 하지만 가족이 와 준다면 좋은 일이지."

"일곱 번이라."

석규는 잠시 동안 생각하였다.

"고향에 와서 일곱 번이 그리 많은 것은 아니지."

"횟수가 많아서가 아니라."

"알았어."

호텔의 커피숍에서 이야기가 길어졌다. 그 사이 파리의 친구로부터 문자가 왔다. 리옹에 미첼이 왔고 미첼과 기놀 구경을 했다는 것이었다.

"전화가 자주오나?"

전화기를 바라보고 있자 혜숙이가 말했다.

"단짝들이 있는데 매일 이렇게 전화로 문자가 들어오네."

"그래. 친한 친구들이겠네."

"리옹에서 기뇰 구경을 했다는군."

"기뇰이 뭔가?"

소영이었다.

소영이는 성규를 만나고부터 줄곧 성규의 모습을 살피고

만 있었다.

"기뇰은 우리나라 말로 말하면 인형극을 말하는 것이라네. 200년이 넘도록 생명력을 이어주는 인형극이지. 프랑스 리옹 사람들은 지금도 기뇰을 자주 무대에 올리고 있어."

소영이가 기뇰이 보고 싶은지 상상해보는 모습이었다.

"파리에 오거든 연락하게. 그럼 리옹에 가서 기뇰 구경도 할 수 있도록 하겠네."

"고마워."

"벌써 시간이 이렇게 되었네."

시계를 바라보며 혜숙이 말했다.

"이제 보았으니 다음에 만날 것을 약속하게."

"벌써 이렇게 되었네."

그때서야 성규는 시계를 보았다.

저녁 여섯 시가 지나고 있었다. 호텔 입구에 키 큰 소나무가 마치 저녁을 기다리고 있었던 것처럼 더욱 검게 그림자처럼 서 있었다.

석조물에는 로댕의 생각하는 사람이 정원 깊은 곳에서 뭔가를 골똘하게 생각하고 있었다.

"저 조각은 생각하는 사람이 아닌가?"

소영이 걷다가 조각을 보고 말했다.

"로댕의 작품이네. 그의 조수인 까미유 끌로델의 작품에서 영감을 얻었다고 전해지지."

성규가 제법 자세하게 말해 주었다.

"참 요즘 한국의 잘 아는 사람이 보수를 주며 그림을 그려 달라고 하고 그 그림에 자기 작품이라고 이름을 써넣었다고 야단이었는데 그것이 될 일인가?"

소영이 성규에게 말했다.

"지금은 생각하고 있는 것 자체를 예술로 보는 사람들이 많이 생겼지. 또 한 작품을 혼자서 하기에는 너무 오래 걸리고 해서 같이 작품을 하고 주 예술가와 같이 했지만 주 예술가의 이름을 새기는 것이 보편화되어 있어."

"그런가?"

"예전에는 처음부터 끝까지 예술가 한 사람이 다했지만 지금은 달라졌지."

"그래서 그 사람이 당당하구나."

소영은 이제야 알았다는 듯 말했다.

"사람들은 예술가도 아니라고 떠들어 대더니 그런 일도 있네."

혜숙이 거들었다.

성규는 호텔 주변 정원에 늘어서 있는 석조물을 바라보며 아래까지 내려가 친구들을 배웅하였다.

6

아침 일찍 일어나 친구들을 생각하며 호텔 주변을 산책했다.

호텔 주변에는 여러 종류의 조각품들이 정원에 설치되어 있었다. 하나하나 살펴보며 첫 번째로 하게 될 제사를 생각했다.

칠일째 되는 내일 사십구재의 첫 번째인데 어떻게 해야 하는지 어머니 때의 일을 생각해 보았으나 도무지 상상이 가지 않았다.

겨울 산허리에 숨어있는 찬바람이 호텔 주위에서 맴돌고 있어 바람 끝이 찼다. 오래된 키 큰 소나무에서는 바람이 지나다니는 소리가 마치 쇳소리처럼 날카롭게 들렸다.

호텔에서 조금 내려오자 잘 정돈되어 있는 정원에 돌로 만든 조형물들이 추운지 잔득 움츠리고 있었다.

돌로 만들어져 있는 코뿔소는 새끼들과 함께 주변을 산책하고 있었고 모아이 석상은 길을 따라 줄지어 서 있었다. 모아이 석상은 추위를 알리려는 듯 어깨에 잔설이 그대로 남아 있었다.

지나가며 돌로 만든 조형물들을 살펴보았다. 코뿔소는 화강석이었지만 재질이 단단하지 않았고 모아이 석상은 재질이 좀 더 단단한 화강석이었다.

잔디밭에는 또 다른 석상이 있었는데 가족을 테마로 해서 만든 석상이었다. 그 석상은 일가족이 행복한 보습으로 웃고 있는 모습이었다.

천천히 호텔을 내려와 늘 찾아다니며 마음에 위로를 받던 강변으로 향했다. 갈대숲과 억새숲이 멀리로 보일 때까지 고개를 숙이고 길만 바라보고 걸었다.

겨울바람은 성규가 가고 있는 길을 막겠다는 심산인지 더 더욱 세차게 불어댔다.

마음이 산란하고 일이 되지 않을 때면 센강 주변을 수없이 산책하였지만 고향의 금강은 강물의 색깔과는 강폭 그리고 강 주변이 비교가 되지 않을 만큼 좋았다.

센강변을 걸을 때에는 여러 가지 생각들이 머리에 채워져 혼란스러웠지만 센강의 긴 강둑을 걷고 나면 언제나 머릿속에 있는 찌꺼기들은 전부 비워져 버렸다. 그때마다 어지럽고 엉키어 있는 것들을 센강이 모두 삼켜 버렸다고 생각하였다. 고향의 금강가에 있는 억새와 갈대는 바람이 불 때마다 여러 색깔의 소리로 울었다.

갈대는 물가와 늪에서 소리를 높였다. 키 큰 억새는 유년에 보았던 갈매기 소리를 하며 강변에 있는 갈대를 보고 울어댔다.

한동안 숲을 걷고 있을 때에 미첼이 전화를 했다. 그동안에는 문자로만 이야기하던 것을 오늘은 직접 전화를 하였다.

“까미유 끌로델. 잘 있는가?”

“미첼인가? 나야 잘 지내고 있지?”

“오늘은 프레디와 르조키에서 술을 한잔하고 같이 걷던 센강을 걷고 있다네. 문득 친구가 생각이 나서 이렇게 전화를 했다네.”

“그런가? 이곳에서는 돌아가신 아버지의 제사 때문에 사십구일동안은 꼼짝 못한다네. 센강과 르조키가 자꾸 생각이 나네. 그리고 완성을 하지 못하고 온 작품 생각이 머릿속에 꽉 차 있는 느낌이라네. 친구는 작품이 잘되어 가는가?”

“잘될 거 같지가 않네. 친구가 옆에 없으니 허전하기도 해서 늘 이렇게 술에 절어 살아가고 있는 거 아닌가.”

“난 이곳에서 유년의 친구들을 만나 보았다네. 유년의 친구들을 보고서야 내가 이렇게 늙었다는 것을 알았고."

"사람들이 늘 그렇지 자기의 외모를 보는 것은 친구를 보면 알 수 있거든. 세월이 언제 어떻게 지나갔는지조차 알 수 없다니까?"

"프레디는 옆에 있는가?"

"응 술에 취해 창밖을 바라보고만 있다네. 아마 까미유 끌로델 자네를 생각하고 있을 것이네."

"곧 돌아간다고 말해 주게."

미첼과 프레디는 성규를 보고 까미유 끌로델이라는 별칭을 붙여주고 그렇게 불렀다. 그들을 만난 것은 작업실에서 까미유 끌로델의 작품인 왈츠를 똑같이 만들어 보고 있었던 때이기도 했다. 진흙을 이겨 만든 다음 석고를 부어 보려고 했을 때였다.

"이건 까미유 끌로델의 왈츠 아닌가?"

자세히 바라보고 있던 미첼이 말했다.

"맞네. 한번 똑같이 만들어 보고 싶어서 해보는 것인데 잘 되지 않아."

"까미유 끌로델은 까미유의 끌로델이지."

"늘 이렇다니까?"

드레스의 주름을 고치면서 말했다.

"왜? 어때서?"

미첼은 성규가 짜증 섞인 말을 하자 진흙으로 만든 조소를 바라보면서 말했다.

"이것 봐. 그때 만들었던 까미유 끌로델의 작품과는 비교가 되지 않아?"

미첼은 작품을 뚫어져라 바라보고만 있었다.

"이건 까미유 끌로델의 작품이 아니잖은가?"

미첼의 그 말에 끌을 집어던지고 일어섰다.

"술이나 마시러 가세."

그 길로 몽파르나스까지 걸었다. 긴 길을 걸으며 둘은 한마디도 하지 않았다. 미첼은 아마 지금도 리얼리티한 작품을 하고 있느냐며 훈계하듯 한 소리였다는 것을 성규는 잘 알고 있었다.

르조키에 도착하여 비로소 말을 하였다.

"나는 끌로델의 작품을 한 번 해보고 싶었던 것이지. 새로운 작품 생각도 떠오르지 않아 모방을 해봤어. 하지만 내가 이러고 있을 때가 아니라는 것을 미첼 친구 때문에 알게 되었네."

술이 한잔 한잔 더해가자 취해서 겨우 그 말을 했다. 부끄러웠다. 언제적 작품인가? 그때 미첼이 따라주는 술만 만취하도록 마셨다. 그때부터 미첼은 성규를 까미유 끌로델이라는 별칭을 붙여주고 그렇게 불렀다.

프레디도 까미유 끌로델이라는 말을 몇 번 되뇌어 보더니 성규에게 그 별칭은 딱 맞는 이름이라며 맞장구쳤다.

“우리의 까미유 끌로델의 재탄생을 위하여.”

프레디가 갑자기 잔을 들고 큰소리로 외쳤다.

르조키에 앉아 있던 사람들이 프레디의 말에 놀랐는지 모두 바라보았다. 그때부터 성규에게는 또 다른 이름인 까미유 끌로델로 통용이 되었다.

처음부터 그 이름이 좋지는 않았다.

로댕의 조수이면서 애인이고 또 로댕의 작품에 많은 영향을 주었지만 말년에는 정신병원에 수감되어 쓸쓸하게 죽어간 여인이었기 때문에 더욱 그랬다. 하지만 성규가 싫다고 해서 이미 그렇게 명명되어 불려지고 있는 것을 거부할 수는 없었고 거부할 이유도 없었다.

억새가 차츰 소리 높여 울었다. 강 가장자리에서는 푸른 강물이 철썩거리며 흙탕물을 만들어 내고 있었다.

한동안 뒤척거리는 강물을 바라보며 아버지를 생각했다. 늘 혼자였던 아버지는 술도 혼자서 마셨다.

그때마다 아버지 옆에서 아버지가 간간히 말하는 소리를 들으며 아버지 친구 노릇을 해주었다.

어머니는 그런 날이면 늘 늦게서야 집으로 들어왔다. 어머니가 집으로 들어오면 아버지의 이야기를 어머니가 들었다.

성규는 그때 도란도란 어머니와 아버지의 이야기를 자장가처럼 들으며 깊은 잠을 잤다.

7

아침 일찍 일어나 첫 번째 제사를 드리려고 호텔을 나오니 맑던 날씨가 갑자기 흐려지고 있었다.

홍천사 경내에 들어서자 제사를 준비하고 있던 스님이 반갑게 맞아주었다. 멀리서 승복을 입은 혜숙이가 웃으며 그 모습을 바라보고 있었다.

“처사님 오셨습니까?”

성규를 맞이한 스님이 손을 모으고 반갑게 말했다.

“네. 오늘이 49재 중 첫 번째 제사이기 때문에 이렇게 일찍 왔습니다.”

“주지스님께서 법당에서 기다리고 계십니다.”

법당에 들어가니 주지가 막 첫 번째 제를 올릴 준비를 하고 있었다.

먼저 부처님 앞에서 경배를 하고 주지 옆에 무릎을 꿇고 앉았다.

주지스님은 경을 읽으며 목탁을 두드렸다. 법당에 경을 읽는 소리와 목탁 소리가 어우러져 마음을 울렸다.

주지스님의 목소리를 듣고 있으니 어두컴컴한 방안에서 말없이 앉아 술잔을 비우고 있던 아버지의 모습이 떠올랐다.

아버지는 뱃일을 하면서도 다른 선원들과는 달랐다. 선술집에서 왁자지껄 떠들며 술잔을 비우던 선원들과는 자리를 함께 하지 않았다.

술을 드실 때엔 언제나 막걸리 몇 병을 사들고 들어와 깊은 생각에 잠겨 술잔을 비웠다.

어두컴컴한 방 한가운데에 앉아 여러 생각에 잠겨있는 모습이 유학시절 내내 따라다녔다.

긴 시간 제사를 올리고 주지와 함께 법당을 나왔다. 잔뜩 찌푸린 날씨는 어느덧 비가 내리고 있었다. 겨울비였다.

고즈넉한 경내에는 소리 없이 내리는 겨울비와 처마 밑에서 들려오는 풍경소리가 어우러져 슬프게 느껴졌다.

"다음 칠일 후에 이렇게 예를 올릴 것입니다."

경내를 바라보고 있자 주지가 말했다.

주지는 성규의 생각을 끊지 않으려고 그 말을 하고 승방

쪽으로 들어갔다.

주지에게 예를 표하고 신도들의 처소 쪽을 바라보니 그 모습을 바라보고 있던 혜숙이 미소를 보내며 말했다.

"이리로 들어와 차 한 잔 하시지요."

혜숙이 툇마루에 서서 바라보고 있었다.

혜숙을 따라 방안으로 들어갔다. 성규가 나오는 시간을 알기라도 했던지 주전자에서 찻물이 끓고 있었다.

"오늘은 찬비가 제법 오겠어."

차를 따르던 혜숙이 혼잣말처럼 하였다.

"오늘은 비가 많이 온다는 예보가 있었다네."

차를 다려 찻잔에 따랐다. 진한 차 냄새가 온 방안에 가득했다.

"보이차라는 것을 다렸어. 맛을 봐."

보이차가 유명하다는 것은 중국에서 파리로 유학 온 친구로부터 들어 성규도 잘 알고 있었다.

"냄새도 구수하고 차 맛도 좋네."

혜숙이 성규 앞에 앉자 고맙다는 표시로 한 말이었다.

"소영이 연락은 왔는가?"

"그날 만난 후로는 연락이 없었네."

"소영이가 군산에 대하여 알려준다는 말을 했었는데."

"그랬었나."

성규는 군산이 고향이라고는 하지만 고향에 대한 세세한

내용은 잘 알지 못했다. 유학생활을 하면서도 친구들이 고향에 대하여 알려고 하면 아는 것이 없다고 말했다.

"오늘이 첫 번째 제사라는 것을 소영이가 잘 알고 있으니까 곧 연락이 올 것이네. 그러면 성규는 아는데까지 프랑스에 대하여 말해주고 소영이는 사학자이기 때문에 이곳에 대하여는 깊은 속살까지 알려줄 것이고."

혜숙은 성규가 흥미를 보이자 자세하게 말해 주었다.

사실 프랑스에서 친구들이 고향에 대하여 알고 싶어 했으나 아는 것이 없었다. 역사도 그리 깊게 아는 것이 없었고 지역의 특수한 것도 세세하게 말할 처지는 못되었다.

혜숙이가 말한 것처럼 프랑스 특히 파리나 인근에 대한 것은 파리의 친구들을 통해 고향보다도 더 깊이 알고 있었고 또 프랑스의 역사 또한 깊이 있는 공부를 하여 잘 알고 있었다.

"고마워. 소영이를 만나면 혜숙이가 말한 대로 말해 보겠네."

"차맛이 어떤가?"

"특별한 맛이야. 혜숙이가 내려주어서 그런지 더욱 맛이 있었고 프랑스에서는 차에 익숙하지 않고 술에 익숙해 살았지만 차맛도 꽤 좋은 것 같아."

"고마워."

혜숙이는 그윽한 눈으로 차를 마시는 성규를 바라보았다.

"내가 알 만한 친구들 많이 알고 지내나?"

차를 마시며 말했다.

"그럼. 여기서 있을 동안 만나야 할 친구들 몇몇은 소개해 줄게."

"그래."

"어떤 부류의 친구들을 원하는지 모르겠네만. 우리 동창들은 이 지역에서 살면서 여러 가지의 일을 하고 있어. 너도 알면 도움이 많이 될 거야."

"어떤?"

"강민구라는 친구는 이 지역에서 시민운동가로 자리 잡고 있고 김성훈 친구는 지역의 노동운동가로 또 지역의 시의원도 있다네. 이름이 이정권이고……"

그 말을 해놓고 성규가 어디에 흥미를 보이는지를 살폈다.

"그렇게 다방면으로 사람들이 있어."

"우리 초등학교를 졸업한 친구들이 얼마나 많은가?"

"시간을 내서 만나보기로 해."

차 몇 잔을 마시고 자리에서 일어섰다.

문득 방을 나가려다 동그랗게 다기를 담은 작은 상을 내려다보았다. 하얀 종발들이 마치 새 둥지 안의 하얀 알처럼 옹기종기 모여 이야기하는 것 같았다. 문을 나서면서 혜숙이와 이야기한 모든 것들이 마치 찻잔 속에 담겨져 있는 것 같았다.

택시를 타고 호텔까지 갔다.

방으로 들어가 침대 위에 누워 오늘 지나간 일들을 생각해 보다가 벽에 걸려 있는 그림도 생각 없이 바라보기만 하였다.

역동적인 모습의 그림이 자꾸만 눈앞에서 움직이는 것 같았다. 그림을 감상하고 있을 때 전화벨이 울렸다.

"나 소영이."

생각만 하고 있었던 소영이었다.

"잘 있었어."

침대 모서리에 앉았다.

"오늘 행사는 잘 치렀는가?"

소영이도 오늘이 49재의 첫 번째 제사라는 것을 잘 알고 있었다.

"내가 하는 일이라고는 없었지. 그냥 주지스님 옆에 앉아 있기만 했어."

"하여튼 잘했네. 오늘 오후 3시쯤에 만날 수 있을까?"

"알았어. 오늘은 할 일도 없고 고마워."

"뭐가?"

"늘 생각해 줘서."

"멀리서 친구가 왔는데 이 정도는 해 줘야지."

피곤하여 샤워를 하고 소영이 전화를 기다렸다.

호텔 벽에 걸려 있는 그림을 그때서야 자세하게 바라보았다. 외젠 들라크루아가 그린 민중을 이끄는 자유여신이었다. 프랑에서는 민중을 이끄는 마리안느라고도 했다.

'이런 곳에 왜 이 그림을 걸어 놓았을까?'

사진이었지만 생동감이 넘쳐 보였다. 삼색기를 들고 민중을 이끄는 마리안느를 한동안 바라보며 미첼이 말해 주었던 시대적인 배경을 생각하기도 했다. 그림을 보며 파리를 생각해 보고 있을 때 전화벨이 울렸다.

"나야. 로비에 왔어."

소영이었다.

로비 소파에 다소곳하게 앉아있는 소영이가 성규가 나오자 일어섰다.

소영이의 긴 머리카락이 긴장에서 풀려나듯 출렁거리는 모습이 보일 정도였다. 연주황색 투피스가 소영이 모습에 잘 어울렸다.

"앉아."

성규가 웃으며 소영이 앞에 앉았다.

"말했던 대로 고향의 자연과 역사에 대하여 아는데까지 알려 주겠네. 궁금한 것이 있으면 그때그때 말해 보게. 내가 아는데까지는 말해 줄게. 그리고 나도 프랑스 공부 좀 하고 싶었어. 특히 예술의 고장인 파리에 대하여는 더욱 그랬고. 파리는 지금도 예술의 고장인가?"

"그럼 세계의 모든 예술이 집약되어 있는 파리는 정말 유혹의 도시야. 예술을 하는 사람들은 늘 동경하는 곳이기도 하고 세계의 모든 사람들이 그곳에서 자유롭게 자기의 예술 세계를 구축하고 있지."

"오늘은 잘 마쳤지. 혜숙이도 보았는가?"

"제사를 마치고 같이 차를 마셨네."

"그랬어."

"그럼 내가 매일 사색하는 곳으로 가세. 그곳이 정말 맘에 들어."

호텔을 나서자 소영이가 타고 온 차로 향했다. 흐렸던 날씨가 화창하기까지 했다. 소영이의 승용차는 소영이 같이 검소해 보이는 빛바랜 하얀색 소형 승용차였다.

"친구. 오늘은 내가 차로 모실께."

"늘 혼자 걸었는데 같이 걷게 되어 고맙네. 오늘은 아마 뱁새들도 친구가 있다며 쑥덕거리겠지."

호텔의 긴 출입구를 나올 때 모아이 석상이 승용차를 보고 깊이 고개를 숙였다. 그 모습은 정중한 모습이 아니고 마치 조직폭력배들이 보스를 향해 예를 갖추는 듯 보여졌다.

"저 석상들이 좀 그러네."

소영이가 늘어서 있는 석상들을 보고 말했다.

"모아이 석상들이지 모아이섬에서 발견된 현무암으로 만들어진 석상들이야. 그런데 누군가 이곳에 이렇게 화강암으로 만들어 단장을 했네. 발상도 기막힌 발상 같아. 늘 이곳으로 오르락내리락하면서 저 석상들한테 인사를 받네. 처음에는 좀 그랬지만 이제는 나쁘지 않아. 친구도 매일 이들에게 깊은 묵례를 받는다고 생각해 보게. 우쭐해지지 않나."

차를 강변 둔치에 주차시키고 갈대와 억새로 만들어진 공원을 걸었다. 소영은 공원의 곳곳에 안내되어 있는 글씨를 세밀하게 관찰하면서 지나갔다.

"이곳이 어디인지 아는가?"

"금강 둔치 아닌가? 안내판을 보니 철새들을 설명하느라 애쓴 글귀들이 많아. 아마 세계철새축제의 일환으로 만들어진 공원 같아. 이 지역에 사는 나도 처음 와 보는 곳이니 그렇게 생각하는 것이야. 이곳의 지역에 대하여는 잘 알고 있지만."

"친구도 이곳을 자세히 몰랐어."

성규는 의외라는 표정이었다.

"이곳은 금강하구로 이곳에서 저기 보이는 금강하굿둑을 지나면 바로 군산 앞바다라네."

"그거야 내가 모르겠나."

"금강 물은 장수에 있는 뜸봉샘에서 시작되어 맨 끝점인 이곳까지 약 400킬로미터를 흘러 이곳에 도착한다네. 저기 보이는 저 조그만 산은 공주산이라고 부르지. 군산에서 강경까지 다니던 나룻배의 선착장이 있었던 곳이기도 해."

"거기까지는 모르고 있었네."

"성규야. 그럼 센강에 대하여 자세하게 말해줄 수 있어?"

"센강은 약 776킬로미터나 되는 긴 강이네. 부르고뉴, 상파뉴, 파리분지인 일드프랑스 그리고 노르망디를 거처 영국해협으로 흘러드는 강이라네. 파리는 센강을 중심으로 설명하면 쉽게 알 수 있어. 파리하면 생각나는 곳이 에펠탑이라는 것을 알고 있지. 노트르담도 이것들 모두가 센강변에 위치해 있는 것이고. 내가 자주 가는 몽파르나스도 센강을 끼고 있지. 우리가 세느강이라고 말하지만 파리에서는 센강이라고 부르고 있어."

"그래 아무리 설명해도 가보지 않아 나는 알 길이 없네."

"파리에 한 번 오게. 그러면 좋은 여행할 수 있도록 여행가이드 역할을 할께."

천천히 걸어 소영이가 말한 공주산 입구까지 왔다. 공주산은 사람들의 발길을 붙드는 묘한 분위기의 작은 산이었다. 조그만 산이었지만 그래도 꼭 있어야 할 곳에 있는 산처럼 보이기도 했다.

"이곳에 선착장이 있었다는데 이제는 그 흔적만 이렇게 남아있다네."

석축으로 이루어진 선착장의 흔적이 지금도 남아있었다. 아무렇지도 않게 놓여있는 석조 구조물로만 알았는데 소영은 그것이 사람과 물건을 오르내리는 선착장의 물양장이라고 말했다. 그때서야 구조물에 대하여 이해할 수 있었다.

소영은 공주산을 바라보며 한동안 생각에 잠겨있었다. 성규도 당시에 흰옷을 입은 민초들이 배에 오르내리는 모습을 머릿속에 그려내며 공주산을 바라보기만 하였다.

소영은 아마 역사가 깃든 땅이라는 것보다도 그 당시의 민초들의 삶을 생각하고 있는 것이 확실했다.

"센강도 이곳 금강과는 다를 게 없지만 파리의 강폭이 이곳보다 훨씬 좁아, 넓은 곳도 있지만 파리 시내를 지날 때엔 좁지. 그곳에는 프랑스의 역사를 고스란히 안고 흐르는 강이라네. 뭐라 할까 센강은 파리의 중심을 흐르지만 프랑스의 정신이 깃든 강이지. 프랑스사람들 특히 파리에 살고 있는 모든 사람들은 파리의 센강을 끔찍이 사랑하지."

"나도 이곳의 금강이 그렇게 좋아. 전라도를 돌고 돌아 충청지방을 돌고 그렇게 달려 내려온 이 금강 물은 400킬로가 넘는 동안 각종 고장의 이야기를 물속에 담고 흘러 내려가지. 저기 저 군산 앞바다로 말이야. 그 속살에는 먼 역사가 흐르지. 길게는 동학혁명군들의 피가 흐르고 있어. 동학의 마지막 결전지인 공주의 우금치에서 전멸하다시피 했으니까. 산골 비탈진 곳에서 일을 하던 사람들의 땀방울도 같이 흐르고 있고 또 4·3을 피해 이곳으로 흘러들어 온 사람들의 처절한 절규도 뒤섞였다가 6·25의 상처들도 이곳에 더해져 먼 바다로 흘러간다네. 그러니까 역사의 강이라 생각되는 곳이기도 하다는 것이지."

소영은 군산 쪽을 바라보았다.

소영이 바라보고 있는 하굿둑의 긴 갑문의 육중한 구조물이 어떤 역사의 흐름 같은 것을 막고 있는 것 같은 기분이었다.

"나는 개인적으로 물길을 막아버리는 저 땜 같은 구조물이 썩 좋게 내키지 않아. 배들의 길을 막고 있어서 답답하기도 하고."

소영은 혼잣말처럼 했다.

"내 눈에도 좋은 풍경이 아니었어."

오전부터 잔득 찡그렸던 하늘이 오후 들면서 맑게 개었고 지금은 막 석양이 시작되고 있었다.

"조금 후면 해가 질 것 같네."

서쪽 바다를 바라보며 말했다.

서쪽하늘이 시나브로 붉게 물들어가고 있었다. 엷고 하얀 구름이 어느새 붉은 구름으로 변해 있었다.

"이곳에서 보는 석양은 볼만하군."

소영이 석양으로 물든 서쪽하늘을 바라보며 중얼거렸다.

"난 이곳에 오고 난 후부터 거의 매일 저 석양의 모습을 바라보며 호텔로 들어가고 있어."

소영이 중얼거리는 소리를 듣고 말했다.

"아름다운 석양이 이곳에 있는 줄 여기에 살면서도 모르고 살았네."

성규와 소영이 차가 있는 쪽으로 발걸음을 옮겼다.

"내일 또 보게. 여기 있는 동안이라도 이야깃거리를 만들어주고 싶어서 그래. 외국에 있는 친구들에게 고향에 대하여 말할 이야깃거리는 있어야 될 거 아닌가."

"고마워."

"그리고 성규에게 도움이 될만한 친구들이 이곳에 많이 있어. 먼저 이 지역에서 시민운동을 하고 있는 강민구가 있고 사실 민구는 시민운동가라기보다 데모꾼이라고 해두지. 또 노동운동가인 김성훈. 그리고 이곳 시의원인 이정권 모두 도움이 될만한 친구들이지. 내가 이 친구들하고 잘 알고 지내니 시간이 되는대로 한 명 한 명 소개해 주겠네."

"여러모로 고맙네. 파리에 들어가서 고향의 이야기를 간직하면서 살게."

소영은 승용차로 호텔 입구까지 데려다주고 떠났다.

8

소영이의 전화를 기다렸다. 호텔방에서 벽에 걸려 있는 민중을 이끄는 자유여신이란 그림을 세밀하게 바라보고 있을 때 소영이로부터 전화가 왔다.

"지금 로비에 있어. 오늘은 성규가 알 수 있는 친구와 같이 왔어."

"알았어. 곧 내려갈게."

햇볕이 들지 않아 어두컴컴한 로비 소파에 소영이와 이야기하고 있는 남자가 있었다. 남자는 남루한 복장에 수염을 자르지 않아 덥수룩한 모습이었다. 멀리서 보아도 강한 인상을 풍기고 있었다.

“어 저기 오네.”

소영이가 반겼다.

“나 모르겠나?”

남자가 먼저 말을 건넸다.

“안면은 있는 것 같기도 하네만.”

초등학교 때의 친구들을 순간적으로 더듬어 보았다. 남자와 교차되는 사람이 떠오르지 않았다.

“여긴 지난번 말한 적이 있는 친구인 민구. 우리 같은 반 동창이야. 강민구라고 잘 생각해봐.”

“잘 기억에는 없지만.”

그렇게 말하고 손을 내밀었다.

“강민구라고 하네. 초등학교 때 전체 반장이었는데 생각 않나?”

민구가 초등학교 때의 자기를 소개하자 기억 멀리서 떠오르는 것이 있었다.

초등학생의 신분으로 나이답지 않게 주임선생과 말싸움하던 그 학생이었다. 그때 주임선생은 건방지다고 생각하는 것보다는 대견하다는 듯 미소를 띠었다.

그때부터 주임선생은 앞으로 크게 될 수 있는 학생이라며 강민구를 치켜세워 주었다.

“아. 그 강민구. 생각나네. 반갑네.”

“지금 어떻게 지내나?”

"이 지역사회를 떠나지 못하고 이렇게 살아가고 있네."

"이 지역에서 살고 있는 것도 축복 아닌가? 나처럼 먼 타국에서 떠돌며 사는 것보다는 백배 나은 삶이지."

"민구는 시민운동가라네. 쉽게 말하자면 데모꾼이지."

소영이 끼어들며 말했다.

"하하. 내가 그렇게 되나?"

민구는 머리를 긁적이며 말했다.

"결혼은 했는가?"

성규는 민구의 허름한 몰골을 보며 조심스럽게 말했다.

"했지만 잘되지 않았어. 요즘은 그냥 혼자서 도 닦는 기분으로 살고 있지."

"좋게 말해서 별거 중이라네."

이번에도 소영이 끼어들며 말했다.

"말이 좋아 별거지. 혼자 살고 있어."

"혼자 살기가 힘들 텐데."

"이게 편한 것 같아."

"독신들이 많아서 우리나라도 문제야."

소영이 걱정스런 표정을 하였다.

"요즘 좋은 곳을 발견하여 사색을 하고 다닌다는 이야기를 친구를 통해 들었네. 프랑스보다야 이곳이 아름답지 못하겠지만 소문이 나지 않아서 그렇지 이 지역도 빠지지는 않은 곳이야."

"고향이지만 이곳이 이렇게 아름다울 줄은 몰랐네. 이런 곳이 내 고향에 있을 줄은 몰랐으니까?"

"차로 가지. 오늘은 셋이서 그 억새가 밭을 이룬 곳에서 걸어 보자고."

승용차를 타고 호텔을 내려왔다.

민구는 내려오는 길에 쭉 늘어선 모아이 석상들을 한동안 차 안에서 멀거니 바라보았다.

"저 석상들이 이곳에 저렇게 늘어서 있으니 꼭 높은 사람을 호위하는 것처럼 보여지네."

정문을 빠져나가자 민구가 겨우 그 말을 했다.

"저건 석상일 뿐이지."

소영이 차를 몰면서 말했다.

"이곳이 그곳인가?"

소영이 갈대밭 초입에 차를 대자 민구가 말했다.

"좋은 곳이야. 여러 가지 생각을 할 수 있고, 억새며 갈대밭에서 도란거리며 이야기하는 소리도 들리고, 억새밭에서는 갈대밭과는 전혀 다른 이야기 소리가 들리지."

성규가 민구에게 그동안 사색하며 걸었던 느낌을 말했다.

"그렇게 사람들이 많은가?"

민구는 갈대와 억새가 뒤섞여 있는 곳을 바라보았다.

"아냐, 갈대밭이며 억새밭에 스쳐 가는 바람소리를 듣고 하는 소리야. 이곳엔 사람들이 그렇게 많지 않은 곳이야."

소영이 알아들으라는 투로 말했다.

"난 또."

셋은 한동안 아무런 말도 하지 않고 숲속으로 깊숙이 들어갔다.

소영은 민구가 어떤 말이라도 꺼낼 거라는 생각을 하고 슬쩍슬쩍 민구의 걸음걸이를 살폈다.

"오늘은 정말 모처럼 한가로운 시간을 보내고 있네."

민구가 혼잣말처럼 했다.

"하는 일이 그렇게 많은가?"

성규는 가던 길을 멈추고 민구를 바라보았다.

"민구가 하는 일은 시민운동을 하는 것인데 내가 봐서는 하릴없이 빈둥대고 있는 것이라 보여."

소영이 민구를 바라보며 웃으며 말했다.

"시민운동을 하고 있는 것이라 치고 성규는 내가 왜 이 나이에 이런 일을 하면서 살고 있는지 알 까닭이 없을 것이네만."

실처럼 늘어져 있는 수양버들 가지 아래 노랗게 칠해진 나무벤치에 앉으며 민구가 말했다.

"나는 알 길이 없지. 대학도 이곳에서 보내지 않았으니 한국에서 일어나고 있는 사건들은 뉴스를 통해 토막토막 듣긴 했지만. 그것이 그렇게 마음에 와닿았겠어. 그땐 나도 유학생활에 푹 빠져 있었으니 한국을 들어갔다 나온 학생들이 더러 험한 말을 많이 했었지만 피부로 느끼지 못했지."

"친구도 우리들의 대학시절을 다 기억하지."

"다는 기억하지 못하지만 일부는 알고 있지."

"친구는 그 엉망진창이었던 그 시절 운 좋게도 유학을 떠난 걸로 기억하네만 우리는 그렇지 못했다네. 정말 환장할 것 같은 젊은 시절에 낭만이라는 것이 존재나 했겠는가? 늘 오늘이 지나면 내일이 걱정되고 내일이 되면 또 내일이 어떻게 될지 긴장하면서 살았지. 그러다가 이유 없이 어디론가 사라져 가는 친구들이 늘어가자 난들 그냥 상아탑 독서실에 앉아있을 수는 없었다네."

"아 그게 그렇게 연결되나?"

"지금 살고 있는 우리 동년배들은 다 그렇게 그 시절을 보내왔어. 그 오월은 환장할 것 같은 그 정점이었지. 그 오월이 지나자 그때 용케도 살아남은 우리는 군대로 끌려가다시피 했지. 또 수배 중인 나와 친구들은 친구 하숙방 구석에 숨어 살았는데 정말로 개 짖는 소리가 그렇게 무섭게 들렸다네. 개 짖는 소리가 들리고 조금 후면 호루라기 소리가 마치 저승사자의 외침 소리처럼 귀청을 후비고 다녔어. 생각해봐. 그 쉰 새벽에 들리는 사나운 개 짖는 소리와 호루라기 소리를."

민구는 그 말을 하고는 억새가 울고 있는 숲을 한동안 바라보고 있었다.

겨울바람이 숨어있던 그 숲에서 한줄기 긴 바람이 불어왔다. 마치 사람들이 아우성치는 소리처럼 숲은 고음의 금속성으로 울어댔다.

허름하게 차려입은 민구를 바라보았다. 민구는 그 시절을 생각하는지 자꾸만 다리를 움직였다.

그럴 때마다 민구를 똑바로 바라보았다. 민구의 두 눈에는 눈물이 고여 있었다.

"다 지나간 일이야. 지금에서 생각하면 뭘 해."

그 말을 한 민구는 눈물을 훔치고 자리에서 일어났다.

소영이는 슬픈 얼굴로 민구를 바라보며 아무런 말도 하지 않았다.

민구가 처한 지금의 상황을 그때 그 모습과 대비해 생각하고 있는 것 같았다.

"내가 미안하네. 한국에서 일어났던 여러 사건들을 나는 먼 타국에서 어떻게 알았겠는가? 그냥 한국 유학생들이 만들어 내던 신문에 쪽 기사로 보았을 뿐이라네. 그리고 일부는 유학을 온 친구들이 들려준 이야기이고."

"미안해 할 건 없네. 다만 친구도 한 시대를 같이 살아왔던 한 사람으로 나를 기억해 달라는 것뿐이니까. 나는 단지 그 험한 질곡을 건너왔을 뿐이고 친구는 우리 대신 친구가 하고 싶은 일을 했을 뿐인데."

"친구들 대화가 자꾸 무거운 기분이 들어. 사색 좀 하다가 시내로 나가자. 오늘은 내가 한 잔 쏠 테니."

소영이 자꾸 서먹해져 가는 대화를 바로 잡으려고 웃으며 말했다.

갈대밭과 억새밭을 차례로 지나칠 때 바람이 제법 세차게 불어댔다. 그때마다 어떤 땐 사람들이 아우성치는 소리로 어떤 땐 정답게 이야기하는 소리로 들렸다.

늪지대를 지날 때엔 이미 시든 연꽃이 물에 젖지 않으려고 말라비틀어진 검은 잎을 치켜 올리고 있었다.

"으스스 추운데 이곳의 바람소리는 온돌방 등잔불 아래에서 가족이 모여앉아 소곤대는 소리로 들리는 오늘이다."

소영이 괜찮다는 듯 두 팔을 벌려 바람을 맞았다.

"소영이는 참 좋겠어. 나는 이 소리가 꼭 시위현장 같아. 시뻘겋게 눈을 뜨고 달려드는 진압대와 시위대의 함성 소리로 들리는데."

"이렇게 나이가 환갑이 다 되었는데 아직도 그 함성만 생각하고 있어. 이제라도 우리 재미있게 살아보자. 친구들도 만나고 또 하고 싶은 일 마음껏 해보고. 어때 내 말이."

"알았어."

민구는 우울한 목소리로 그 말을 하고 앞서 걸었다.

성규는 두 사람의 말의 뜻을 생각하며 걸었다. 똑같이 한 장소를 걸었지만 생각은 제각각이었다.

공주산 앞까지 걸어 다시 돌아올 즈음 강 너머로 붉은 기운이 서려 있었다.

"야, 오늘도 이렇게 석양을 보는군. 아름답다."

소영이 가던 길을 멈추고 붉게 물들어 가는 서쪽하늘을 바라보며 말했다.

"핏빛이군."

민구도 그 자리에 서서 혼잣말을 하였다.

성규는 하늘을 보고 해석하는 두 사람을 생각해 보다 아무 말도 하지 않고 한동안 서쪽하늘을 바라보며 서 있었다.

사위가 빠르게 어둠으로 잠식해 가고 있었다.

주차장에 덩그렇게 주차해 있는 소영이의 차에 올랐다. 소영이는 말없이 차를 몰았다.

소영은 석양으로 물든 서쪽하늘을 생각하면서 차를 모는지 이미 어둑해진 서쪽하늘을 간간히 바라보았다.

"친구 프랑스에서는 어떻게 지내나?"

무거운 침묵이 계속되자 민구가 말했다.

"그럭저럭 살다 보니 이렇게 되었네. 만족할 만한 작품을 단 한 번도 하지 못하고 지금껏 이렇게 살고 있다네."

"주차를 이곳에 하면 시비가 없거든. 관공서 앞이기도 하고." 소영은 그 말을 하고 천천히 승용차를 주차시켰다.

거리는 벌써 어둑해져 있었다. 길거리에 늘어서 있는 상점들의 쇼윈도에는 간직하고 있는 상품을 알리려고 일제히 불을 밝혔다.

카페 안에는 사람들이 없었다. 턱을 고이고 앉아 손님을 기다리던 짧은 치마를 입은 마담은 마치 공이 튕겨 오르듯 일어섰다.

“어서 오세요.”

“오늘은 한가하네.”

소영이가 잘 아는 듯 웃으며 말했다.

“네. 시간도 이르고 해서.”

“저쪽 의자가 좋겠어.”

소영은 익숙한 곳인 듯 앞서가 자리에 앉았다.

먼저 맥주를 시켰다. 창밖을 바라보니 이미 어두워진 거리가 훤히 내다보였다.

“자 술 한잔 해.”

맥주가 테이블에 놓여지자 소영이 잔에 술을 따랐다.

“민구도 술 한잔해야지.”

소영이 다시 민구 잔에다 맥주를 가득 부었다.

베이지색 술병이 몇 병째 비워지는 동안 셋은 아무 말도 하지 않았다.

성규는 파리에 있는 친구들을 생각하며 가끔씩 창밖을 바라보았다.

술이 취해갈수록 창밖에 별처럼 펼쳐진 불빛이 마치 몽파르나스의 르조키로 착각이 들 정도였다.

민구는 무슨 말인가를 하려다 매번 그 말을 입 밖으로 내지 않았다. 그 모습을 바라보던 소영이 취한 목소리로 말했다.

"민구가 생각하고 있는 것이 무엇인가?"

성규도 그때서야 민구를 바라보았다.

"요즘 이 나이를 먹고 보니 여러 생각들이 꼬리에 꼬리를 무네. 새벽에는 잠이 잘 들지 않아 힘들어."

민구는 겨우 그 말을 하고 술잔을 들었다.

"민구가 이제야 철이 드는 모양이네."

"그래. 내가 지금까지 어떻게 살아왔는가? 젊었을 때는 무작정 정부가 하는 일에는 발 벗고 나서 반대만하지 않았나. 그때는 우파가 정권을 독점해서 잡았으니 나는 자동적으로 좌파가 된 것이지. 하지만 남은 것이 뭔가. 나는 아무것도 없다네. 지나간 세월을 후회도 해보고 왜 이렇게 살았는가? 하면서 자책도 해보았다네. 하지만 이제 모두 지나가 버린 거 아니겠나. 이제 어쩌겠어. 이것이 내 일이고 이것이 내 숙명인 것을."

"야, 너는 지금도 그 야구방망이를 신줏단지 모셔놓듯 모셔놓고 사냐?"

소영이도 취하는지 게슴츠레한 눈으로 민구를 바라보며 말했다.

그 말 속에는 경멸의 눈빛도 조금은 섞여 있었다. 성규는 알 길이 없는 둘만의 대화에 끼어들 수 없었다.

"성규 생각해봐. 민구가 지금도 학창시절 때 데모를 하던 그 방망이를 자기 머리맡에 두고 살고 있으니 그게 말이나 되는 행동인가?"

소영이의 말에 민구가 고개를 돌려 창밖을 바라보고 있었다.

"민구의 이야기도 들어보세."

두 사람의 말이 험악해 지는 듯 보여 성규가 나서서 말했다.

"요즘 환갑이 되니 사실 여러 생각이 들어. 내가 이 시점에서 나의 삶을 되돌아 봤을 때 사람들은 대부분 데모꾼이나 데모를 주선하는 사람으로 알려지고 있으니 말이다. 하지만 생각해봐 80년대를 겪어온 내가 어떻게 살았겠는가? 무슨 정신으로 세상을 살아갈 수 있었을 것 같은가? 사람들이 아니 어제까지 세상을 어떻게 살 것인가를 논하던 친구들이 하루아침에 흔적도 없이 사라져 가는 현장에 내가 있었으니."

그 말을 한 민구의 두 눈에는 전등에 반짝이는 이슬 같은 것이 있었다.

"미안하다. 하지만 잊을 건 다 잊어야 세상을 살지. 어떻게 그렇게 살아. 내가 민구만 생각하면 미칠 것 같거든. 나를 도와주는 셈 치고 다른 삶을 살아봐 부탁이야. 정권이를 봐. 정권이도 학생시절 때 그렇게도 데모를 하고 살았는데 다 집어치우고 새롭게 살고 있잖아. 한쪽으로만 생각하면서 말이야."

"나도 정권이처럼 살아야 잘 사는 것인가?"

민구는 그 말을 하고는 씁쓸한 표정을 하였다.

"너를 이해하지만 그게 어느 때 이야긴가. 사십 년이 지난 일들이야. 사십 년 전 그때 사람들을 봐 다 잘 살고 있잖아. 사람들은 다 그렇지 않지만 융통성 있게 세상을 살고 있잖아. 나는 친구인 네가 어떤 땐 답답하기도 하고 어떤 땐 심하게 말하면 불쌍하기까지 하단 말이야. 지금이라도 한쪽만 선택해."

"내가 미안하다. 오랜만에 만난 친구 앞에서."

그렇게 말하고 연거푸 앞에 있는 맥주를 스스로 따라 세 잔이나 거푸 마셨다.

"소영아. 나는 좌우를 생각하지 않았어."

민구가 그 말을 하고 씁쓸한 표정을 하였다.

"정권이는 누군가?"

성규가 소영이에게 말했다.

"초등학교 친구야. 정권이도 한때는 데모꾼이었지. 지금은 이 지역 시의원으로 활동하고 있어. 지난번에 아마 의장이 되었다지. 데모를 줄기차게 하다가 보수를 표방하는 당에서 일하고 있으니 생각을 바꾼 거겠지."

정권이에 대하여 자세하게 말해 주었다.

소영이의 표정을 봐 잘되었다는 표정이었다.

"나는 그렇게는 못살아. 하늘이 두 쪽이 나도. 차라리 나처럼 사는 것이 그나마 났다 생각해."

"자 술이나 한잔하세. 이 밤에 오랜만에 만나서 이래서야 되겠어."

셋이 술잔을 들어 반갑다는 말을 하며 잔을 비웠다.

그때 민구의 전화기에서 벨이 울렸다.

"강민구 선생님이시죠."

소리가 커 전화기에서 또렷하게 음성이 들렸다.

"네."

"전화받을 수 있습니까?"

차분한 중년의 목소리였다.

"네."

"선생님의 힘이 필요합니다. 사례는 할 터이니 우리 좀 도와주십시오."

"어디십니까?"

"화성공장 농성장입니다."

"자세한 사항은 이 번호로 연락드리겠습니다. 오랜만에 만난 친구가 있어서 술을 마시고 있는 중입니다."

민구는 전화를 건 사람을 잘 아는 사람처럼 말했다.

"이렇게 데모꾼과 데모를 막는 일에 동원하는 일을 하게 된 것이 얼마나 암울한지는 아무도 모를 것이네. 하지만 이것이 내게는 적성이 맞아. 데모를 하는 노동자들도 나를 못된 놈으로만 생각하고 있지는 않아. 사주들도 매한가지고 또 좌쪽에 있는 사람들도 그렇고 우쪽에 있는 사람들도 그래. 내가 화해를 시켜주는 촉매 역할을 하거든. 생각해봐. 어느 시점에서 시위를 그만 둬야 하는데 명분이 없는 거라 그 명분을 슬그머니 만들어 주는 역할을 내가 하는 것이지. 나에게 돌을 던지는 사람들을 내가 왜 모르겠어. 하지만 나 같은 사람이 없으면 늘 극단적으로 치닫게 되거든. 내가 말하는 좌우는 정치적인 해석이 아니야."

"너는 사회운동을 하는 것이 아니라 이제는 완전히 괴물로 변질이 된 사람이야. 그렇게 살면 안 되는 것을 너도 잘 알고 있잖아."

둘의 대화를 지켜보면서 성규는 씁쓸해 술잔만 들이켰다.

내가 왜 이렇게 하급인생들과 같은 자리에 있는 것인가. 이성적이지 못한 행동을 마치 그럴 수밖에 없다는 듯 자기 합리화에 매몰되어 있는 민구를 바라보았다.

민구는 소영이와 대화를 하다가 성규를 바라보았다.

"나를 경멸하는가?"

성규의 눈초리를 읽었는지 민구가 말했다.

"확실한건 모르지만 친구가 왜 그런 일을 하고 있는지 알 수가 없네. 내가 너무 이성적으로만 생각하고 있는 것인지 모르지만……"

"나는 이런 일을 하는 것이 내 몸에 편해. 이런 부탁이 있는 날에는 어떤 전의 같은 것이 몸속에서 반응한단 말이야."

"친구가 말한 이런 일이 무엇인지 나는 확실히 모르네. 그리고 친구의 일에 내가 어떤 코멘트를 해줄 이유와 능력이 없는 사람이고 미안하네."

"지금 전화 온 것은 화성공장에 노동자들이 데모를 하고 있는 곳이야. 꽤 오래된 농성장이지. 지금은 회사나 농성하는 사람들도 시위가 은근히 끝나기를 기다리는 시점이 된 것이고 이것을 잘 알고 있는 회사나 농성하는 사람들이 나를 부르는 것이야. 회사가 부른다는 명분도 있고. 나는 회사 편에 서서 그들을 설득하거나 농성장을 훼방시켜 달라는 것이지. 잘되면 누이 좋고 매부 좋은 것이고."

"그런 일을 아무런 거리낌 없이 한단 말인가?"

"어떤가? 산업의 역군들이라면 일을 하고 정당한 보수를 받는 것이 정의 아닌가? 해결이 안되면 적당한 폭력도 행사해 줘야 다 잘 되는 것이지."

"그런 일에 정의를 말하기는 곤란하네. 친구도 대학을 나왔고 그 때는 독재정부에 반대하고 사회를 바꿔보려고 시위했던 거 아니었나?"

"그랬지. 하지만 이제 시간이 흘러버렸어. 그리고 어떻게 되든 역사는 늘 한자리에 있지 않고 흘러가지 않았나. 우리가 생각한 대로 사회가 바뀌었나? 아니네. 그냥 적당히 타협하면서 사회는 그렇게 흘러가더란 말이네. 이제는 이 지역에서 어떤 땐 노동자 편에 서서 하다가 어떤 땐 회사 편에 서서 일을 한다네. 이 고장에서는 분쟁이 생기면 내가 그 일을 가장 잘 해결한다고 생각해. 나에게 그런 일을 맡기곤 하지 이렇게 말이야."

"그것이 정당한 일인가?"

성규는 민구의 말하는 태도에 대하여 어떤 말을 해야 할지 마땅한 단어가 떠오르지 않았다. 적어도 이곳으로 오기까지는 그래도 세상을 정의롭게 살고 있는 친구려니 하고 따라온 것이 잘못이라 생각했다.

"너는 그것이 문제야. 이 바보야."

소영이 끼어들어 말했다.

"오랜만에 만나서 이런 모습 보여줘 미안하네. 소영이는 술만 마시면 늘 저런 식이거든. 소영이도 내가 사는 모습이 안타까워하는 말이라는 것을 잘 알기는 하다만 친구 앞에서 내가 어찌해야 할지 모르겠네."

"괜찮네. 친구들인데 뭐."

밤이 깊어갔다. 소영이는 술이 취할수록 자꾸만 민구를 나무랐다.

말없이 친구들의 대화만 듣고 있던 성규도 술이 취해가자 서로 어우러져 이야기를 했다.

서먹했던 기운은 시나브로 사라지고 어느덧 옛 친구들로 돌변해 벽이 없이 이야기를 했다.

"오늘은 내가 너무 실수를 많이 했어. 오랜만에 만난 성규 앞에서."

소영은 더 이상 술을 마시지 못하겠는지 그 말을 하고 일어섰다.

"왜? 가려고?"

민구가 비틀거리며 일어서는 소영이에게 말했다.

"둘이서 더 마시고가. 나는 더 이상 마실 수 없네. 미안하다."

소영이 그 말을 하고 비틀거리며 문쪽으로 걸어가자 민구가 따라가며 부축했다. 성규는 자리에서 일어나 두 사람의 모습을 지켜보기만 했다.

도시의 불빛이 자꾸만 움츠러드는 느낌을 받았다. 마치 겨울 추위에 모든 사물이 긴장해 있듯.

민구는 익숙하게 지나가는 택시를 불러 세워 소영이를 태우고 택시기사에게 소영이를 집으로 잘 모시라는 말을 남긴다.

소영이를 태운 택시가 떠나자 민구는 성규에게 다시 한잔을 하자며 옷깃을 잡아끌었다.

다시 카페 안으로 들어가자 테이블 위의 술병을 치우던 마담이 말했다.

"술을 더하시려고요."

"네. 한 병만 더 마시고 가렵니다."

"내가 이렇게 산다네. 하릴없이 매일 이렇게 술 마시고 같이 마시던 사람을 배웅하면서. 친구도 내가 사는 모습을 보고 한심하다 생각하겠지만 습관적으로 내가 이렇게 되었어. 그렇다고 이 나이에 내가 딱히 어떻게 살아야겠다는 생각도 없고 이렇게 시간은 가네. 아니 보내고 있는 것이 맞겠지."

민구는 자기의 삶에 대한 넋두리를 하고 있었다. 성규는 민구의 말을 듣기만 하고 마담이 가지고 온 술을 따라 마셨다.

"파리에도 나같이 사는 사람들이 있는가?"

자기 말만 늘어놓던 민구가 술을 마시는 성규를 바라보며 말했다.

카페 안에는 성규와 민구가 둘이 앉아 술을 마시고 있었고 저쪽 자리에 마담이 두 사람의 이야기를 귀 기울여 듣고 있었다.

"세상은 넓고 사람들은 많아. 파리라고 특별한 곳인가 다 사람들이 사는 곳이라네. 여기에서 사는 것과 똑같아. 그곳에도 우리와 같이 슬플 때면 눈물을 흘리고 기쁠 땐 웃기도 하지. 사람이 살아가는 데 똑같을 수 있겠는가? 자기들 생각대로 살아가는 방법을 터득하면서 살아가는 것이지."

"나는 파리에서 생활하는 친구에게서 어떤 특별한 말이 나올 것 같아 기대했었는데."

어느새 마담이 놓고 간 술이 다 비워졌다.

마담은 계속해 두 사람의 모습을 관찰하듯 바라보고 있었다.

"이제 그만 가는 것이 어떤가? 친구도 피곤할 것이고 내일 일도 있고."

성규가 아쉬워하는 민구에게 말했다.

"오늘도 호텔로 들어가나?"

"그럼 마땅히 가야 할 곳도 없고."

"시간 늦었으니 오늘은 우리집으로 가세. 이곳에서 백 미터도 안 돼. 내가 살고 있는 곳이 있어."

두 사람은 비틀거리며 카페를 빠져나왔다.

민구가 말한 대로 그가 살고 있는 집은 카페에서 백 미터도 되지 않은 곳에 있었다. 민구의 집에 도착하여 둘은 방에 널부러져 잠을 잤다.

아침 일찍 일어난 성규는 물을 마시려고 작은 냉장고 문을 열었다.

남자 혼자서 살고 있는 집과는 다르게 냉장고 안에는 여러 식자재들이 잘 정리되어 있었다.

물을 마시고 정신을 차려 보니 소영이 말한 대로 창가에 야구방망이 한 개가 검도인들이 칼을 칼걸이에 올려놓은 것처럼 올려져있었다.

성규는 그 모습과 소영이 취중에 했던 말을 떠올려 보았다.

“너는 지금도 야구방망이를 신줏단지 모셔놓듯 모셔놓고 사냐.”

9

강변을 걸었다. 억새가 오늘따라 더욱 구슬프게 울어댔다. 날씨가 바람이 불고 흐렸지만 겨울 날씨답지 않게 춥지 않았다.

성규는 걸으며 생각했다. 어제 만났던 민구는 술을 그렇게 마시고도 아침 일찍 일어나 시위 현장에 나가야 된다고 깨웠다.

민구의 모습을 바라보며 소시오패스라 생각했다. 민구의 말 속에는 좌우라는 개념도 없었고 어느 편에 서서 일하지도 않았다. 그저 어느 편에 서서든 자기의 할 일을 하면 된다는 식이었다.

민구는 집을 나서기 전 칼 받침대 위에 올려져 있는 야구방망이부터 챙겼다. 그는 야구방망이의 손잡이 부분에 흰 붕대를 감고 있었다.

붕대를 다 감은 민구는 마치 전장에 나가는 장수처럼 비장한 모습으로 야구방망이를 마치 골프선수가 빈 스윙을 하는 것처럼 몇 번 휘둘러보고는 성규를 바라보고 빙그레 웃었다.

"시간이 되면 한 번 호텔로 찾아가겠네"

그 말뿐이었다.

파리에도 시위꾼들은 많았다.

정부에서 이렇게 하자고 하면 어떤 꼬투리를 잡아 그건 이래서 안되고 저건 저래서 안된다고 꾸며댔다.

그들은 나름대로 논리를 세우지 못하면 역설을 만들어 시위 현장의 사람들에게 설명하고 투쟁에 힘을 합하자고 했다.

정부에서는 그들의 말대로 그렇게 하자고 정책을 바꾸면 또다시 그건 아니라며 역설을 뒤집었다. 사람들은 그들을 소시오패스라 불렀다.

강민구는 5·18 때 학생운동을 하던 사람이었고 5·18이 끝나자 고향에 내려와 숨죽이며 살았다.

어떤 일에도 적응을 하지 못하던 민구는 온종일 빈둥거리며 살다가 우연히 공단지역의 환경연합에 가입하여 시위 현장을 찾아다녔고 그렇게 시위 경험을 쌓아가더니 지금은 온갖 시위 현장에 그가 나타났다.

축적된 시위에 경험을 살린 민구는 어떻게 시위를 하고 진압을 하는지를 잘 알아 진압도 잘했고 시위도 탁월했다.

지금은 시위가 있으면 누구든 해결을 위해 그를 찾는다고 했다.

어떤 문제의 해결을 위해 시위를 하면서 자신들이 하는 일들이 상대방에게 먹히지 않으면 그것을 해결할 사람으로 민구를 찾았다. 또 시위가 과격해지면 잠재워줄 누군가는 경찰이 아닌 민구였다.

공주산에 도착하여 선착장이 있었던 흔적들을 돌아보고 있을 때 소영한테서 전화가 왔다.

"지금은 어디에 있는가?"

"억새가 천지인 이곳에 있다네. 이곳에 바람이 많이 불어 갈대와 억새가 제법 세차게 바람에 흔들거린다네."

"어제 잘 들어갔어. 내가 실수나 하지 않았는가?"

"실수는 무슨."

"민구도 잘 들어갔는지도 궁금하고."

"어제는 민구네 집에서 자고 아침 일찍 호텔로 들어왔네."

"그랬어."

"민구한테 실수나 하지 않았는지 미안하기도 해서 전화했어."

소영이는 민구의 행동을 좋게 생각하지 않았다. 하지만 그를 경멸하지는 않았고 늘 민구 편에 서서 말을 하였다.

“아침 일찍 현장으로 간다고 하더군.”

“현장은 무슨 현장.”

“어딘가에서 연락을 받고 그리로 가야 한다더군.”

“그래. 또 시작이군.”

“혜숙이와는 연락을 해보았는가?”

성규는 얼른 말을 돌렸다.

“오늘쯤은 만나 보려고 했어.”

“만나면 놀러 와.”

“그래.”

그렇게 말을 하고 소영이는 전화를 끊었다.

바람이 겨울 날씨답지 않게 시원했다. 성규는 바람이 금강 하구의 강물 위에서 춤을 추는 모습을 바라보았다.

제법 큰 파도를 그려내고 있는 강물은 뱃길로 강경과 부여까지 이을 때를 생각하는지 자꾸만 선착장 안벽에 부딪쳤다. 안벽에 부딪치는 강물을 바라보고 있을 때 전화벨이 울렸다.

“까미유 끌로델. 잘 있었는가?”

프레디였다.

“잘 지내고 있다네. 파리에 있는 친구들은 모두 안녕하겠지. 미첼도 잘 지내는지도 궁금하다네.”

성규는 그 말을 하면서 몽파르나스의 르조키를 생각했다.

르조키는 늘 어두운 분위기의 겉모습과는 달리 카페 안에는 화려했다.

가끔씩 파리의 여인들이 동양인과 함께 있는 옆 테이블을 힐끔거리며 바라보며 술을 마시고 자유롭게 떠들어댔다.

"요즘 미첼은 전시회를 준비하느라 바쁘다네. 르조키에도 잘 나오지 않아. 내가 도와 줄 어떤 것도 없고 요즘은 나 혼자서 술을 마시는 날이 많아졌어. 빨리 친구가 오길 기다리겠네."

"알았어. 곧 가지."

"미첼이 준비하고 있는 전시회가 개인전이라 혼자 바빠 만날 시간이 없다네. 지난번에 개인전을 준비하고 있는 전시관을 갔는데 그곳에 늘어놓은 작품들이 온통 붉은색 천지인지라 이곳이 꼭 혁명 후의 색깔과 같다고 말했더니 의미심장한 웃음을 웃고는 자기 일에만 열중하더군. 친구도 이 전시회에는 왔으면 하는데 시간은 있는가?"

"전시회의 기간이 언제까지인가? 시작하는 날에는 찾아뵙지는 못하겠지만 한 번 들를 시간이 되는지도 궁금하네."

"30일 정도는 하지 않을까?"

"그렇다면 갈 수도 있겠어."

"그럼 그때 보세."

"고맙네. 이렇게 전화를 해줘서."

그렇게 말하고 전화를 끊었다.

미첼의 전시 작품을 생각하며 선착장을 빠져나왔다.

억새밭에 도착하여 구부러진 길을 가다가 작은 공간에 설치되어있는 나무벤치에 앉았다. 주변에서 작은 새들이 반기듯 조잘거렸다.

눈을 감았다. 늘 눈을 감으면 새들의 조잘거리는 소리가 마치 사람들의 수군거리는 소리로 들리곤 하여 그것을 느끼고 싶었다.

갑자기 억새의 하얀 목이 온통 새빨갛게 보였다. 새빨갛게 변한 억새밭 사이로 붉은 새들이 날파리처럼 날아다녔다. 왜 갑자기 붉은색으로 변해 버린 것일까 생각하면서 눈을 떴다.

눈을 떴어도 주변에 있는 모든 사물이 붉은색으로 변해 있었다. 자리에서 일어나 강물을 바라보았다. 강물 위에는 제법 큰 파도들이 억새밭 가장자리로 몰려들고 있었다. 강물의 색깔도 온통 붉은색이었다.

두려워 그 자리에 다시 앉았다. 다시 눈을 감았다. 눈을 두 손으로 누르고 한참 동안 그렇게 앉아있을 때 어디선가 작은 새들의 지저귀는 소리가 들렸다.

늘 분주하게 살아있다는 것을 확인하며 숲을 뒤적이던 그 소리가 아니었다. 지금 들리는 소리는 너무나도 가냘픈 소리였다.

그때서야 눈을 떴다. 자리에서 일어나 그때까지 눈앞에서 펼쳐진 광경이 무엇을 상징하는 것일까 생각하며 다시 걸었다.

무엇 때문에 깜박 졸음이 온 것일까? 어디선가 아버지의 목소리가 들렸다. 잠시 가던 길을 멈추고 서서 아버지의 목소리에 귀를 기울였다. 아버지의 거친 숨소리와 함께 성규에게 어떤 말인가를 하려고 온 힘을 다하였다.

아버지의 이마에는 어느덧 땀방울이 송골송골 피어났다. 조금을 기다리자 그 땀방울은 이마의 주름으로 작은 시냇물처럼 흘러내렸다.

"아버지."

자기도 모르게 아버지를 불렀다.

"너 는 이 애 비 의 마 음 을 알 지."

그것이 마지막이었다.

성규는 아버지의 마지막 말을 상기해 보았다.

사납게 불어대던 바람이 자면서 일순 모든 사물들이 정지해 있는 듯 보였다.

아무것도 보이지 않았다. 머릿속이 텅 빈 양동이처럼 쉽게 구겨져 버렸다. 문득 완성하지 못한 작품들 속에 막 완성하고 파리를 떠났던 작품을 생각했다.

사람들이 자고 있는 모습이라는 작품의 화강석 작품이었다. 언젠가 파리에서 신문으로 보았던 4·3의 희생자들이 잠들어 있는 모습과 그 앞에서 눈물을 뿌리던 대통령의 비통해하고 있던 얼굴을 생각하며 만든 작품이었다.

화강석 위에 묘지를 형상화한 수많은 글귀들을 새겨 넣은 작품이었다. 글귀를 파리의 시민들이 알 길이 없어 기호로 표기했다.

그 작품을 마감하고 성규는 술을 마시며 눈물을 흘렸다. 그때 미첼은 한없이 쏟아지는 눈물의 근원이 무엇인지 모르면서 자꾸만 눈물을 닦아주었다.

그때의 일을 생각하고 있을 때 호주머니에서 전화가 울어댔다. 미첼에게서 온 전화였다.

"까미유 끌로델."

전화를 받자 미첼이 반갑게 말했다.

"친구 잘 지내지."

"그럼. 몽파르나스에 친구가 없으니 텅 비어있는 것 같아."

"그렇게 말하니 너무 고맙네. 전시회는 잘되어 가는가?"

"사실은 그 전시회 때문에 전화를 이렇게 걸었다네."

"전시회 때문에? 어려운 일이 생겼는가?"

"그건 아니고 장소를 어렵게 섭외했기에 친구의 작품 몇 점을 같이 전시하고 싶어서. 자네도 없는데 나 혼자 결정해 마안하네만."

"변변치 못한 작품들이라 꺼려지네만 여기서 아직은 갈 수가 없으니 어떻게 하겠나?"

"친구가 좋아할지는 모르겠으나 내가 친구의 작품을 전시실에 어울리게 전시하겠네. 어떤가?"

"어떤 작품을 할 건가?"

"내가 아는 작품으로 하고 또 화보에도 내가 아는 대로 쓰겠네."

"내 작품실에 있는 작품을 골라보게."

"알았네. 먼저 자네가 작품을 끝내고 눈물을 흐렸던 작품과 돌 하나라는 작품. 그리고 소품들을 전시하겠네."

"그렇게 하게. 고맙고 내가 협조하지 못해 미안하네."

그렇게 말하고 전화를 끊었다.

눈을 감고 미첼이 전시할 전시실을 생각해 보았다. 붉은 톤의 작품들 사이로 언뜻언뜻 기억처럼 작품이 놓여있는 전시실이 그대로 떠올랐다.

10

아침부터 소영이와 혜숙이가 호텔 로비에 와있었다. 성규는 방 안에서 벽에 걸려 있는 민중을 이끄는 자유여신이라는 작품을 바라보고 있을 때였다.

"오늘은 일찍 왔네."

"혜숙이와 함께 올 수 있는 시간이 이 시간이라서 이렇게 왔어. 혜숙이는 오늘 친구를 만나려고 하루 휴가를 얻었지."

"고마워. 이렇게 친구들이 있다는 것이 얼마나 고마운지 가끔 그 생각을 하고 있었어. 이국땅에 살면서 이국의 친구들과 지내다보니 한국에 있는 친구들은 생각하지 못하고 지냈어. 이렇게 친구들이 있어 요즘은 행복해."

"그럼 나가지."

소영이 먼저 일어섰다.

소영이의 차가 주차장에서 주인을 기다리는 부적처럼 쓸쓸히 기다리고 있었다. 호텔에 사람들이 없다는 것을 말하여 주듯 주차장 주변에는 소영이 차만 덩그렇게 있었다.

주차장을 빠져나온 일행은 다시 억새가 한창인 억새밭 주차장으로 향했다. 소영이는 차를 주차시키며 말했다.

"오늘은 친구가 매일 사색하는 곳으로 가 이야기를 하세."

셋이서 억새밭을 걸었다.

겨울철이었지만 추위는 이미 물러간 듯 봄을 연상시키고 있었다. 주변에 머물러 있는 바람이 사람이 온다는 것을 알았다는 듯 가끔씩 갈대를 움직여 사각거리게 하였다.

한동안 누구 한 사람도 이야기를 꺼내지 않았다. 성규는 앞서 길을 걷다가 앙상한 수양버들의 가지가 출렁거리고 있는 나무 아래 노란색 나무벤치로 향했다.

"여기에 앉아."

성규가 먼저 앉으며 말했다.

"아, 정말 운치가 있어 좋다. 머리 위에서 이렇게 출렁거리는 나뭇가지가 있고. 꼭 조선시대 장원급제한 선비들이 어사화가 꼽힌 복두를 쓴 것 같아."

혜숙이 소녀같이 주변을 바라보며 자리에 앉았다.

"저기 저곳이 바로 오성산이고 백제시대엔 그 위에 작은 규모의 성이 있었지."

소영이 오성산을 가리키며 성규를 바라보았다.

"먼저 우리 고장인 백제의 멸망을 말해줄까?"

"그래. 나도 조금은 알고 있다만 소영이처럼 세밀하게 알지는 못해. 그리고 멀리 떨어져 살고 있다 보니 내가 살았던 고향을 잊고 살았거든."

"그럼 우리 고장이니까 우선 백제의 멸망부터 이야기해 주겠네. 서기 660년 6월 21일 13만 대군의 당나라 군대는 배를 타고 덕적도 앞바다에 도착해 신라군과 만났네. 그때 신라군과 약속한 당나라의 13만 대군은 배를 타고 진포 앞바다 그러니까 지금의 군산 앞바다로 진군을 했고 이곳으로 지나갔다네. 5만의 신라군은 육로로 황산벌 쪽으로 향해 백제를 침략했지. 이것을 안 백제군 5천은 황산벌에서 신라군과 결전을 벌였지. 그때 신라의 장수는 김유신이었고 백제의 장수는 계백이었어. 계백은 전세를 다 알고 있었어. 백제가 멸망할 거라는 생각에 처자를 모두 죽이고 전장에 임하였지. 처자를 죽인 것은 붙잡히면 노비로 끌려간다는 것을 잘 알고 있었기 때문이야. 계백과 장병들 5천은 용감히 싸웠지만 전멸하고 말았지. 중과부적이란 말이 있잖아. 아무리 용감히 싸우더라도 5천으로 5만을 상대하기는 어려웠을 테고 신라는 그동안 백제한테 당해왔던 터라 더욱 처절하게 싸웠어. 뱃길로 진군을 하던 당나라의 13만 대군의 장군은 소정방이었는데 금강하구의 해무와 갑자기 간간히 나타나는 백제군의 저항에 밀려 지체를 하였지. 저곳 오성산성에 있던 약간의 백제군들의 저항이 있었기 때문이었다네. 하지만 얼마가 되지 않아 오성산성에 있는 소수의 백제군은 단번에 무너졌고 당나라 군대는 거칠게 없이 사비성으로 곧장 올라가 결국 7월 11일에 백제 사비성을 공략하고 단 3일 만에 함락시켰어. 백제가 멸망하게 된 것은 신라와 당나라의 기습합동작전으로 인한 것이기 때문에 가능한 것이었지. 위험을 느낀 사비성에 있던 의자왕은 웅진성으로 탈출했지. 당시 웅진성은 철옹성으로 전장에서 한 번도 져본 적이 없는 예식진 장군이 그곳에 있었거든. 그러나 웅진성으로 피신했던 의자왕도 당나라군에 붙잡혔고 백제의 마지막 거점인 주류성마저 663년 9월에 함락당하고 백제는 완전히 멸망하고 말았지."

소영이 간단하게 백제의 멸망에 대하여 말했다.

"그러니까 당나라 군대가 이곳을 지나 그때의 사비성인 부여로 올라갔고 지금의 공주인 웅진성으로 피신한 의자왕은 외세인 당나라 군대에 붙잡혔고."

성규가 오성산 정상을 바라보며 혼잣말을 했다.

"그런 역사가 있었네. 난 그냥 백제의 의자왕이 삼천궁녀를 거느리고 방탕하게 살아 멸망한 것으로 알았었는데."

"사실 그 시대에 삼천궁녀가 있었다는 말은 일부의 역사학자가 일부러 그렇게 만든 것이고 의자왕은 방탕하지 않았다네. 641년에 신라의 40여 성을 함락시켰고 윤충을 보내 요충지인 대야성까지 함락시킨 야심찬 왕이었어. 당시 신라로는 결코 백제를 멸망시킬 힘이 없었어. 그와는 반대로 백제를 무서워했었지. 그래서 다급한 나머지 고구려에 사신을 보내 같이 백제를 치자는 이야기도 했었고 고구려가 응해주지 않으니 결국은 외세인 당나라와 합작한 것이지. 결국 전쟁에 진 의자왕은 사로잡혀 당나라로 끌려갔고 여기서 의자왕이 사로잡히게 된 것은 예식진 장군이 웅진성으로 피신해 온 의자왕을 자기가 잡아 당나라에 넘겨줬다는 것이 최근 밝혀졌다네. 당나라로 건너간 예식진 장군은 당나라에서도 장군 칭호를 받으며 잘 살다가 그곳에서 죽었다네."

"그랬었나. 나는 이런 내용을 모르고 살아왔네. 오르지 내 예술만 생각하며 살았지 하루 종일 정과 망치로 돌을 두들기고 연마해 돌 속에서 꿈틀거리는 형상을 파내며 살아왔지. 이 고장에 대한 귀한 이야기 들려주어 정말 고맙네."

"늘 그래 왔던 것처럼 성문은 안에 있는 누군가가 열어주어 성이 함락된다는 것이야. 밖에서는 성을 쉽게 무너뜨릴 수도 없고 밖에서 성을 무너뜨리려면 많은 사람들의 희생이 필요하겠지."

그렇게 말한 소영은 강물을 바라보았다.

"저 강은 그때의 일들을 다 알고 있을 터인데."

강을 바라보던 소영이 혼잣말을 하며 아쉬운 표정을 하였다.

성규도 소영이 바라보고 있는 강을 바라보았다. 잔잔하게 명경지수를 이루고 있는 강물이었다. 투명하게 주변의 나무와 산을 그려 넣은 금강의 강물은 아무 일도 없었다는 듯 조용하게 반짝였다.

"강이 너무나 조용하군. 이렇게 조용한 강은 오랜만에 보는 것 같아."

혜숙이 서먹한 분위기를 깨보려는지 말했다.

넓은 강엔 그렇게 많던 철새 한 마리도 없었다.

눈을 감았다. 수많은 배들이 하나 가득 병사들을 싣고 줄지어 금강을 거슬러 오르고 있었다.

소영이가 말했던 13만 당나라 대군이 타고 갔을 배의 수를 헤아려 보며 천삼백여 척의 배가 이 좁은 강을 따라 오른다고 생각해 보았다.

소영이도 그 생각을 하고 있는지 혜숙의 말에 아무런 대꾸를 하지 않았다.

약한 바람에도 억새밭에서는 가는 쇳소리를 냈다. 성규는 그 소리가 마치 백제를 멸망시킨 당나라 군대의 함성소리처럼 들렸다.

민구와의 약속도 있고 하여 지난번 찾았던 이야기 속으로라는 카페로 갔다. 민구가 미리 연락해 두었는지 혜숙이도 있었고 소영이도 있었다.

"어서 오게."

민구가 일어나 성규를 맞았다.

"잘 지냈나?"

성규가 자리에 앉으려 하자 민구가 얼른 말을 이었다.

"여기 김성훈. 잘 모르지. 하기야 나도 처음에는 몰라보았으니."

"우리 초등학교 친구가 맞는가?"

성규가 반갑다는 듯 성훈이에게 손을 내밀었다.

"시간이 많이 흘렀네. 성규는 초등학교 때 공부도 잘했었지. 나는 조금은 기억을 하고 있어. 소영이로부터 파리에서 예술을 하고 있다는 이야기도 들었고."

성훈이 손을 잡으며 반갑다는 듯 말했다.

"반가워. 내가 알아보지 못해 미안하구만."

인사를 마치고 자리에 앉자 소영이 급히 마담을 불렀다.

마담은 알았다는 듯 안주와 맥주 그리고 소주를 테이블 위에 올려놓았다.

셋은 한동안 말을 하지 않았다.

민구와 성훈의 좋지 않은 관계도 있었지만 그것보다는 어떤 말을 해야 할지가 문제인 것 같았다.

소영은 자꾸 창밖을 바라보았고 혜숙은 친구들 앞에 있는 술잔에 맥주와 소주를 섞어 따랐다.

“자 이렇게 꿔다놓은 보릿자루처럼 앉아있지만 말고 오랜만에 만난 친구도 있고 하니 건배를 하세. 건배사는 소영이가 하고.”

혜숙이 말하자 미간을 찡그리고 앉아 있던 성훈도 엷은 미소를 보내며 잔을 들었다.

“친구들의 건강과 우정을 위하여.”

소영이 친구들의 얼굴을 바라보며 ‘위하여’를 외쳤다.

갑자기 큰소리로 건배사를 하자 멀리서 그 광경을 바라보고만 있던 마담이 활짝 웃었다.

“미안하네. 지난번 내가 그 자리에 있어서. 하지만 내 변명도 들어주게. 친구도 직업이 그 일이지만 나도 직업이라면 직업이라네. 이해해 주게나.”

“우리 조합원들이 이렇게 앉아서 술을 마시는 모습을 본다면 나를 무어라고 하겠는가. 그리고 친구는 언제 그렇게 또 그 자리로 갔는가?”

성훈이 그렇게 말을 하였지만 불만이 가득한 얼굴이었다.

“자 다시 술 한잔하세.”

혜숙이 다시 술잔에 소주와 맥주를 섞어 따랐다.

“이번에는 프랑스에서 온 친구 성규가 건배사를 하고.”

다 같이 술잔을 들었다.

“친구들의 행복을 위하여.”

성규가 간단하게 건배사를 하자 일제히 위하여 하는 말을 하면서 술을 마셨다.

"민구야. 나는 니가 늘 불안하다. 시위 현장에서 너를 본 적이 있지만 곧 어떤 큰일을 낼 사람으로 보여."

성훈이 술을 마시고 말했다.

"그렇게 하지 않으면 누가 날 써 주겠어. 그런 것이 있어서 나를 그리로 보내지는 것 아니겠어. 나를 너무 이상한 사람으로 보지 않았으면 좋겠어."

민구가 변명하듯 말했다.

"나는 내 조합원들과 함께 회사 측의 불합리한 것을 고쳐보려고 한 것인데 친구인 민구는 그 자리에 왜 있는 것인가? 지금 우리가 시위를 하는 것은 다른 것이 아니야. 우리의 생존권을 위해 하는 것이야. 솔직히 말해 사 측만 배불려서는 안된다는 것이고 우리 노동자들의 고혈을 빼서 일방적으로 자기들의 배를 불려서는 안된다는 의미이지. 여기에 더 큰 이슈 같은 것은 없다네. 민구가 그곳에 나타나 미봉책으로 해결은 되었다만 그 불씨가 언제 다시 피어날지는 알 수 없어."

"미안하네. 늘 말했지만 나는 회사 편도 노동자 편도 아니야. 그냥 의뢰자가 부탁한 대로 움직여 주는 것이지. 그렇게 하면 미봉책이든 서로 한 발짝씩 양보하면서 시위는 막을 내리게 되고 그리 되면 두 편 모두 편한 것이 아닌가?"

민구가 멋쩍은지 뒷머리를 극적이며 말했다.

혜숙은 진지해지다가 다시 말이 커지고 그렇게 되다가 다시 싸움으로 번질까봐 전전긍긍하며 다시 술잔에 술을 따랐다.

술이 몇 잔 돌자 일행 모두가 술이 취하는지 어떤 말들을 하는지 모르게 떠들어댔다.

"친구들 좀 조용히 해보게. 내가 민구한테 한 가지 알아볼 것이 있어. 친구들 모두 궁금해하는 것이고."

소영이 취한 참에 그렇게 말하자 일순 조용히 소영이 말을 경청하였다.

"민구는 지금 우리나라에서 정치인들이 말하곤 하는 좌파인가 우파인가 나도 그것이 알고 싶고. 여기 친구들도 그것이 알고 싶을 거야. 그래도 한때는 민주주의를 위해 일해왔다는 것을 알고 있어서 하는 말이야."

소영이 말에 친구들은 민구의 입을 바라보고만 있었다.

민구는 자기가 스스로 술을 한 잔 따라 마시고는 입을 열었다.

"어려운 말은 아니야. 쉽게 말하겠네. 나는 좌우파라네."

대답을 듣고 싶어 하던 친구들이 민구의 말뜻을 이해 못하겠는지 눈을 깜박거렸다. 소영은 곤란한 표정으로 다시 말했다.

"좌파도 아니고 우파도 아닌 중도라는 말인가?"

"아니, 나는 좌쪽으로 갔다가 우쪽으로 가고 이리저리 움직인다는 뜻이라네. 나를 줏대 없는 놈이라고 욕해도 좋아. 하지만 지금의 나는 그래. 친구들 미안하네. 내가 그렇게 되어서. 하지만 그것이 살면서 이렇게 편한 것인지 이제야 알았거든. 친구들도 고지식하게 살지 말고 나처럼 살아보게. 이게 그렇게 편하고 좋은 거라네."

민구의 말에 소영이 입을 벌리고 말을 잇지 못했다. 그러나 민구의 말에도 지금 살아가는 방식에 대하여 욕할 수는 없었다.

"나는 요즘 정치인들이 내 뱉는 말을 듣고 있으면 민구보다도 못한 놈들이라고 생각하기도 하네. 어떻게 해서든 좌우갈등으로 지금의 프레임을 끌고 가려고 애를 쓰는 모습이 확실하게 보이니 말이야. 좌우갈등을 공산주의와 민주주의라는 틀 속에 넣으려고도 애를 쓰고 있고. 또 우리를 보고 좌파라고 입만 열면 말하잖아. 무식한 놈들 그것이 그렇게 쉽게 되겠어. 지금이 60년대 국민들도 아닌데 말이야."

성훈이 그 말을 하고 스스로 술을 따라 마셨다.

친구들의 말을 듣고 있던 성규가 입을 열었다.

"요즘 호텔에서 뉴스를 보니 한국 정치인들의 이야기하는 소리가 많았어. 이미 세계적으로 사라져 버린 좌우의 갈등에 대한 이야기가 많이 나오고 있고 또 그것을 조장하려고 애를 쓰는 정치인들의 말도 많이 보았네. 좌파와 우파는 프랑스에서 시작된 이야기네. 의회의 좌측에 있었던 사람들은 공화파의 사람들이었고 우측에 있는 사람들은 왕당파 사람들이었지. 그때 좌파라고도 하고 우파라고도 하며 자기들의 논리를 앞세우며 이야기한 것이 효시이고 지금 한국에서 말하고 있는 좌파와 우파 성격과는 다른 것이었지. 한데 우리 한국에 와서는 여러 가지의 일들이 변질되어 사람들에게 알려지거든. 마치 레밍과 같이 이리저리 누구 하나를 지목해 따라다니는 모습이 민주주의가 성숙되어 있는 유럽 사람들에게는 어떻게 비춰질까?"

친구들이 성규의 말을 진지하게 들었다.

"내가 하고 있는 일을 성훈이는 늘 가재 눈을 뜨고 바라본다만 그럼 정권이가 하는 일은 어떻게 생각하는가?"

민구가 성훈이를 바라보며 말했다.

"내가 길게 이야기할 입장도 아니고 또 잘잘못을 가릴 수 있는 입장도 아니네만 한 가지 나는 내 일을 할 뿐이야. 나는 내 생존권을 위하여 일할 뿐이라고. 이것을 너무 크고 넓게 해석하지 말아 줬으면 좋겠어. 굳이 정권이의 모습을 말한다면 80년대에는 민주주의를 위해 싸우다가 지금은 그 싸움 대상자들과 어울리고 있다는 것과 그래서는 안된다는 것은 아니지만 변절한 것은 사실이라 변절자라고만 말하겠네. 사람들의 생각은 매일 같은 생각만 할 수 없으니까 그것을 나는 친구로서 이해하는 것이고."

성훈이는 조용히 듣고 있는 친구들을 한차례 바라보며 말을 마쳤다.

“친구들의 사는 모습을 보면서 내 방식이 아니라고 잘못된 방식이라고 지적하지는 말자. 어디에서든지 친구들이 이 사회에서 한몫을 하면서 지내는 것을 축하해 주자고. 자 다시 술 한잔하세. 맘에 안 드는 일들이 얼마나 많은가? 서로 민주주의를 위한다고 하지만 민주주의라는 것을 알지도 못하면서 말이야.”

소영이 다시 술잔을 들었다.

“우리의 행복을 위하여!”

소영이 건배사를 외치자 모두 ‘위하여’를 외치며 술을 마셨다.

“나는 친구들이 여기서 무슨 말을 하고 있는지 모르겠어. 이 나이 먹고 아무것도 모르며 살고 있으니…… 좌가 무엇이고 우가 무엇인지 난 모르겠어. 그냥 이렇게 촌부로 살고 있었고 그것이 편했으니.”

혜숙이 웃으며 말했다.

“사실 우리가 지금 살고 있는 것을 중요시하는 것은 어떤 가치관으로 살고 있는가? 라는 것인데 그 기준은 마땅히 정하여지지 않은 일 아닌가. 시위를 직업으로 여기고 살고 있는 민구 친구는 좀 문제가 있는 것 같네만 민구는 다른 일을 할 수는 없는 것인가?”

성규가 듣고만 있다가 어렵게 말했다.

"그렇게 생각하는가? 사실 나도 이 일을 하면서 많은 생각을 하고 있다네. 미안하네. 하지만 내 마음속에 있는 생각을 친구들에게 꺼내 말할 수도 없고 난감하네. 그리고 친구들께 미안하네."

그 말을 하고 민구는 술을 몇 잔 스스로 따라 마셨다.

이야기가 많아질수록 밤은 더욱 깊어갔다. 마담은 술이 떨어졌는지 가끔씩 확인하고 술을 가져와 테이블 위에 올려놓았다.

혜숙은 친구들의 모습을 살피며 친구들이 떠들어대는 소리를 경청할 뿐 아무런 말을 하지 않았고 모임을 이끌어 가는 소영은 술이 취하는지 자꾸만 머리를 흔들었다.

민구는 가끔씩 성훈의 눈치를 보며 술을 마셨고 성훈은 술을 마시면서도 어떤 생각을 하는지 긴 한 숨을 몰아쉬었다.

11

성규는 혼자서 억새밭을 걸었다. 억새밭에 겨울바람이 불었지만 차갑지 않았다. 엊저녁의 일을 생각하며 억새밭에 있는 나무벤치에 앉았다.

민구는 친구들로부터 공격을 받아 얼굴이 난처한 표정이었다. 소영은 민구의 마음을 잘 알고 있는지 어떤 땐 바늘로 찌르는 말을 하다가도 민구를 생각해 다시 자기 말을 감췄다.

성훈은 자기가 하는 일을 충실히 하고 있다는 것을 친구들한테 밝혔고 또 자기가 속해 있는 노동조합원들은 자신들의 권익을 위해 싸운다고 거듭 말했다.

성훈의 말은 노동조합에서 하는 일이 본인들의 생존을 위한 투쟁이라는 것을 밝혔다.

친구들의 모습을 보면서 혜숙은 밥상 위에 있어서 풍성해지는 밑반찬 같은 존재였다. 인생에 달관한 듯 술을 마셔도 자세에 흐트러짐이 없었다. 성규가 친구들을 하나하나 생각하고 있을 때 미첼에게서 전화가 왔다.

"까미유 끌로델. 잘 지내고 있었는가?"

"나야 잘 지내고 있지. 파리의 친구들은 잘 지내는가?"

"어제 일을 마치고 프레디와 술을 한잔했다네. 그리고 친구 작업실에서 친구가 깎아 놓은 작품 몇 개를 전시실에 옮겨놓았어. 프레디의 말로는 작은 돌멩이가 물결의 무늬를 내고 있는 작품이 꽤 좋아 보인다는 말을 하더군. 그동안 내가 센강을 주제로 하여 그린 그림들과 어울린다나. 나는 그렇게 생각이 되지 않은데 프레디가 그렇게 깊이 이해하고 있는 줄 몰랐데."

"프레디가 그렇게 말하던가? 나도 어쩌면 프레디와 같은 생각인지 모르겠어. 늘 친구의 작품을 보고 있으면 내가 가야 할 길을 제시해 주는 듯도 했었지. 이곳의 강도 자네가 생각하고 있던 그런 강이라네. 자네는 파리의 센강과 리옹의 론강 그리고 손강이 혁명의 강이라고 말했듯이 이곳에 있는 금강도 자네가 말했던 그런 강이었다네. 나는 늘 이 강가에서 친구들을 생각하며 걷고 또 걷고 있다네. 기회가 되면 이곳으로 와 금강의 모습을 한 번 그려보시게."

"그런가? 그곳에도 혁명의 강이 존재해 있었는가?"

"그렇다네. 지구의 변방이지만 있을 것은 다 있는 곳이지."

"그렇다면 화구를 들고 꼭 한번 가겠네."

"고맙네. 그리고 전시회 준비를 잘하시게나. 이곳에 있어 돕지도 못하고 늘 미안한 생각만 가지고 있다네."

"이제 전시회 날짜만 기다리고 있어. 친구는 걱정하시지 마시게."

"좋은 결과 있기를 기원하겠네."

"친구 고맙고 빨리 파리로 돌아와 예전과 같이 생활해보세."

그러게 말하고 미첼은 전화를 끊었다.

전화를 받고 나니 어느새 주위가 어둑해졌다. 어디선가 구름이 몰려와 하늘을 덮었다. 불던 바람도 멈추고 마치 폭풍 전야와 같은 사위였다.

서둘러 공주산을 향해 발걸음을 옮겼다.

억새밭에서는 아무런 소리도 들리지 않았다. 그렇게도 따라다니던 새떼도 보이지 않았고 숲속에서 바스락거리던 바람소리도 멈추어 있었다.

막 공주산에 도착할 즈음 그것을 기다리고 있었던 것처럼 눈발이 비쳤다. 공주산에서 다시 되돌아올 때에는 수많은 풀벌레가 숲속으로 추락하고 있었다.

성규는 함박눈을 맞으며 억새밭을 걸었다. 바람도 한 점 없고 춥지도 않았다. 억새밭은 금세 온통 눈바다로 하얗게 변해 있었다.

한동안 걷다가 수양버들이 있는 벤치로 발길을 돌렸다. 오랜만에 느껴보는 겨울의 정취였다.

강으로 낙하하는 눈보라는 강물에 닿자마자 사라져 버렸다. 강물은 그 많은 눈송이를 아무런 저항도 없이 받아들이고 있었다. 억새밭과는 다른 풍경이었다.

노란색 벤치에 앉아 그 모습을 생각하며 눈을 감았다. 눈앞에서 붉은 기운이 온 강에 점령해 있었다. 미첼의 그림이었다.

하얀 갈대밭도 여지없이 붉은 기운이 감돌아 있었다. 성규는 미첼의 생각이 어디에 있는지를 머릿속으로 더듬어 보다가 자리에서 일어섰다.

노랗게 칠해진 몇 개의 나무벤치에는 온통 눈을 뒤집어쓰고 있었다. 걸어 나와 눈을 피할 수 있는 공간이 있는 대나무 동굴로 걸어갔다. 대나무 동굴 안에서 밖을 바라보았다.

수많은 하루살이 비슷한 눈발이 함박눈으로 변해 이제는 새떼가 되어 자유낙하하고 있었다. 막 눈을 감상하고 있을 때 전화벨이 울렸다. 소영이로부터 걸려온 전화였다.

"성규. 이렇게 눈이 퍼부어대는데 어디에 있는가?"

"억새밭을 걷다가 큰 눈을 만났네. 무슨 일인지 잘되려고 하는 것 같아. 친구는 어디에 있는가?"

"학교에 있네. 자료 좀 찾으려고 학교에 왔다가 이렇게 눈을 만났지. 너무나 황홀하네. 아마도 이런 눈은 올들어 처음인 것 같아."

소영이의 들뜬 목소리였다.

"오늘 같은 날에 술 한잔하면 딱인데 움직일 수가 없네. 호텔에 갇혀 있어도 조금은 괜찮을 듯도 하고 눈길 조심하게."

"오늘은 피하고 내일 보세. 내일은 우리나라의 근대에 있었던 이야기를 해주겠네."

"고마워 내일을 기다리고 오늘은 호텔에 있겠네. 내일 보세."

그 말을 하자 소영은 전화를 끊었다.

대나무로 얼기설기 엮어 만든 터널 위에도 눈이 쌓여갔다. 천천히 대나무 동굴을 빠져나와 호텔 쪽으로 걸었다. 눈은 한 치 앞도 보이지 않을 정도로 퍼부어 댔다.

호텔에 올라가 방에서 강물로 자유낙하하고 있는 무수히 많은 새떼를 감상하고 있었다. 호텔 주위에 있는 키 큰 소나무 위에도 눈이 쌓여 간간히 그 무게를 털어내고 있었다.

아버지를 생각했다. 아버지는 4·3 때 모든 가족을 잃었다. 주위에 가족은 한 분도 없었다.

제주 시내로 나간 할머니가 아무런 영문도 모르고 죽어가는 사람들을 보고 밤길을 걸어 집으로 돌아와 아버지를 피신

시켰다.

마침 학살의 현장을 도망치려던 이웃의 도움으로 배를 탔고 그길로 부산으로 향했다. 성규 아버지는 아무런 연고도 없는 부산에서 어부로 취업을 하고 그때부터 고기잡이배를 탔다.

12

밤부터 겨울바람이 불어와 온도가 급강하하였다. 호텔 방 안에서 밖을 바라보니 창밖은 온통 눈세계로 변해있어 다른 세계에 들어와 있는 느낌이었다.

금강을 내려다보고 있으니 파리극장에서 보았던 닥터지바고가 생각났다. 한동안 밖을 내다보고 있자 또다시 눈이 천천히 자유낙하하고 있었다.

친구들을 떠올려 보았다. 소영이는 이렇게 눈이 오는 날에는 어떤 일을 하고 있을까 생각하며 전화기를 매만졌다.

막 소영이에게 전화를 하려고 할 때쯤 또다시 함박눈이 쏟아졌다. 전화번호를 눌렀다. 몇 번 벨이 울리지 않았는데 소영이가 전화를 받았다.

"성규?"

"눈이 이렇게 내리는데 무엇을 하고 있는지 전화를 걸었네."

"지금 혜숙이랑 친구 이야기를 하고 있었어. 호텔로 찾아가 보려고. 호텔에서 보면 주변에 눈이 쌓여 절경이겠어."

"창밖이 온통 눈세계라네. 먼 곳에는 강물이 출렁대고 있고 그 위에 눈이 떨어지고 있지. 눈이 좋은지 철새가 떼로 몰려와 물 위서 자맥질을 하고 있네."

"경치가 눈에 그려지네. 지금 혜숙이랑 그리로 가겠네. 요 며칠 동안 술을 너무 마셔 속도 거북했었는데 그리로 가면 좀 풀어지려나 싶어."

"그럼 기다리겠네. 길이 미끄러우니 조심해서 오게."

전화를 끊고 소영이와 혜숙이를 기다렸다. 한동안 민구를 생각해 보다가 성훈이의 절박한 표정을 생각하기도 했다.

소영이와 혜숙이가 로비에 와 있다는 연락을 받고 내려갔다. 털외투를 입은 소영이와 수수하게 입고 있는 혜숙이가 로비에 있는 가죽소파에 앉아있었다.

"저리로 가세."

호텔 커피숍으로 같이 들어갔다.

커피숍에는 눈 때문이지 한 사람도 없었다. 커피를 시키고 앉아 소영을 바라보았다. 소영은 성규에게 무슨 말인가를 하려다 눈이 마주치자 그만두었다.

"할 말 있는가? 참 한국의 근현대사에 대하여 말해준다고 해놓고…… 나는 이렇게 기다리고만 있다네."

소영이에게 그 말을 해놓고 파리에 있는 미첼을 생각해 보았다.

지루하게 프랑스 혁명사에 대하여 열변을 토하던 미첼의 모습은 비장하기까지 했었다.

연한 커피향이 구수하기까지 했다. 정장 차림의 커피숍 소년이 커피 찻잔을 가져와 테이블 위에 내려놓았다.

"필요한 것이 있으시면 저를 부르세요. 감사합니다."

소년은 깊숙이 인사를 하고 갔다.

"한국의 근현대사에 대한 것은 보잘 것 없다네. 먼저 조선이라는 나라가 망할 조짐을 보이고 있었던 때부터 이야기해 보겠네. 짤막하게 말을 할 터이니 더 알고 싶으면 그때그때 질문해도 좋아."

소영이 커피잔을 입술에 대어보며 냄새를 맡아 보고는 그렇게 말했다.

"말해 보게나."

"구한말에 갑신정변이라는 이야기는 들어 보았겠지."

"그럼. 들어는 보았는데 이제 다 잊어버렸어."

혜숙은 소영이와 성규가 이야기하고 있는 모습을 바라보며 커피를 마셨다.

"그러니까 고종 때였지. 지금 중국이 청나라였을 때 일본은 메이지유신이 막 지났을 때의 일이라네. 그때 우리나라를 청과 일본이 서로 차지하려고 붉은 눈을 뜨고 있었지. 왕비인 민비는 청나라의 도움을 받아 민씨 일족들의 배를 불리는 데에 혈안이 되어있었고, 민비의 시아버지 흥선대원군은 그런 외척 세력을 견제하기 위해 애를 쓰고 있었다네. 당시 민비의 요청으로 청나라에서는 우리나라에 군대를 파견하였지. 그 수가 3천 명이었다네. 민비를 견제하기 위해 애를 쓰던 시아버지인 흥선대원군은 청나라 군대가 우리나라에 들어와 주둔하고 있다는 것을 반대한 터라 청나라에선 그런 흥선대원군을 내버려 두지 않았지. 그런 흥선대원군을 청나라로 데려가 꼼짝 못하게 위패를 하고 말았어. 그 와중에 일본은 어떻게 해서든 우리나라를 차지하려고 노리고 있었고. 당시 일본에 유학하고 있던 급진 개화파인 김옥균 박영효 홍영식 서재필 등이 주축을 이루고 조선을 개혁하지 않고는 급변하는 세계에 뒤떨어진다는 생각을 하고 개혁을 하려면 돈이 필요하다 생각해 김옥균이 일본으로 건너가 차관을 빌리려 했으나 실패하고 말았지. 일본도 개혁을 하여 전제군주제에서 입헌군주제로 바뀐 상태였어. 골자는 왕은 군림은 하되 통치는 하지 않는다는 것이었지. 그것을 보고 온 급진 개화파들은 우리나라도 그렇게 해야 한다고 생각한 거지. 성규 내 말을 이해는 하고 있는가?"

"그럼 그때의 조선은 힘이 없었고 외부의 세력이 강성하여 문제가 많았으니까. 그것을 헤어 나오려고 노력을 하고 있었던 상황이었군. 그것이 시아버지와 며느리의 암투까지 초래했고."

"시아버지와 며느리의 암투?"

혜숙이 그 말을 하고 의아한 표정을 하였다.

"왜 혜숙이는 놀라는가?"

"그렇다고 암투까지 겠어."

"암투였어. 권력은 부자간에도 나누지 못한다고 하지 않았어. 그때는 그랬어. 흥선대원군은 아들 고종의 며느리를 들일 때 외척의 득세가 걱정되어 고르고 고른 나머지 자충수를 둔 거지 외척인 민 씨들과 큰 연고가 없는 며느리라 생각하고 있었으니까."

"그랬어."

"그때 서재필의 나이가 고작 19세였고 박영효와 홍영식은 20대 김옥균만 30대였어. 그들은 모두 대관 집 자녀들이었다네. 일종의 부르주아지. 부르주아 혁명이 성공하려면 프롤레타리아들이 참여를 해주어야 하는데 그렇지 못했지. 그 젊은 나이에 그런 것들을 깊이 알았겠어. 우선 급진적으로 개혁해 보려는 마음뿐이었겠지. 또 일본에서 도움을 준다는 귀뜸도 있었고."

"사실 프랑스 혁명도 처음에는 부르주아 혁명이었다네. 이건 소영이 이야기가 끝이 나면 자세하게 설명해주겠네."

성규가 끼어들며 말했다.

"급진 개화파들이 거사할 시간을 기다리고 있었지. 그때 마침 청나라는 필리핀을 정벌하려고 했었기 때문에 그곳으로 조선에 주둔하고 있는 병력을 일부 보내야 했어. 3천 명의 청군을 조선에 1500명만 남겨두고 1500명은 철수했지. 그때 조선에서는 우정국 개국 축하연에 고종과 민씨 일파가 참가한다는 소식을 개화파들이 접하고 그들을 먼저 처단하고 왕을 납치하겠다는 계획을 세웠지. 그날이 1884년 12월 4일이었네. 마침 그날에 민씨 일족들이 모였고 미리 계획한 대로 우정국 뒤편에 불을 질러 그들이 도망쳐 나오자 그들을 하나하나 처단했지. 그리고 왕도 납치하였지. 이렇게 갑신정변이 시작되었다네. 급진 개화파들은 왕을 경우궁으로 납치하여 여러 개혁안을 왕의 명으로 발표하였지. 경우궁에 있던 민비는 이상했어. 평소 같으면 문턱이 닳도록 찾아오던 측근들이 보이지 않는 거라. 이리저리 수소문해 보니 그 측근들은 이미 죽었고 왕도 급진 개화파들에 의해 잡혀 있는 거라. 민비는 여러 궁리를 하여 왕에게 창덕궁으로 거처를 옮기라고 말하고 청에게 도움을 요청하였지. 그때 일본군은 150명 정도가 급진 개화파를 돕고 있었지. 수적으로 상대가 되지 않아 창덕궁으로 왕이 거처를 옮기자마자 청군들이 들이닥쳐 그들을 몰아냈지. 이때 홍영식은 왕을 보호하다가 칼에

찔려죽고 나머지는 일본으로 도주하여 갑신정변은 3일 만에 끝이 났지. 이렇게 허무하게 갑신정변은 끝이 났어. 10년 후에 다시 동학혁명이 일어났으니 우리에게도 18세기에는 혁명의 시기였던 거라. 여기에는 많은 이야기가 숨어있어. 하지만 여기서 친구한테 세세하게 말해줄 수는 없고 간단하게 이렇게만 이야기하는 것이네. 친구도 이렇게라도 알고 있어 주게."

"쉽게 이야기해주어 고맙네."

"여기에 여러 이유들이 있고 급진 개화파들이 3일 동안에 발표한 13개 개혁안이나 여러 이야기들이 있어. 하지만 그 이야기는 하지 않았네. 하지만 한 가지 우리가 알아야 할 것은 청나라는 그 후에 우리를 조약에서 속국이라는 명칭을 쓰기 시작했지. 도와준 값을 하라는 것이야. 이 일을 계기로 결국 청일전쟁이 우리 땅에서 시작되었고 결국은 청은 일본에 패망하고 말았다네. 그럼 우린 어떻게 되었겠어. 우린 다시 일본의 속국이 된 거지. 일본이 우리를 괜히 도와 줬겠는가? 자기 나라 군인들의 피를 공짜로 흘리지는 않았겠지. 또 갑신정변이 성공했다고 해봐. 일본을 등에 업은 젊은 급진 개화파들이게 정권이 넘어갔다고 해봐. 봉건제도에서 입헌군주제로 바뀌는 혼란한 상황이 머리에 그려지지 않나? 그 가운데 호시탐탐 우리를 노렸던 일본은 어떻게 했겠어. 한일합방의 결과가 더 빠르게 이루어 졌을지 모르는 일이야. 하여

간 나라를 지키려면 개혁도 중요하지만 우선 나라의 기반을 바로 잡고 힘을 기르고 나서 개혁을 해야 되는 것이지. 이것이 역사의 교훈이고 갑신정변의 결과야."

"간단하네. 소영이가 참 아는 것이 많아. 성규도 잘 들었지."

혜숙이 소영이의 말을 듣고 무릎을 치며 말했다.

겨울 날씨라 쉽게 어두워졌다. 어둑어둑해져 가자 소영이 먼저 일어났다. 혜숙이도 따라 일어서며 말했다.

"내일 다시 보게."

"그래."

"오늘은 갑신정변에 대하여 말했으니 다음에는 갑오동학혁명에 대하여 이야기해 주겠네. 그리고 어떻게 알았는지 정권이가 한 번 보았으면 하데. 시간이 나면 한번 만나보세."

"알았어. 오늘 고마웠어."

소영이와 혜숙은 주차장 쪽으로 걸어갔다. 성규는 소영이 차가 보이지 않을 때까지 그 자리에 서서 지켜보았다.

13

날씨가 추웠다. 아침 일찍부터 서둘러 홍천사로 향했다. 거리에는 바람이 불었지만 홍천사 경내엔 바람 한 점 없었다.

홍천사에 도착했을 땐 벌써 49재 의식이 시작되었는지 목탁소리가 경내에 울려 퍼지고 있었다. 3층 법당에서 주지스님의 경을 읽는 소리가 밖에서도 확연히 들렸다.

바로 주지스님이 있는 대웅전으로 올라갔다. 대웅전에는 그때나 똑같이 금장을 한 부처가 그윽한 미소로 바라보고 있었다.

부처께 예를 다하고 주지스님 뒤에 무릎을 꿇고 앉았다.

주지는 경을 읽으며 한 번도 성규를 바라보지 않았다. 오늘 따라 경을 읽는 주지의 목소리가 슬프게 들렸다.

눈을 감고 아버지의 지난날들을 생각해 보았다. 아버진 늘 해망동 그 끝집에 들어오면서 맨 먼저 성규를 불렀다.

"성규야. 바람 끝이 차다. 오늘은 무엇을 하고 지냈어."

겨울에는 늘 같은 말이었다. 아버지는 성규의 대답이 듣고 싶었지만 점점 머리가 커지면서 아버지의 물음에 대한 대답은 하지 않았다. 그땐 물고기 비린내도 싫었다.

"오늘은 이만하면 되겠어요."

아버지를 생각하고 있을 때 주지가 말했다.

"날씨가 추워집니다."

주지스님을 바라보고 고맙다는 인사를 그렇게 말했다.

"여긴 삼일 동안은 이렇게 춥다가 또 사흘은 다시 풀리게 되어 있어요. 처사님도 며칠만 기다리시면 추위는 곧 물러갈 겁니다."

"네. 그렇게 되겠지요."

대웅전을 내려오자 신도들의 처소 툇마루에서 혜숙이 기다리고 있었다.

"오늘 다 끝났어."

"시간은 좀 되었지만 시간이 빠르게 지나갔네."

그렇게 말하며 혜숙이 기거하고 있는 방으로 들어갔다.

지난번과 같이 물이 끓고 있었다. 다기가 손님을 기다리고 있는 것같이 방 한가운데에 놓여있었다. 다기 앞에 앉아 혜숙이 내오는 차를 마셨다.

"소영이의 말을 듣고 있으면 가끔 어떻게 저렇게 아는 것이 많은지 하고 생각이 들어. 요즘 소영이 말이 도움이 많이 되지."

"소영이 때문에 파리의 친구들과 대화하는데 도움이 많이 될 것 같아."

"오늘은 소영이 안 만나는가?"

"나 때문에 소영이가 힘들어 할지 미안하기도 하고."

"소영이는 누군가에게 자기가 알고 있는 것을 말해줄 때가 즐거운가봐. 소영이와 내가 친하니 소영이 얼굴만 봐도 알 것 같아."

"하는 일이 그것이니 그렇겠지."

혜숙은 작은 찻잔에 성규가 차를 마시면 다시 따르는 것을 게을리 하지 않았다. 성규는 갈증이 있는 사람처럼 혜숙이 따라주는 차를 몇 잔째 받아 마셨다. 방안에는 곧 차 냄새가 구수하게 퍼져 녹녹하게 익어있었다.

"정권이를 소개해주기로 했었는데. 정권이에 대하여 아는 것이 있는가?"

"정권이는 이 시에서 시의원으로 여러 번 당선되었어. 지금은 시의장이 되어 있고 이 고장이 야당의 도시인데 정권이는 그렇지도 않으면서 의장이 되었지. 주민들 지지가 많아.

아마 사람이 좋아 그런가봐."

"정권이를 만나 보았는가?"

"만나보지 않았는데. 소영이와는 꽤 친한 걸로 알고 있어."

"소영이는 아는 사람도 많아 친구들하고 잘 지내고 있고."

"그렇지 소영이는 나와는 다르지."

"사람은 다 같을 수는 없는 것이지."

"그럴까?"

"정권이가 나온다고 연락이 오면 혜숙이도 같이 올 건가?"

"요즘 신도들에게 일을 제대로 해주지 못해서 주지스님께 미안하기도 하고 요즘 좀 그러네."

"같이 만나는 것도 나쁘진 않겠는데. 시간을 좀 내 봐."

"알았어. 연락을 줄게."

차를 마시고 밖으로 나왔다. 춥던 날씨가 주지의 말대로 풀리는지 따뜻했다.

홍천사를 빠져나와 택시를 탔다. 호텔로 가지 않고 곧바로 억새밭으로 향했다. 아직 잔설이 남아있는 억새밭 위에 따뜻한 햇볕이 쏟아져 내렸다.

억새밭을 걸으며 소영이 말했던 갑신정변에 대하여 생각해 보았다.

구한말 우리나라 사정은 풍전등화와 같았다. 서양에서는 정벌을 목적으로 배들이 한반도로 닥쳐왔고 조선은 세계가 급속도로 발전하는 것을 모르고 우물 안 개구리처럼 나라 안에서 싸움질만 하고 있었으니 한동안 그 생각을 하며 프랑스에서 있었던 대혁명을 생각해 보았다. 프랑스 대혁명도 시작은 부르주아들이었다. 우리나라 갑신정변보다 100년 앞서서 일어난 프랑스 대혁명은 십여 년의 혁명 끝에 전재주의가 사라지고 공화정이 되었다. 우리에게도 기회는 있었구나? 라고 생각하며 억새밭을 걸었다.

청명한 겨울 날씨가 걷기에 좋았다. 한동안 소영이의 말을 생각하며 걷고 있을 때 미첼한테서 전화가 왔다.

"까미유 끌로델. 잘 지내는가?"

"이곳에서 친구들 몇 명을 만나면서 재미를 붙이고 있네. 아버지 장례 절차가 끝이 나면 곧바로 파리로 가겠네. 파리에 가서 친구들하고 이야기할 내용들이 너무 많아. 이제야 내가 살던 곳의 역사에 대하여 알 수가 있었다네. 속살까지 다 알고 난 다음 그리로 가겠네."

"참 반가운 말이네. 기다리겠네. 그리고 곧 전시회가 시작되어 친구의 작품 몇 점을 전열해 놓았다네. 친구의 작품이 있어 전시실이 풍성해지는 것 같아. 고맙네."

"내가 고마운 일이지. 작품 잘 부탁하네. 친구의 작품에 비하면 내 작품은 졸작이라서 고개를 들을 수 있을지 모르겠어."

"프레디가 와서 보더니 작품전시실이 친구의 작품이 있어 윤택해 졌다고 하더군."

"프레디는 잘 지내고 있는가."

"매일 전시실을 들락거리고 있어. 오늘도 전시실에 있다가 르조키로 방금 전에 갔네."

"르조키가 생각이 많이 나네."

"이곳 생각 말고 친구 일에 열심히 하게나."

"고맙네."

미첼은 그렇게 말하고 전화를 끊었다.

어느덧 공주산 입구까지 왔다.

선착장이 있었던 곳에 서서 햇빛에 반짝이는 강물을 바라보았다. 찰싹거리는 물결이 반기는 것처럼 느껴졌다.

한동안 한가하게 자맥질하고 있는 가창오리 떼를 바라보았다. 무슨 말을 하고 있는지 재미있게 이야기하며 자맥질을 하고 있었다.

성규는 억새밭을 가로질러 걸어 호텔로 향했다. 호텔방에는 아무도 없었지만 그래도 반겨주는 그림이 있었다.

역동적인 모습의 마리안느를 살펴보며 눈을 감았다. 꿈속에서 들리는 소리가 있었다. 사람들의 울부짖는 소리였다.

소영이가 말했던 동학군들이 흰옷을 입고 나타나 기관총과 맞서는 모습이었다. 흰옷을 입고 앞서던 사람들의 대부분은 붉은색으로 물들어 쓰러졌다. 전투의 장면은 우금치 전투였다.

성규는 그 내용을 잘 알지 못하지만 토막토막 말해주던 소영이를 생각하였다. 처절한 전투의 장면을 떠올리며 눈을 떴다.

벌써 저녁이 되어 있었다. 도저히 잠을 이루지 못할 것 같아 밤에 호텔을 빠져나와 억새밭으로 향했다.

날씨가 어두웠지만 억새의 하얀 머리는 확실하게 보였다. 하늘을 보니 별무리가 반짝거리고 있었고 하늘의 중심쯤에는 하얀 달이 억새밭을 내려다보고 있었다.

성규는 아무도 없는 억새밭을 걸으며 하늘에 핀 별무리와 억새밭위에 하얗게 피어난 억새의 머리를 바라보며 생각했다.

마치 하늘의 별이 땅 아래로 떨어져 억새밭에 머물러 있는 것 같았다. 억새의 하얀 목과 하늘에 핀 별들을 번갈아 바라보면서 공주산 입구까지 걸었다. 아무도 없는 공주산에는 검은 그림자만 남아 있었다.

강변 쪽으로 걸음을 옮기니 강물은 하얀 도화지를 깔아 놓은 듯 하얗게 보였다. 그 도화지 위에 미첼이 그림을 그려 넣듯 별무리가 아롱져 있었다.

일찍부터 소영이 전화를 했다. 날이 완전히 풀렸는데 호텔 방에서 무엇을 하고 있느냐는 것이었다.

옷을 차려입고 소영이가 기다리고 있는 커피숍으로 천천히 내려갔다. 호텔을 내려가며 여러 생각을 하였다.

소영이가 말해줄 동학은 어떤 모습일지 궁금하였다. 소영이는 블루오션라는 커피숍에 홀로 앉아있었다.

커피숍이 외진 곳에 위치한 것도 있지만 이런 겨울 날씨에 일부러 찾는 사람도 드물었다. 블루오션에는 소영이와 바리스타만 있었다.

소영이는 성규가 오기를 기다리며 벽에 전시해 놓은 그림들을 하나하나 다가가서 세밀하게 관찰하였다.

그림은 휘황찬란한 보석을 주제로 그린 것이었고 보석과 장미꽃이 어우러져 있는 그림이었다.

성규가 들어오자 소영이 자리로 향했다. 성규는 소영이 무엇을 마시는지를 묻고 커피를 한 잔씩 시키고 자리에 앉았다.

커피숍을 지키고 있던 바리스타 소년이 곧 커피를 준비하여 테이블 위에 내려놓고 갔다.

소영은 커피의 냄새를 한 번 맡아 보고는 테이블 위에 다시 놓았다. 성규도 소영이가 하는 대로 따라 하였다.

“오늘은 좀 길게 이야기해줄 것이 있어. 우리는 1894년에서 1895년까지 일어난 사건을 동학혁명이라 부르지. 이것은 순수하게 농민들이 일으킨 혁명이야. 지난번에 갑신정변을 이야기해 주었지. 그 갑신정변이 일어나고 꼭 십 년 만에 일어난 사건이 동학농민혁명이었어. 청나라는 갑신정변에서 급진 개화파들과 외세인 일본을 물리친 공로로 조선에 더 많은 요구를 하였고 그때부터 청나라는 문서에 조선을 속국이라고 표현하였지. 청이 그렇게 나오자 조선은 청을 견제하기 위하여 러시아와 손을 잡으려 하고 있었어. 이것을 청이 알아차렸지. 청은 더 많은 행패를 부렸지. 이때 영국에서는 전략의 요충지인 거문도를 점령해 버렸지. 청나라는 거문도가 점령 되었다는 것을 알고 있었으나 조선은 그것을 모르고 있었지. 이것으로만 봐도 조선은 이미 기울어진 나라가 되어버린 거지. 청이 재차 영국이 거문도를 점령했다는 말을 조정에 말을 해. 아무것도 모르고 있던 조선은 그때서야 수소문해 사실을 알아보니 거문도에는 이미 점령당해 영국기가 펄럭이고 있었지. 이렇게 조선은 외세를 끌어들이고 국토의 방위를 외세에 맡겼으니 이때부터 이 나라가 이미 청의 나라가 된 것이지. 통일신라시대에서는 그래도 당나라와 같이 전쟁이라도 벌였지만 그랬어도 당나라의 요구를 들어줄 수밖에 없었던 처지가 되어버렸던 거고 그것을 반면교사로 삼았어야 했었는데 역사의 교훈을 깡그리 잊어버리고 또 그런 우를 범하고 말았지. 19세기에 세계의 공통된 문제는 반외세와 반봉건이었는데 조선에서는 다 실패하고 말았어. 조선은 이제 다른 나라의 손에 넘어가 버린 거지. 이런 반외세와 반봉건을 외치고 나온 사건이 있었는데 이것이 바로 동학혁명이라는 것이야. 아주 중요한 혁명이었지. 동학은 최재우에 의하여 만들어진 일종의 종교집단이야. 최재우는 흥선대원군에 의해 위험한 생각을 한다고 하여 결국은 대구에서 죽임을 당하게 되었고 그 뒤를 이은 사람이 최시형이었지. 교주인 최시형 아래 조직이 있었는데 이것을 포접제라고도 했지. 대접주가 있었고 그 아래 지방 조직인 접주가 있었어. 이렇게 조직이 갖추어져 있으니 조직이 커질 수밖에 없었지."

소영은 그렇게 말을 하고 차를 한 모금 마셨다. 그리고 잘 알아듣고 있는지 성규를 바라보았다.

"우리나라 19세기의 사건을 알아듣겠어."

"지구상에는 18세기 19세기에 큰 변화가 있었지. 18세기 후반들어 프랑스 대혁명이 있었고, 미국에서는 조지 워싱턴이 대통령이 되었고, 또 가까운 일본에서는 메이지유신이 있었지. 모두 봉건주의의 모순에 대항하여 일어난 사건들이었어."

성규는 알아들었다고 그렇게 말했다.

"1차 봉기 때에는 탐관오리 조병갑의 횡포로 시작되었지. 농민들을 부당하게 괴롭혔던 조병갑에게 농민대표로 뽑힌 전봉준의 아버지가 항의를 하다가 장형 백대를 맞고 장독에 걸려 죽어버렸지. 이것을 본 전봉준이 분개하여 김개남, 손화중과 더불어 봉기를 했던 것이지. 그 봉기가 커져서 고부는 물론이고 정읍과 전주까지 장악해 버렸다네. 조선의 궁궐에서는 그것을 지켜보고만 있을 수밖에 없었어. 진압하려 해도 진압할 군대가 없었지. 동학군들은 궁궐에 항의하고 동학군이 요구하는 요구사항을 보냈지. 궁궐에서는 동학군들의 요구사항을 보고 다 들어주겠다고 약속하여 전주화약을 하고 해산하였는데 궁궐에서는 약속을 지키지 않는 거라. 전주화약의 골자는 탐관오리의 횡포금지. 과부의 재가. 노비문서 불태우고 신분재도의 철폐 그리고 토지재도의 개혁 폐정개혁을 요구하였지. 이렇게 전주화약을 했다고 하면서 청과 일본이 나가 줄 것을 요구하였으나 청은 나가고 일본은 나가지 않았어. 그러다가 일본군이 궁궐을 점령해 버린 사건으로 비화되었지. 이렇게 되고 난 다음에는 일본군대가 동학군을 토벌하려고 나타난 것이지. 그래서 다시 2차 봉기가 시작되었지. 이번에는 척왜양창의라는 기치를 들고 반외세를 주장한 사건이 되어버렸어. 척왜양창의는 왜놈과 양놈들을 배척하고 의를 내세운다는 뜻이라네. 1차 봉기 때에는 아무래도 봉건사회를 붕괴시킬 목적이었지. 고부민란부터 시작된 동학은 고부군수 조병갑의 만행을 규탄하고자 시작했고 그게 커져서 결국에는 전주관아까지 점령해 버린 사건이었어. 이때 전봉준이라는 접주는 사발통문을 통하여 봉기할 사람들을 모집하였지. 사발통문은 참여하는 사람들의 명단을 적은 것인데 사발을 엎어놓고 돌아가면서 참여자 이름을 참여자 스스로 자기 글씨로 적은 것인데 일종의 서명 같은 것이지. 사발을 엎어놓고 동그랗게 썼으니 누가 주동자인지도 나타나 있지 않은 것이 특징이지. 1차 동학의 봉기는 동진강의 강물의 사용료를 과도하게 걷어들이는 바람에 1894년 백산에서 봉기한 것인데 정부의 관리인 안핵사 이용태가 1차 동학의 봉기가 동학농민군들이 모두 잘못한 것으로 보고하자 시작된 봉기였지. 백산 알지? 여기에서 가까운 김제 백산을 말하는 것이지. 이런 말이 있어 앉으면 죽산이요, 서면 백산이라는 야산에 농민군들이 앉으면 대나무 죽창만 보이고 동민들이 서면 백색 옷을 입은 동학군이 하얗게 보인다는 의미이지. 전봉준은 황토현 전투와 황룡촌 전투에서 대승을 거두게 되지. 이때 궁궐에서는 안되겠다 싶어 청에게 도움을 요청하게 되는데 청이 조선의 일에 개입하게 되면 자연히 그 사실을 일본에도 알려야 한다는 톈진조약이 있어 곤란하였지. 그런데 이 와중에 일본군이 조선의 궁궐을 장악해 버렸어. 그래서 동학혁명군들은 외세를 배척한다는 말이 나왔고 1차 동학혁명은 전주화약으로 동학군이 물러나 진압되었으나 일본의 궁궐 장악이라는 엄청난 일이 벌어졌다는 것을 안 동학혁명군은 남접과 북접이 힘을 합하여 지금의 공주인 우금치에서 집결하여 5~6일간 최후의 대 혈전이 펼치게 되지. 그때 농민군의 수는 20만에 이르렀고 이들이 신식무기로 중무장한 일본군과 싸우게 되지. 그게 싸움이 되겠어. 동학군 일부는 조총을 가지고 있었지만 일본군은 기관총으로 무장한 상태이고 또 농민군 대부분은 죽창이나 농기구로 싸움을 시작하는 반면 일본군과 관군은 최신식 무기로 무장하고 있었으니 동학군은 오래 버티지 못했지. 결국 패잔병이 된 전봉준은 순창까지 도망을 치고 후일을 도모하고 있었는데 동학군 내부의 밀고로 전부 붙잡히고 말았고 전봉준은 붙잡혀 서울로 압송되어 교수형에 처해지게 되지. 이렇게 동학혁명은 실패로 돌아가고 말았지. 이것이 동학농민혁명의 끝이야.

"동학혁명에 대하여 알기는 했지만 이렇게 자세하게 알지는 못했네. 고맙네. 하지만 우금치 전투가 왜 그리 중요한 것인가?"

"이것보다 더 세밀하게 알려주고 싶은데 시간도 그렇고 이해도 쉽지 않을 것 같아 이렇게 짧게 이야기했어. 우금치는 공주에 있고 우금치 전투에서 승리를 하면 곧바로 한성까지 치고 올라갈 수 있는 곳이기 때문에 중요한 요충지라네. 여기 이 금강 물도 그 공주를 돌아 여기까지 흘러오고 있고 그래서 금강이 동학의 피가 흐르고 있다고 한 것이지. 동학의 시작은 동진강에서부터 만경강에 이르고 마지막은 이 금강에서 끝이 난 것이지."

"그렇구나."

그 말을 하고 성규는 금강 쪽을 다시 한번 바라보았다.

"동학을 아주 중요하게 생각하는 것은 당시에 평등사상을 주장했고 전주화약에서 농민들 스스로 관리하는 마을의 자치기구인 집강소를 설치하였으며 정부에서는 교정청을 설치하게 되었다는 것이야. 동학은 우리 가까이에 있었고 그네들의 삶이 지금도 이어지고 있으니…… 이 동학의 혁명군들의 피가 헛되지 않았어. 동학은 훗날 1919년 기미년에 3·1독립운동으로 번졌지. 어쩌면 조선의 독립군들의 역사도 동학으로부터 시작되었을 것이야. 그래서 동학혁명이 중요한 사건이라 부르는 것이야."

"동학혁명이 그렇게 중요한 것인지 난 지금껏 몰랐네."

"외세를 끌어들여 나라의 안정을 꾀하는데까지는 좋은 생각이라고 해. 하지만 이 나라에 와서 나라를 안정시켜 주는 데에는 까닭이 있는 것이지. 청나라도 결국은 나라를 통째로 내놓으라는 거였고 일본도 역시 도움을 주고 난 다음부터 나라를 내놓으라고 요구한 것이었잖은가? 또 이 나라에서 청과 일본은 싸움을 하였고 청이 전쟁에서 지자 일본이 주권까지 빼앗으려 하였지. 결국 아관파천이라고 러시아의 힘을 빌려 일본을 견제하려 하자 러시아는 우리나라에 아예 땅을 내놓으라고 했잖은가? 우리나라에는 그때 금강송이 유명했어. 러시아는 두만강 압록강 울릉도의 나무들의 채벌권을 가져갔고 부산의 절영도를 가져가 석탄창고로 쓰기에 이르렀지. 이때 일본은 가만히 있었겠는가? 그들은 다시 러시아와 충돌하게 되고 러일전쟁에서 일본이 또 승리를 하게 되었지. 그렇게 되고 난 다음부터 일본은 우리나라를 완전히 손에 넣어버린 것이지. 우리와는 싸움 한번 하지 않고 챙긴 것이야. 그렇게 시작된 것이 을사늑약이고 일본의 본격적인 지배를 받게 된 것이지. 청일전쟁 때에는 청이 일본보다 무기로는 우수했지만 전쟁에서 진 일화가 많은데 거기까진 알 필요도 없어."

그 말을 마치고 소영이는 그때서야 커피를 마셨다. 긴 이야기를 해서인지 아니면 동학의 그때를 생각해서인지 소영의 눈에는 이슬 같은 것이 반짝였다. 성규는 그런 소영의 마음을 알았다는 듯 커피를 마시고 말했다.

"저 유명한 프랑스 혁명을 생각해 보았는가?"

"말로는 많이 들었는데 잘 알지는 못해."

"그럼 내가 17세기에 일어났던 프랑스 혁명에 대하여 알기 쉽게 이야기해 주지."

"그건 다음에 이야기하기로 하세. 오늘 점심에 정권이와 만나기로 약속이 돼 있어. 정권이는 시의장이라서 시간 내기가 어려운가봐. 내가 특별히 성규 이야기를 했더니 시간을 낸다고 했어. 이제 시간이 되었으니 약속장소로 가자."

성규는 소영이를 따라갔다. 차에 오르자 소영이는 빠르게 출발하였다. 성규는 차창에 스쳐 지나가는 금강하구를 바라보며 생각에 잠겼다.

"이제 도착하였어. 지난번에 만났던 친구들과는 좀 다른 분위기가 있을 거야. 하지만 모두 친구니까 괜찮을 거야."

식당으로 들어가 정권이를 기다리고 있는 동안 소영은 한마디도 하지 않았다. 성규는 그런 소영이에게 그동안 느끼지 못했던 느낌을 받았다.

어색한 시간이 흐르고 있을 즈음 정권이가 들어왔다. 정권이는 말쑥한 정장으로 하늘색 넥타이를 하고 있었다. 정권이는 표정으로도 권위가 느껴졌다.

"여기 성규. 성규를 모르나. 지금은 프랑스 파리에 있고 예술활동을 하고 있지. 성규는 정권이를 알 수 있을 것 같은가?"

"초등학교 때의 일인데 지금도 그때 얼굴을 조금 있기는 하네."

두 사람은 오래된 막역한 친구처럼 악수를 하고 자리에 앉았다.

성규는 정권이의 태도에서 중요한 사람들과 소통하고 있다는 느낌을 받았다.

처음 본 사이라 어색할 듯도 했지만 어색함이 없는 모습이었다. 그 사이 소영이는 음식을 주문하고 소주도 한 병 주문하였다.

"파리에 있다는 소문은 들었어. 매일 일들이 생겨 이렇게 오늘에야 시간을 냈어. 이렇게 늦어 미안하네. 이제 종종 만나 이야기하세."

"앞으로 한 달 정도 머물 작정이야. 그간 친구들을 많이 만났네. 여기 소영이를 만나 역사공부도 다시하고 있지."

"소영이는 많은 것을 알고 있으니 역사공부 많이 하시게."

곧 상이 차려지자 정권이는 먼저 소주를 한 잔 따랐다.

"소영이도 한 잔 해."

정권이는 소영이에게도 소주를 한 잔 따르며 말했다.

"요즘 친구들 많이 만나는가?"

"성규가 와서 요즘 바빴네. 민구도 여러 번 만났고 성훈이도 그리고 혜숙이도 만났지."

"민구는 지금도 그 일을 하고 다니는가?"

"그럼 그것이 자기가 할 일이라고 생각하고 있어."

"옛날에는 나라를 바꾸어야 한다고 떠들어 대더니 이제 그렇게 되었으니 참 친구로서 뭐라 말할 수도 없고."

"요즘 성규와 같이 여러 번 만나보니 민구도 생각 없이 그런 일을 하는 것이 아니라 마음속에 뭔가가 있는 듯 보였어. 나는 아직도 어린시절의 꿈을 버리지 못했나 했는데 그것이 아닌 듯하네."

"그런가?"

"성훈이는 자기들의 삶을 위하여 투쟁도 하고 또 자기들의 이익을 창출해 내기도 하였지. 한마디로 말하면 자신의 생존권을 위한 투쟁이야."

"요즘 친구들하고는 이야기를 해보지 않아서 난 모르는 일이지만 떠도는 이야기가 바람결에 내 귓가에까지 흘러들어와 사실인지는 몰라서 난 모르는 체 지내고 있지. 그것이 잘한 일인지는 모르고."

정권이는 그 말을 하고 성규의 생각을 알고 싶은지 슬쩍 바라보았다. 그런 모습을 소영이 알아차리고 말했다.

"성규는 아직 잘 모를 거야."

"그러나 외부에 있는 사람이 더 잘 알 수 있어. 장기를 두는 사람보다 옆에서 보는 사람이 수를 빨리 본다고 하잖아."

정권이는 그 말을 하고 성규 앞에 있는 술잔에 술을 따랐다.

"난 아직 상황을 잘 모르네. 파리에 있을 때엔 교민들이 만든 신문을 읽어 한국에 어떤 일이 벌어지고 있는지 상상만 할 뿐이었어. 사실 한국 내부에서 일어나는 일에 참견할 수도 없고 또 해서는 안 되는 일이라 생각하고 있지. 요즘 소영이한테 한국의 역사 이야기를 들으며 많이 깨우치고 있는 중이라네."

"그런가?"

"어려운 이야기하지 말고 술이나 한 잔씩 더해. 그리고 식사를 하자고."

소영이 어색한 분위기로 흐르는 것을 방지하기 위하여 말을 돌렸다.

성규는 정권이의 모습을 보아가며 술을 마셨다. 정권이는 품위를 잃지 않으려고 애를 쓰는 모습이었다.

정권이를 보고 언젠가 읽었던 '참을 수 없는 존재의 가벼움'이란 소설을 생각하게 하는 대목이었다.

소영이는 그때부터 말없이 정권이 이야기만 경청하였다. 성규는 성훈이의 생각이나 민구의 생각을 떠올려 보면서 술잔을 기울였다.

14

억새밭을 걸었다. 억새밭을 걷다가 늘 앉아있곤 하던 수양버들 아래 나무벤치에 소영이가 먼저 앉았다.

"오늘은 프랑스 혁명에 대하여 말해줘."

그 말을 한 소영이의 눈빛이 빛났다.

"소영이가 한국의 근현대사에서 했던 대로 프랑스 혁명에 대하여 쉽게 이야기해 주지. 따로 공부해야 프랑스 혁명사에 대하여 어느 정도 알게 되겠지만 여기서는 간략하여 말해 주겠네. 프랑스의 친구들과 종종 역사 이야기를 했는데 그들에게서 배운 것들이 책에서 공부한 것보다 많아. 그들에게서 주워들은 이야기부터 하겠네."

“그런 것이 산 역사 이야기이기도 하잖아.”

“이런 말이 있어. ‘현실의 혁명이 실현되기 위해서는 먼저 사람들의 머릿속에서 혁명이 일어나야 한다.’ 가와노 겐지의 말이네. 프랑스 혁명은 1787년에서 나폴레옹이 실권을 장악하기 전인 1799년 까지 약 10년간 일어난 사건이야. 1787년은 프랑스에선 흉년이 든 해였고 프랑스 산업이 쇠퇴한 시기였지. 영국과는 통상조약이 이루어졌었고 정치적으로는 혁명사회가 소집되고 고등법원이 추방되었지. 이렇게 시작된 프랑스 혁명의 불씨가 크게 번지게 되는 계기는 각 지역에서 일어난 식량폭등이었어. 사람들의 최우선은 먹고 사는 일이었기 때문에 이 일이 크게 작용했던 것이지. 그 일로 농민들의 투쟁과 식량폭동이 일어났지. 이때에 나온 말이 우리들도 잘 아는 ‘빵이 없으면 케이크를 먹으면 돼지’라고 말했다는 마리 앙투아네트의 일화도 있잖아. 그것은 현실을 모르는 기득권층의 단면을 보여준 일화라고 생각되는 것이지. 이렇게 프랑스 국내가 소란스러워지자 삼부회도 개최되었고 공화정의 시초인 국민회의도 선언되었지. 이렇게 되자 사건을 모면해 보려고 네케르가 파면했지. 그러나 들불같이 번진 프랑스 혁명은 바스티유 교도소를 함락해 버리는 사건으로 번졌지. 바스티유 교도소는 보통 잡범들이 갇혀있는 교도소가 아니고 정치범들이 대거 수용되어 있는 교도소이지. 그래서 그 함락이 중요한 의미를 가지고 있는 것이고 비로소 정치범들이 풀리고 봉건적 특권이 폐지되었지. 우리가 알고 있는 그림인 민중을 이끄는 자유여신이라는 그림을 잘 알거야. 그림 저편에 희미하게 보이는 바스티유 교도소 높은 곳에 프랑스 공화국의 상징인 삼색기가 펄럭이는 것을 자세하게 보면 알 수 있어. 외젠 들라크루아 작품인데 이때를 상상하여 그린 그림이지. 이때 가장 중요한 프랑스 인권선언이 1789년 8월 26일에 있었지. 이런 사건들이 전부 혁명이 시작되고 2년이 채 되지 않아 일어난 사건들이야. 이것으로 급진적인 개혁이 시작되었지. 사람들은 절대왕정의 상징인 베르사유까지 행진을 하였고 교회의 재산이 매각되어 교회의 권한이 땅에 떨어졌지. 교회의 권한과 재산이 매각되는 일은 중요한 일이야. 국민들은 소득의 10분의 1은 무조건 교회에 세금을 내야 했거든. 국가에 세금을 내고 또 교회에도 세금을 내야 했으니 민중들은 얼마나 힘들었겠어. 그런 와중에 1791년에는 국왕이 국외로 도주하다 붙잡혔고 사면을 하였으나 국왕의 권위는 이미 땅에 떨어져 버렸지. 가장 중요한 일은 이로써 입법의회가 성립되었다는 것이야. 공화정의 시작이라고 볼 수 있지. 성직자들은 교회의 재산을 매각하라는 명령에도 매각하겠다는 선서를 하지 않은 성직자들이 있었지. 혁명정부는 명령을 이행하지 않는 교회를 단속하기도 했지. 이것이 1791년에 일어났던 사건이야. 내가 이렇게 쉽게 말을 하고 있지만 여기에는 얼마나 많은 저항이 있었겠어. 그리고 양측

간의 전쟁 같은 공방전이 매일 이루어졌겠지. 사람들도 많이 죽었고. 1792년 비로소 왕당파인 지롱드파 내각이 실각이 되었고 왕의 권리마저 폐지되기에 이르지. 이로써 공화정이 성립되고 자연히 왕의 재판문제가 제기되기 시작했고. 프랑스 혁명은 시작 후 숨 가쁘게 진행되어 1793년에 드디어 루이 16세가 처형이 되는 일이 발생되었지. 저 센강변에 위치한 콩크르드 광장의 단두대에서 목이 잘려 처형되는 왕을 생각해 보았는가? 왕이 처형되고 공화국 1년 헌법이 가결되었어. 자연스럽게 왕당파인 지롱드파들의 처형이 시작되었지. 1794년에는 에베르파를 처형하고 이어 당통파 역시 처형하였지. 이렇게 하여 모든 왕당파들은 처형되었고 중요한 것은 왕을 처형하고 또 왕비인 마리 앙투아네트까지 처형했으니 전재왕조는 무너져 버린 것이지. 이렇게 역사에 대한 단죄를 함으로써 다음 세대를 열어 가는데 걸림돌을 제거한 셈이지. 여기서 중요한 것을 우리도 알아야 할 텐데. 이게 프랑스 혁명을 쉽게 이야기한 것이야. 내용면에서는 책 한 권으로 말해도 부족한 거지만 프랑스 역사 강의를 하는 것이 아니고 우리는 어떻게 해야 할 것인가를 중점적으로 이야기하고 싶었어. 우리는 그런 단죄를 한 적이 한번이라도 있었던가? 민족에게 온갖 나쁜 짓을 한 반민족 행위자들마저 처단하지 못했으니. 민족의 정기가 바로 서겠어."

"나는 프랑스에서는 역사적 심판을 어떻게 하고 있었는지가 가장 관심이 컸던 것이고."

소영은 말끝을 흐리며 겨우 그 말을 하였다.

"우리나라에서는 역사의 심판을 제대로 하지 못해 다음 세대들이 올바른 역사관을 갖지 못하고 있다는 말을 많이 들었어."

성규가 소영의 생각을 듣고 싶어 말을 했다.

"우리는 그것이 문제였어. 늘 그랬지. 우리 민족들은 사람이 좋아서 그런지 단죄를 당할 사람들이 꾀가 많아서 피해 갔는지 확실한지는 모르겠지만 이것만은 확실해. 단죄를 해야 할 것들을 하지 못한 것 말이야."

"소영이가 말했던 민구의 가슴속에 들어 있는 것이 무엇이었을까? 소영이는 정권이한테도 그렇게 말했잖아. 민구의 행동에 대하여 우리가 모르는 무언가 있어서 그러는 거 같다고."

"확실히 아는 것은 없어. 하지만 민구를 만나고 나면 내 가슴속에 뭔가 찌꺼기 같은 것이 남아 있어. 그것이 무엇인지 나도 알고 싶거든."

"내가 민구를 보았을 때엔 그런 것은 느끼지 못했어. 민구는 그냥 그 일을 하고 있을 뿐이었으니까."

"그렇게 쉽게 사람을 평가할 일은 아니라고 생각해. 민구가 어떤 사람이었는가? 초등학교 때부터 고교시절까지 수석을 놓치지 않은 친구였고, 또 대학에서는 세상을 바꾸어 보려고 데모에 앞장섰던 친구가 아닌가? 친구는 민구를 잘 알지 못하지만 나는 민구를 잘 알아."

"또 이런 생각을 했어. 민구의 행동은 어쩌면 사회적인 현상이 아닌가? 하고."

"사회적인 현상?"

"그렇지. 우리의 역사를 되돌아 봐. 독립운동을 한 사람들은 지금껏 사람 같은 생활을 하고 있었는지. 우리는 그들을 대우했는지. 일본에 빌붙어 있던 놈들은 전부 그때 축적한 부를 지금껏 이용하고 정치계 학계 그리고 경제계까지 진출하여 지금까지 잘살고 있잖아."

"그것을 사회학적으로 접근해 봐야겠군."

그 말을 한 소영이 강물 쪽을 바라보았다.

"소영이 남편이 사회학 교수가 아닌가?"

"그걸 어떻게 알았어?"

"홍천사에서 혜숙이와 차를 마시며 자연스럽게 알게 되었다네."

"바로 곁에 있는 친구인 남편에게 연구 좀 해보라 해야겠어. 민구문제만 아니니까?"

"그렇게 해보게. 그것이 빠른 해결책이 될 수 있으니까?"

"오늘은 너무 재미나게 프랑스 혁명사를 공부했네. 더 자세한 것은 프랑스 혁명사를 놓고 공부 좀 해야겠어."

그렇게 말하고 소영이 일어서 억새숲으로 걸었다. 성규는 소영의 뒷모습을 바라보며 따라 걸었다. 소영은 앞서 걷다가 멈추었다.

"왜. 멈추었나?"

"머리가 꽤 복잡해서. 이젠 조금 정리가 돼가. 머릿속도 맑아졌고."

"프랑스 혁명이 어수선하게 끝이 날 즈음 프랑스는 어떻게 되는지 아는가?"

"글쎄?"

"틈을 이용하여 나폴레옹이 등장하지. 그 나폴레옹에 대하여는 소영이도 잘 알지. 워낙 명성이 있었으니까."

"피상적으로 알 뿐이지."

"친구들하고 오늘은 약속이 없는가?"

"내가 저녁이 좀 바쁘네. 오랜만에 남편과 저녁식사 약속을 했거든. 언제 성규도 우리 남편과 인사를 해. 내가 소개는 할 테니까."

"알았어."

"오늘은 이제 돌아가지. 민구 이야기도 남편한테 꺼내 봐야 하고…… 참 혜숙이와 오늘 저녁을 해보면 어때. 요즘 혜숙이가 마음적으로 힘들어 하던데."

"그럼 혜숙이한테 연락해 보겠네. 같이 저녁식사라도 해봐야지. 늘 혜숙이 신세만 지고 있었으니."

소영이와 성규는 나란히 억새밭을 걸어 나왔다.

소영이와 헤어지고 난 후 호텔에 머무르고 있을 때 파리에서 전화가 왔다. 프레디였다.

"까미유 끌로델. 잘 지내는가?"

"프레디. 오랜만이야. 여기서 재미있게 지내고 있지. 미첼의 전시회도 궁금하고 파리가 눈앞에 아른거린다네."

"미첼이야 친구들도 많으니 전시회 준비는 잘되고 있어. 이곳 작업실에 쳐박혀 이제야 내가 하려던 일을 마무리하고 친구한테 맨 먼저 이렇게 전화를 하는 것이네."

"그럼 오페라 작곡이 마무리되었는가?"

"이제 막 마무리를 하고 전화하는 것이네."

"축하하네."

"조르죠 비제풍을 따르기로 했어. 비제를 많이 닮아 어떻게 될지 모르겠어. 파리이니까 그것이 맞기도 하겠는데. 평론가들의 시선이 어떨지 의문이라네. 물론 그들 생각을 앓고 있기는 하지만 또 그걸 모르는 체 하기도 어렵고."

"오페라의 제목은 무엇으로 정했는가?"

"까미유 끌로델이네."

"까미유 끌로델?"

"어떤가?"

"갑자기 오페라의 장면들이 눈앞에 펼쳐지는 느낌이 드네."

"조르죠 비제의 카르멘과는 정반대의 삶이었는데 파리 사람들이 이 오페라를 좋아하게 될지도 궁금해. 지금이 어느 때 음악인가 하고 생각하는 사람들이 있을 것이고."

"아냐, 지금도 고전적인 분위기에 향수를 느끼는 사람들이 꽤 있으니 그것을 자극해 보는 것도 나쁘지 않아. 나는 벌써부터 느낌이 오는데."

"친구 고맙네. 오늘은 자리에 없는 친구를 위하여 잔을 들겠네. 물론 미첼과도 함께 하면서."

"알았어. 고맙네."

"일을 빨리 끝내고 돌아오시게."

프레디는 그 말을 끝으로 전화를 끊었다.

전화하는 내내 프레디의 목소리는 들떠 있었다.

성규는 채각기법으로 억새밭의 정경을 그려볼 심산으로 밑그림을 연필로 그렸다. 채각의 밑바탕 그림의 색채를 어떤 모습을 어떻게 그려낼지 생각하다 금강에 숨어 있는 그림자를 찾아내려고 했다.

멀리는 백제인들의 애환과 가깝게는 동학의 붉은 피를 상징하는 것들을 찾아내려고 하였다.

어쩌면 억새밭의 물결이 그 생각들과는 꼭 들어맞을지 모르는 일이었다. 스케치를 하고 밑그림부터 덧씌우는 작업은 파리에 들어가서 하기로 하고 우선 생각나는 대로 그림을 그렸다.

스케치가 제대로 되지 않았다.

왠지 형상들이 그대로 전해지는 느낌을 받으면서 몇 번을 시도 해보다가 스케치북을 덮었다.

침대 모서리에 앉아 민중을 이끄는 마리안느를 바라보고 있을 때 전화벨이 울렸다. 혜숙이 전화였다.

"오늘은 호텔방에 있는가?"

"방금 전에 소영이가 떠났고 지금은 혼자서 여러 궁리를 하고 있었어. 오늘은 시간이 되는가?"

"공양주보살이 한 사람 더 와서 이제 좀 쉽게 일할 수 있지."

"그런가."

"소영이한테서 전화가 왔었어. 혼자 있기 심심할 터이니 같이 말벗이라도 해주라고."

"소영이가 그랬어."

"시내로 나올 텐가 아님 내가 갈까?"

"내가 나가지."

"그럼 이야기 속으로라는 카페로 와줘 그곳에 가있을 테니."

"알았어."

"친구들 좀 부를까?"

"누구를."

"요즘 민구가 할 일이 없으니 연락을 해볼게."

"알았어."

성규는 옷을 다시 차려 입고 방문을 나섰다.

호텔을 빠져나와 한길까지 걸었다. 변두리라서 택시를 잡기도 힘들어 무작정 시내 쪽으로 걸었다.

뿌연 안개 같은 미세먼지가 금강을 훑고 다니는 것 같았다. 금강 변을 걸으며 강물을 바라보았다.

만조가 되었는지 바닷물이 출렁댔지만 바닷물은 맑지 않았다. 바닷물의 색깔도 도심의 공간처럼 뿌옇게 보일 뿐이었다.

한동안 길을 걷다가 찻길 가장자리로 향했다. 그곳에는 차량들이 분주하게 움직이고 있었고 가끔씩 택시도 지나다녔다.

빈 차를 발견하고 차를 세워 탔다. 택시 운전사는 힐금힐금 바라보다가 목적지가 어디냐고 물었다.

“이야기 속으로라는 카페로 갑니다.”

“그게 어디에 있나요.”

“예술의 전당 주변에 있습니다.”

“아, 그곳이군요.”

택시 운전사는 기분이 좋은 목소리였다.

“오늘은 미세먼지가 심합니다. 도심이 온통 저렇게 뿌옇다니까요.”

“미세먼지가 이렇게 심할 줄은 몰랐습니다.”

“예전에는 봄철이 다가오면 황사가 몰려오곤 했었는데 지금 그것이 미세먼지라고 칭해 버리니 사람들이 저렇게 마스크를 쓰고 다닙니다. 사람들은 생각의 차이가 심합니다."

"먼지의 성분까지 알아내고 분석하는 것 아닐까요."

"이제는 봄철에만 이 먼지가 오는 것이 아닙니다. 수시로 이렇게 미세먼지가 몰려오니 사람들이 이런 날에는 우울한 표정들이 많아요. 그래서 저는 손님들이 택시를 타면 얼굴을 밝게 하려고 노력을 하고 있습니다."

"참 좋은 일을 하시네요. 이런 날이면 우울하기도 합니다."

"공기가 사람들의 기분을 좌우하니 참."

그 말을 한 택시 운전사는 기분 좋게 하려고 콧노래를 불렀다.

"이곳이 이야기 속으로 입니다. 다 왔습니다."

운전사는 얼굴에 미소를 보이며 말했다.

성규는 카페의 계단을 오르는 내내 즐거웠다. 막 안으로 들어가자 창가에서 혜숙이 여기 있다고 손을 올렸다. 혜숙이 앞에는 민구가 앉아있었다.

"친구 왔는가?"

"요즘 어떻게 지내고 있는지 궁금했었네. 아무래도 큰 도시에 살다가 이렇게 조그마한 소도시로 오니 답답할 때도 있겠지."

"아니야, 여기서 유년시절의 친구들이 살고 있는 모습을 보는 것도 즐거운 일이라네. 그리고 오늘은 기분이 좋아 이곳까지 오면서 택시 운전사의 말을 들어보니 그냥 힐링이 되더라고."

"오늘같이 짙은 미세먼지는 참 오랜만이네. 길거리의 사람들이 마스크까지 하고 길을 걷고 있으니 사람들 살기 힘드네. 많은 사람들이 우울해하기도 하고. 파리는 어떤가?"

그렇게 말한 민구는 창밖으로 지나가는 사람들을 관찰하였다.

"파리 사람들은 겨울철이 되면 우울해하지. 오후 5시가 되면 깜깜해지거든. 해가 짧아서 그렇다고들 해."

"파리는 해가 5시면 지는가?"

"지는 정도가 아니라 밤이 된다니까. 깜깜하거든 그래서 카페 같은데 앉아서 파리의 밤을 보내는 사람들이 많아."

"파리에는 겨울에 우울증을 앓는 환자들이 많아?"

"그럼."

"이제 술이나 한잔하시게."

혜숙이 그 말을 하며 마담을 불렀다.

마담이 테이블 위에 술병을 내려놓자 혜숙이 병마개를 따 술잔에 술을 따랐다.

"오늘은 좀 어려운 이야기는 삼가시고 술이나 한 잔씩 하면서 재미난 이야기나 해보게."

"요즘은 시위하는 곳은 없나?"

성규가 민구의 생각을 알고 싶어 말했다.

"지난번에도 서로 적정하게 양보를 해 타결되었고 이 지역에서는 큰 이슈가 없어 당분간 시위는 없을 듯도 하네."

"그 일이 재미있는 일인가?"

"재미있는 것이 아니고 일을 해결하는 것이지. 사람들은 날 시위꾼으로 생각하고 나를 회피하고 있지만 일이 서로 좋게 마무리되는 것은 그리 쉬운 것이 아냐. 누군가가 그 속에 들어가 쌍방이 원하고 있는 것을 조금씩 양보할 수 있도록 촉매 역할을 하는 것이니까."

"그런가."

"자 이제 술이나 한잔하시게."

혜숙이 자꾸 무거운 이야기로 번질까 전전긍긍하며 술잔을 들었다. 한 잔씩 술을 마신 친구들은 자연스럽게 이야기를 바꾸었다.

"소영이가 남편과 식사를 마치면 이곳으로 온다고 했는데 아직 마치지 않았나봐."

혜숙이 창밖을 바라보며 말했다.

"사람들이 하는 일이란 참 묘한 구석이 있어. 서로 팽팽한 긴장감 속에서 시위를 하면서도 적정한 접전을 찾고 싶어 하거든. 그래야 쌍방이 편안해지니 말이야. 나 한테 저런 놈이 다 있느냐고 욕하는 소리가 들리지만 그들은 또 나를 찾는 다니까. 긴장감 속에서 그 긴장을 풀어줄 뭔가를 생각하는 것이지."

민구가 그렇게 말하고 허무한 표정으로 술잔을 들었다.

"민구의 속마음을 사람들이 알턱이 없잖은가?"

"그렇긴 하지. 먼 이야기가 되었지만 우리는 세상을 바꾸어 보려고 최루가스를 마시며 시위를 하고 또 일부는 알 수 없는 곳으로 잡혀가 고초도 겪었지만 남은 것이 무엇인가? 나처럼 이렇게 이도 저도 안된 사람도 있는가 하면 자기의 모습을 카멜레온처럼 바꿔가며 적당하게 화해하고 살고 있는 사람도 있지. 자기의 모습을 바꾼 사람들의 삶은 언제나 윤택했고 사람들의 평가는 그들이 잘되었다고 말하고 있지 않은가. 하지만 나는 양심상 그렇게 하지 못하고 있어. 이제 내가 일하고 있는 일은 정치와는 관계없는 일만 하고 있어. 방망이를 들고 위협하면서 긴장된 두 진영의 힘을 빼내고 있지. 그것이 내 눈에 확연히 보여. 어떤 땐 진영과 진영 사이에서 린치를 당하지만 나는 그 일을 감내하고 있고."

민구는 자기 확신을 하고 있었다. 자기가 하고 있는 일이 누구한테든 비난받을 일이 아님을 강조하는 것 같았다.

"그랬어."

민구를 이해한다는 듯 말했다.

"정권이를 만나 보았는가?"

"소영이와 함께 만나 보았네. 정권이는 시간이 바빠 긴 이야기는 할 수 없었고 같이 점심은 먹고 헤어졌네. 얼굴이 좋아보였어."

"정권이를 봐 학창시절 내내 시위를 하고 독재타도를 외치고 민주주의를 외쳤던 동지 아닌가? 그 친구는 얼굴을 바꾸었지. 나는 그것을 잘못되었다고 말하고 싶지 않아. 그것은 정권이의 생각이니 말이야. 지금은 우리가 그토록 타도를 외치던 그 정당에 들어간 것이나 그 정당에서 전혀 다른 역할을 하는 것에 대하여 정말 놀라울 뿐이지. 난 친구로서 그 일을 비난은 하지 않겠네. 정권이도 나름대로 생각이 있겠으니 그 생각을 생각해 보는 것이지."

민구는 그 말을 하고 창밖을 바라보았다. 민구의 눈가에 이슬 같은 것이 반짝였다.

"사람은 다들 사는 방법이 다르다고 했잖은가?"

"그렇지. 나는 어떻게 살아야 내 인생의 마지막을 잘 장식할지 요즘 그것이 고민이라네. 남들에게서 좋은 소리를 들으며 사는 것이 온당한 것인가도 생각 중이고 먼지가 풀풀 날리던 그 현장에 다시가 이번에는 땀을 흘리며 죽어라 남은 생을 다해 일하며 사는 것이 좋은 것인가도 생각해 본다네. 하지만 아직은 어떻게 할지 결정된 것이 없어."

"그런가? 사람들은 다 자기가 가야 할 곳이 어디인지를 생각하면서 살고 있는 것이 아닐까 생각하네. 친구가 하고 있는 일을 나는 좋게 보지는 않았지만 이제 무슨 뜻인지 알 듯도 하네."

"늘 내가 안타깝게 생각하고 있는 것이 친구 중에 민구였어. 지금도 민구의 생활을 나는 이해를 못하겠어. 그냥 참고만 있는 것이지."

혜숙이가 처음으로 민구의 이야기를 꺼냈다.

그동안 혜숙이는 친구들의 이야기만 경청하면서 아무것도 모르는 사람처럼 지냈는데 그것이 아니었다.

"나는 강민구야. 나는 다른 사람이 아니지."

"민구야. 나는 솔직히 너를 잘 모른다. 하지만 사람들의 평가도 사는 데엔 중요하다고 생각이 들어. 늘 시위 현장에 이쪽 아니면 저쪽을 오가며 다니는 친구가 어떤 땐 불쌍하기까지 했었으니까. 다만 소영이는 늘 민구를 다르게 생각하더라고. 그것이 무엇 때문인지 알 수 없는 일이지만 이제야 어느 정도 이해할 수 있을 것 같아. 그러나 우리가 오십 줄에 앉아 있는 나이이고 보니 좀 늦었다는 생각도 들고. 여하튼 고마워 친구가 그런 생각을 하고 있었다니. 자 술 한잔씩 더하고 이야기하자고."

모처럼 혜숙이 길게 이야기를 하였다.

성규는 그런 혜숙이를 바라보며 지금껏 자기가 생각한 것이 잘 못된 것이었다는 것을 깨달았다.

밤이 늦도록 소영이는 오지 않았다. 혜숙이는 소영이를 기다리고 있는 눈치였으나 내색하지 않았다.

"자. 오늘은 이만 가지."

민구가 속에 있는 이야기를 다했다는 듯 술자리를 끝내려고 하였다.

“친구. 내 마음을 누가 이해하겠어. 하지만 파리에서 날아온 친구에게 이런 모습을 보였으니 미안하네.”

“그런 생각은 마시게. 친구의 생각이 무엇인지 소영이도 여기 혜숙이도 그리고 정권이까지 걱정을 하고 있었으니 그것이 아쉬울 따름이지.”

창밖을 바라보니 네온사인이 불을 밝히고 있었다. 각종 가게에서는 나름대로 자기를 표현하고 있느라 형형색색 불을 밝히고 있었다.

종종 사람들이 지나다니는 모습도 눈에 띄었다. 사람들은 옷깃을 여미고 한길 가장자리를 걸었다.

가끔씩 차량들이 불을 밝히고 쏜살같이 지나다녔다. 그때였다. 경광등을 컨 경찰차가 지나갔다. 민구는 그 소리에 자기도 모르게 소스라치게 놀라며 몸을 움츠렸다. 같이 앉아 있던 혜숙이는 모를 수 있었으나 성규는 그 모습을 확실히 보았다.

“경찰차가 지나가는 소리를 듣고 왜 그렇게 놀라는가?”

성규가 몸을 움츠리고 앉아있는 민구를 보고 말했다.

“나는 저 소리가 정말 싫어. 그리고 새벽녘에 들리는 호루라기 소리는 더욱 싫고. 성규도 보았지 우리 옆집에 살고 있는 개의 우렁찬 목소리를. 그 소리가 들리면 자동적으로 눈을 뜨게 된다니까. 그리고 한동안 몸을 뒤척이지. 친구는 모를 것이야. 그 긴장된 나날의 고통을."

성규는 민구네 집에서 하루 동안 잠을 잤을 때의 모습을 떠올려 보았다.

그때 민구는 어떤 소리에 놀라 새벽부터 일어나 수건으로 야구방망이를 닦고 있었다. 그런 모습을 바라보며 참 지극정성이라는 생각만 하였다.

"친구는 저 소리가 그렇게 거슬리는가?"

"그럼. 우리 시대를 건너온 사람들치고 저 소리에 진저리를 치지 않은 사람들이 있을까? 지금의 나처럼 싸움판을 뜯어말렸던 사람 말고는."

"그렇게 연결되는가 저 소리가."

"친구는 그때 파리로 떠났으니 우리들의 그 생활을 알턱이 없지. 벌써 사십 년이 흘러버렸지만 내 마음속에 각인되어버린 소리들은 아직 그대로 가슴 한 구석에서 진을 치고 있지. 난 시위 현장에 있으면 그 가슴 뛰던 그때의 일들이 고스란히 남아 전의가 불탄다니까."

"그런가."

민구는 그 말을 하고 이마의 땀을 닦았다.

창밖에는 사람들의 왕래가 뜸하였다. 밤이 깊어지고 있었다.

창밖을 바라보며 아버지의 모습을 생각했다. 아버진 말을 하지 않았지만 평생을 누군가에 쫓기며 살았다.

그것이 무엇인지 말하여 주지 않고 '성규야, 너는 아버지의 마음을 알지.' 그 말이 전부였다. 민구의 이야기를 들으며 트라우마 속에 일평생을 살았던 아버지를 떠올려 보았다.

"친구. 뭔 생각을 그리 깊게 하는가?"

민구가 성규를 바라보고 있었다.

민구의 말에 놀란 것은 성규였다.

15

소영이로부터 블루오션에 있다는 연락이 왔다. 옷을 챙겨 입고 소영이가 기다리고 있는 블루오션에 도착해 보니 손님이라고는 소영이 혼자였다. 소영이는 벽에 걸려 있는 보석과 꽃을 주제로 한 그림을 관찰하고 있었다.

"어제는 혜숙이와 민구를 만났다면서?"

소영이가 성규가 들어오자 반기며 한 말이었다.

"민구를 만나서 민구의 마음속에 있는 이야기를 들었어."

성규와 소영은 자리에 앉았다.

"민구가 뭐라 하던가?"

"민구는 자기가 하는 일에 대하여 자부심이 많았다네. 분쟁이 있는 곳에 분쟁을 조정하는 조정자나 매개자 역할을 하고 있는 것으로 생각하고 있더군. 쌍방 어느 편에도 섞여 있지 않고 요청하는 쪽의 편에 서서 묵묵히 일을 해주면 쌍방이 서로 양보하면서 일을 해결한다는 것이지. 거기에 자신이 매개체 역할을 한다는 것이고 혜숙이가 주변 사람들의 눈도 생각해야 한다고 말하자 요즘에는 그것을 많이 생각하게 되었다면서 이곳을 떠나 다른 일을 해 볼 심산이라고 속내를 말하더군. 소영이 말대로 민구의 마음속에는 우리가 모르고 있는 어떤 큰 그림이 있었어. 그 그림이 어떤 것인지 모르지만."

"민구는 우리를 실망시킬 그런 사람이 아니라는 것쯤은 알고 있었어. 그것이 어떤 것인지 확실히 알지는 못했지만. 친구가 말했던 사회학적인 측면에서 민구를 생각해 보라고 말했던 것을 남편한테 말했더니 그런 일을 하는 민구도 어떤 신념이 있을 거라는 말을 하더군. 굳이 그것을 사회학적으로 연구해 볼 필요까지는 못 느낀다면서 친구들이 민구를 믿고 자유롭게 자기 신념을 펼치라고 내버려 두는 것도 필요하다고 하더군. 그건 그렇고 오늘은 일본에 우리가 36년 동안 지배를 받게 된 것을 이야기 해줄게."

"그래. 그것도 알고 싶었어. 프랑스에서는 그 시기에 독일 나치에 지배를 당했거든. 사람도 많이 죽었고 프랑스인들은 지금도 그때 일을 기억하며 살고 있지."

"우리나라의 구한말에는 시대적인 상황이 우리나라에는 좋지 않았지. 세계는 과학문명이 하루가 다르게 발전하고 있었고 우리는 흥선대원군이 왕권 약화에 영향이 미칠까봐 쇄국정치를 일관성 있게 펼치고 있었고 흥선대원군이 고종의 상왕으로 앉아있었으니 선각자들도 잘못됨을 알고 있어도 전재왕정 하에서 누구도 그걸 막을 사람이라고는 없었지. 지난번에 말한 것처럼 청과 일이 우리 영토에서 싸움을 벌여 일본이 청에 승리를 하였고 고종은 그런 일본의 견제를 위해 러시아를 끌어들여 아관파천까지 했으나 러시아는 국내적인 상황 때문에 일본에게 러시아마저 패배를 하였으니. 아관파천은 고종이 일본의 간섭과 신변의 위협을 느껴 러시아 공사관으로 피신한 사건이라네. 일본이 승리를 거두자 본격적으로 우리나라를 통치하기에 이르지. 우리나라에 이토 히로부미가 전격적으로 등장하여 통치하기에 이르는데 안중근이 쏴 죽인 그 이토 히로부미야. 이 사람은 문관이었어. 이때가 1910년 8월 19일 경술국치였지. 그러나 아직은 우리나라의 근간은 그때까지는 존재했었지. 하지만 청일전쟁에서 승리하고 러일전쟁마저 승리를 이끈 일본 무신들의 입김이 더욱 센 상태이기 때문에 무신들은 빨리 조선을 병합시키라는 지시가 내려오던 참이었어. 하지만 이토 히로부미의 밑그림은 더 큰 거였어. 청나라까지 병합하자는 것이었지. 그러나 어떻게 되었어. 우리 조선인 안중근이 하얼빈에서 이토 히로부미를 쏴 죽여 버렸지. 그로 인해 한일은 병합이 빨리 되긴 하였지만 지금의 중국은 쉽게 되지 않았지. 그래서 지금의 중국정부에서도 안중근의 의거를 높이 평가하고 있는 것이야. 기념관도 세워주고 있는 것이고. 지금 국내의 어떤 인간들은 안중근이 테러분자라고 말하는 역사학자들이 있어. 이는 일본 입장에 서서 이야기하는 사람들의 사관이지. 친일파들 말이야. 지금까지 내가 이야기하고 싶은 것은 그 친일파들의 망령이 지금도 이 나라에서 꿈틀대고 있다는 것이지."

"지금도 그때의 친일파들이 꿈틀대는가?"

"다 역사를 재대로 청산하지 못한 대가지 친구도 알고 있지. 일제하의 독립운동하던 사람들의 투쟁에 대하여 윤봉길 의사는 홍커우 공원에서 일본군 수뇌들이 전승기념식을 하는 곳에 폭탄을 투하한 사건을, 이를 계기로 중국의 장개석 총통으로부터 중국에서 우리가 독립운동하는 일을 전폭적으로 지원을 했다는 것을. 많은 사람들이 독립운동을 하면서 독립군에 자원입대하여 죽거나 행방불명이 되었고 부상까지 당했지. 그 대가로 후손들은 조선 땅에서는 몰락의 길을 겪어야 했고 그러나 그 반대로 일본에 협조하고 친일을 했던 사람들의 삶은 어떠했을까? 자손 대대로 잘 먹고 잘살게 되는 계기가 되었지. 우리는 해방이 되고 나서 어떠했는가? 반민특위를 결성하고 반민족 행위를 했던 사람들을 척결하고자 했지. 하지만 그것이 쉽게 되었겠어. 반민족 행위자들이 어떠했는가? 그동안 축적된 재산과 권력을 하루아침에 잃어버려야 하고 죽게 될지도 모른다는 처지가 되었는데 가만히 당하고만 있지 않았지. 생각해봐 미국에서 독립운동을 자기의 출세를 위해 가식적으로 했던 이승만이 이 나라 남쪽을 지배하게 되었는데 그 일이 쉽게 되겠어. 윤봉길 의사가 의거한 것을 괜한 짓을 했다고 신문에 기고했던 사람인데. 그리고 지금도 친일파들은 일본의 지배가 한국의 근대화를 일으키게 된 사건이라고 말하며 잘된 일이라고 말했지. 엄밀히 말해서 이승만도 친일파였지. 아무튼 그때 남쪽에서는 자본주의의 깃발을 들었고 북쪽에서는 공산주의를 표방했지. 남쪽 대통령은 이승만이었고 북쪽의 주석은 김일성이었어. 김구도 독립운동을 했던 사람이었고 김일성 역시 독립운동을 했던 사람이야. 하지만 김구는 결국 정계의 적이었던 이승만이 안두희를 시켜 암살하게 하였고. 이런 와중에 북에서는 어떠했을까? 공산주의를 하는 김일성은 모든 재산을 국가가 몰수해 버렸고 그걸 인민들에게 나누어 주는 역할을 한 것이야. 또한 일본에 빌붙어 호의호식했던 사람들을 전부 숙청해 버렸지. 이러니 당했던 사람들은 당연히 불만이 있었겠지. 국가가 한 푼도 주지 않고 공짜로 대대로 물려받은 재산을 몰수해 가니 불만이 많았겠지. 이렇게 불만이 고조되어 있던 사람들의 대부분은 일재시대 하에 재산을 축적한 사람들이었고 그걸 몰수하지 않으면 역사의 청산이 되지 않을 것이라는 생각 때문에 그럴 수밖에 없었을 것이야. 이렇게 되자 일부 불만 세력들이 남쪽으로 내려왔어. 자 그럼 이때에 반민특위는 어떠했을까? 친일을 했던 사람들은 이것을 이용했지. 북쪽에서 건너온 사람들을 주동자로 하여 공산주의를 생각하는 사람들을 죽여야 한다고 서북청년단을 결성한 것이야. 이 서북청년단들에게 완장을 채워주니 공산주의를 생각하는 사람과 무고한 사람들까지 무자비하게 처형하였어. 그때 의식이 있는 사람들은 어떠했을까? 반민특위도 유야무야 되고 있는 판에 북에서 했던 것이 어쩌면 현명한 일이라고 생각을 하고 있는 사람들이 생겼을 거 아닌가. 그 사람들을 색출하여 죽이는 악순환이 시작된 것이야. 반민특위를 하지 못하도록 친일을 했던 사람들은 이것을 부추겼지. 빨갱이라는 낙인을 찍어서 말이야. 그때부터 빨갱이라는 말이 시작되었고 지금도 그 말은 통용되고 있지. 이렇게 되니 반민특위는 사라져 버렸고 이승만의 뜻대로 친일을 했던 사람들이 이제는 빨갱이를 잡는 사람들로 돌변해 버린 것이야. 그때 예술을 하던 사람들은 카프라는 계열을 만들어 활동했었고 그들은 북으로 월북해 버렸다네. 여기서 가장 중요했던 사건이 있었지. 그것은 4·3이었네. 제주도에서 서북청년단이 진을 치고 경찰들과 함께 양민들을 무자비하게 죽인 사건이야. 이 무자비한 사건은 친일을 했던 사람들을 다시 양지로 끌어 올린 사건이 되고 말았지."

"그렇게 시작된 것이 4·3이었나. 우리 아버지는 그 4·3이라는 단어를 금기시하였다네. 우리 집안이 그 4·3으로 몰살을 당하였고 아버지만 겨우 살아나와 이렇게 대를 이었으니 그럴 만도 하다 싶어. 하지만 나는 그 4·3에 대하여 아는 것이 없었으니 정말 아버지에게 미안하기도 하고 이렇게 내가 살고 있는 지금의 현실이 비참하기까지 하다네."

"친구도 4·3의 피해자였던가? 정말 그 망령은 대를 이어 이렇게 까지 만드네. 이것이 첫 단추를 잘못 끼운 우리의 잘못된 역사 때문이 아니던가?"

그렇게 말하고 소영은 성규를 바라보았다.

성규의 눈에 고인 눈물을 보고 소영이 성규한테 미안한지 바로 바라보지도 못했다. 성규의 두 눈에서 주르르 한줄기 눈물이 흘렀다.

"프랑스에서는 어땠는가? 독일에 침략당한 것은 알고 있었는데 그곳에서도 역사의 심판을 하지 못했던가?"

"나중에 더 자세하게 이야기할 기회는 있겠지만 프랑스에서는 그렇게 하지 않았어. 우리가 독립운동을 하였지만 그들은 나치에 레지스탕스라는 사람들이 저항운동을 했었지. 연합군이 승리를 하자 프랑스도 해방이 되었고 나치에 협력을 한 모든 사람들은 총살을 당했지. 특히 지성인이나 의식이 있는 사람들에게는 조그만 흠결이라도 있으면 처형을 했지. 더 큰 죄로 다스리며 말이야. 이것이 우리와는 다른 것이야."

“그랬었나. 프랑스에서는 그러니까 지금은 우리처럼 좌다 우다 싸우는 일이 없어졌고 보수와 진보가 있기는 하지만 우리처럼 이렇지는 않은 것이지. 지금 우리나라의 현실을 봐. 이 어수선한 시위들을 보고 있으면 가슴이 답답하다네. 저 속에 반민특위들이 활동을 하지 못하게 엉뚱한 양민들을 학살했던 것처럼 지금도 뭔가가 도사리고 있는 걸 아는가. 그 친일파들이 이 사회를 지탱하고 있고 금력과 권력으로 무장한 그 사람들이 친일 이야기만 하면 뒤가 무서워 지금도 빨갱이다 아니다로 갈등을 조장하고 있으니. 이런 큰 그림이 있다는 것을 알지 못하는 민중들은 무작정 생각 없이 그들을 따라다니고 있어. 참 안타까운 일이야.”

“그런가?”

성규는 친구인 민구를 생각해 보다가 다시 소영이를 바라보았다. 오늘따라 소영의 눈에 광채 같은 뭔가가 있었다.

“성규도 4·3의 피해자라는 것을 지금에야 알았네. 미안하지만 그 4·3은 프랑스에서와 같이 자유를 외치던 사람들도 아니었고 좌다 우다 부르짖다 싸웠던 사람도 아니었지. 그냥 영문도 모르고 죽어갔던 사람들이 부지기수였었네. 유채가 만발한 제주에 수많은 사람들이 그 꽃잎처럼 쓰러져 갔지. 물론 그때 이남에는 공산주의를 신봉하는 남로당이 있었지. 하지만 그 남로당이 체제를 위협할 만한 존재는 아니었어. 그리고 해방 후 얼마 되지 않았는데 사상의 자유를 그렇게 억압하는 것은 안될 일이었지. 민족보다도 사상이 그렇게 중요했던가? 생각해 봐 남한지역을 미군이 통치하고 있었으니 누구의 잘못인지를. 미군의 꼭두각시인 이승만만 탓할 수도 없는 일이고 다 우리 민족의 사대주의적인 발상이 문제이고 지배를 하려고 했던 자들이 우리 민족을 생각이라도 했을까? 이때부터 우리에게는 다시 이데올로기라는 수렁에 빠지게 되었지. 성규의 집안도 그랬다는 것을 나는 이제야 알았네. 미안하네."

"지금도 아버지의 한스런 인생역정을 생각하면 괜히 화가 나 그런 일이 왜 우리 가정에 있었는지도 생각하기도 싫은 일이 되었어."

그 말을 한 성규가 창밖을 내다보았다.

소영이는 성규의 슬픈 표정을 보고는 그가 보고 있는 금강을 바라보았다.

강변에 위치한 놀이공원에는 아이들의 웃음소리가 가득했다. 아이들은 모두 부모와 함께 들어온 아이들이었다.

"프랑스 혁명이 끝나고 역사의 단죄를 했던 사람들이 얼마나 되는가?"

"1794년 6월까지 파리에서 처형당한 수가 1,251명이었고 1794년 6월부터 7월까지 파리에서 처형당한 수도 1,376명에 달하지. 이건 파리에서만 처형당한 숫자이고 지방에서도 수많은 사람들이 역사의 단죄를 받았다네. 생각해 보게 콩크

드르 광장에 단 두 달간 1,376명이 단두대에서 목이 잘렸으니 상상을 해보라고 얼마나 많은 사람의 피가 땅에 떨어졌을지. 아마 센강으로 흘러든 붉은 피가 천지를 이루고 있었겠고 피비린내는 얼마나 진동했겠는가? 이런 것이 역사의 단죄가 아니었겠어."

"우리 민족은 그렇게 하지 못했다네. 수도 없이 민중들은 당하고만 살았지 어디 자유를 외쳐 본 일이 있었는가? 동학 때 잠시나마 평등을 주장하였고 집강소를 설치하여 농민들이 스스로 자치를 했던 기억이 있었고 그 뒤에는 늘 지배자들의 입맛에 맞게 살았지. 자유를 위해 죽음도 불사한 사건들이 얼마나 있었겠는가? 일제하에서 독립을 외치며 죽어간 사람은 몇몇 있었으나, 자유를 외치며 죽어간 사람은 대체 얼마나 있었는가? 자유를 외치고 민주주의를 외치던 일은 5·18이 돼서야 비로소 생겨난 것이지. 자유를 성규는 어떻게 생각하는가? 나는 최소한의 자유를 타자들의 행동을 부자연스럽게 하는 것 말고는 누구도 침범할 수 없는 일이라고 생각하네. 성규도 우리 초등학교 때 배웠던 국민교육헌장을 외웠었지. 거기에 나와 있던 우리는 국가와 민족의 영광을 위해 태어난 것인가? 그 국가는 무엇이었던가? 성규도 그렇게 태어난 것인가? 아니지 우린 그냥 태어난 것이 아닌가? 그러다가 머리가 커지면서 국가가 무엇이고 민족이 무엇인지 알게 된 것이고."

소영은 다시 열변을 토했다.

"우리는 아직 미개했었으니 그럴 만하지."

성규는 그 말을 하고 고개를 숙였다.

"민비가 일본의 낭인들에 의해 죽었다고 우리 민족은 울었고, 고종이 죽었다고 울었다네. 독살이니 아니니 하면서 말이야. 그때까지 우리는 전재주의 틀을 벗어나지 못했던 불쌍한 민족이었지."

그 말을 마친 소영이 성규를 똑바로 바라보기만 하였다.

16

정권이로부터 연락이 온 것은 정권이를 만나고 며칠이 지나서였다. 미세먼지가 자욱하게 깔린 억새밭을 걷고 있을 때 전화가 왔다.

성규는 얼굴에 기름기가 번들거리던 정권이를 생각하며 전화를 받았다.

"성규인가?"

"웬일인가?"

"시간을 내줄 수 있는가?"

"시간이야 늘 있는데 왜 그러는가?"

"긴히 할 말이 있어서 그러네."

"언제든 호텔 앞 블루오션 커피숍으로 오시게. 거기서 전화를 하면 곧 내려갈 테니."

"알았네. 소영이와 민구가 같이 있으면 좋겠는데 가능하겠는가?"

"전화를 한 번 해 보겠네."

전화를 끊고 자신만만했던 정권이를 생각해 보았다.

또 경멸의 눈초리를 보였던 민구를 왜 찾는지도 생각해 보았다. 하지만 이유가 쉽게 떠오르지 않았다. 한동안 생각을 하다가 소영이에게 전화를 하였다.

"소영이?"

"나야."

"방금 전에 정권이 전화를 받았네. 민구를 찾고 있더군. 오늘 같이 민구와 소영이 그리고 나까지 셋이서 블루오션에서 만나자고 하더군. 소영이는 시간이 있는가?"

"시간만 정해지면 만날 수 있지. 그런데 민구는 시간이 있을까?"

"연락해 봐야겠어."

"연락이 되면 연락 줘. 시간 맞춰 그리로 갈게."

민구한테 연락을 하였다.

민구는 시간은 있으나 정권이가 보자고 한다는 데에 대하여는 탐탁지 않게 생각하며 결론을 내리지 못하고 말꼬리를 흐렸다.

"그 잘난 친구가 나를 만나자고 하니 걱정이 되네."

"친구니까 만나고 싶은 거겠지."

"정권이는 그렇게 한가하게 나를 만나자고 할 사람은 아니야. 이런 일은 그동안 한 번도 없었고."

"그런가?"

"잘 알았네. 내가 그리로 갈께. 또 누가 오는가?"

"소영이도 부르라고 하더군."

"꼼짝 못하게 못을 박는군."

전화를 끊고 민구의 목소리를 생각해 보았다.

그간 한 번도 만나자고 하지 않았다던 민구의 반응에 의문을 품었다.

전화를 받고 약속시간보다 일찍 블루오션으로 갔다. 어떤 긴한 이야기가 있을 것 같은 예감이 들어 일부러 사람들이 잘 보이지 않는 안쪽으로 자리를 잡고 앉았다.

한동안 자리에 앉아서 친구들을 기다리자 맨 먼저 정권이가 들어왔다.

"이렇게 한적한 곳에 이런 카페가 있었다니 이곳에 살면서도 한 번도 와보지 않은 곳이야."

정권이는 자리에 앉으며 말했다.

"곧 친구들이 온다고 하였네. 소영이도 그렇고 민구도 그랬네."

정권이는 작은 시에서 돌아가고 있는 일들에 대하여 말하며 자신이 차지하고 있는 의회에서의 위치를 의기양양하게 말했다.

성규는 정권이의 말만 들으며 정권이가 친구들을 부른 이유를 하나하나 유추해 보았다.

기다린 지 얼마 되지 않아 친구들이 도착하여 자리에 앉았다. 먼저 정권이가 차를 권하여 바리스타에게 차를 시키고 찻값을 계산하였다.

"무슨 일이 있는가?"

민구가 먼저 입을 열었다.

정권이는 민구를 바라보다가 소영이를 바라보았다. 어떤 말인가를 하고 싶었으나 차마 말을 못하겠다는 심산이었다.

"정권아. 무슨 일이 있었어. 오늘은 참 기분이 묘하다."

소영이가 다짜고짜 정권이에게 말했다.

"하고 싶은 말이 있어. 내 자신의 일이기도 하고 또 우리 조직원들 즉 말해서 지방의원들의 일이기도 하네."

그 말을 하면서 정권이는 한없이 자신을 낮추었다.

방금 전까지 성규에게 자기가 위치해 있는 지금의 자기를 호기 있게 말하던 그런 정권이가 아니었다.

"사실은 내일 모래면 매스컴에 한 번 크게 방송이 될 거야. 그들이 우릴 벼르고 있으니까? 사실 지금까지 쭉 그래왔고 관행이어서 문제는 없었으나 요즘 들어서 지방의회의 잘못된 관행에 대한 문제들이 쭉 방영되고 있었으니까."

정권이는 어렵게 입을 열었다.

하지만 무엇 때문이지 아님 자신이 처해 있는 지금의 처지에 대한 이야기는 한마디도 하지 않았다.

"그래서 어떻게 되었다는 것인가? 핵심을 말해봐 그렇게 빙빙 말을 돌리지 말고."

소영이 핵심의 말을 하지 않고 있는 정권을 다그쳤다.

민구는 이미 어떤 이야기를 하려고 하는지 알고 있는 표정이었고 성규는 도무지 정권이의 생각을 유추해 내지 못하고 있었다.

"소영아 내가 말할게."

민구가 듣다가 못 참겠는지 말했다.

정권이는 민구의 태도를 보아가며 소영이를 바라보았다.

"그러니까 기자들과 시민단체들이 의회에 접근하지 못하도록 내가 힘을 좀 써 달라는 거 아니겠어."

민구가 그 말을 하고 정권이를 노려보듯 바라보았다.

"뭐. 민구 말이 맞는 말인가?"

소영이가 큰소리로 말했다.

"민구가 사실을 바로 보았어."

정권이가 고개를 숙이며 말하자 소영이 화난 얼굴로 정권이를 바라보았다.

"친구가 부탁한 일인데 그걸 내가 도와 줘야겠지. 그리고 처음으로 부탁한 일이 아닌가? 그럼 한 가지 물어보자. 친구가 잘못한 것이 무엇인가? 잘못이 없는데 시민단체들과 기자들이 몰려온다는 것인가?"

"처음에 말했잖은가? 지금까지의 관행이었고 또 매년 그렇게 해 왔다고 솔직히 말해서 이건 좌파들의 농간이 숨어있다고 생각하는 것이야. 이건 내 생각이지만. 그러나 나는 확신할 수 있어. 근거는 없지만."

"그렇게 말을 돌리지 말고 말을 해봐 무엇 때문인지."

소영이는 정권이가 말을 못하는 이유를 계속 다그쳐 물었다.

"하여튼 내가 나서기는 곤란하고 그렇다고 저들의 행패를 보고만 있을 수 없고 나도 난감한 일이라네."

"그러니까 어떤 일이 있었냐고."

소영이 큰소리로 말했다.

소영의 큰소리에 성규도 깜짝 놀랐다. 민구는 정권이의 태도를 가만히 지켜보고만 있었다.

"할 말이 있으나 말하기 싫은 모양이군."

민구가 혼잣말처럼 했다.

"친구들이 나를 어떻게 생각할지 몰라 이렇게 전전긍긍하고 있는 것이 아닌가? 혹시 내가 말을 잘못 전달할 수도 있어서 말이야."

정권이는 이성을 잃지 않으려고 순화된 언어를 구상하느라 애쓰는 모습이었다.

"난 민구에게 부탁할게 있어서 이렇게 친구들을 불렀다네. 민구가 이런 일은 잘 처리해주니까 말이지."

정권이는 목소리를 낮추어 이야기하였다.

"그러니까 수일 중에 있을 시민단체들과 기자들의 소동을 잠재워 달라는 것이군."

민구도 조그맣게 그 말을 하였다.

"그런데 그것이 좌파니 우파니 하는 것은 웬 말인가?"

성규가 친구들의 대화를 듣고 있다가 정권이 말했다.

"그런 것이 있어. 나도 한때는 좌파도 했었으나 나이가 들어가고 이쯤 되니 나도 모르게 우파가 되어 있더라고."

"구체적인 말은 무엇인가?"

소영이 큰소리로 대들 듯 말했다.

"좌파는 쉽게 말해 급진적인 생각을 하는 것이고 우파는 보수적인 생각을 하는 것이라고 믿네."

"친구의 부탁이 있고 설마 나를 친구가 몹쓸 구렁텅이로 몰아넣지는 않을 것이라 생각되어 진압을 위해 참여는 하지만 나는 지금껏 정치적인 냄새가 있는 곳이라면 참여를 하지 않았네. 이 지역에 살고 있는 친구도 잘 알고 있지 않은가? 나는 정치인들을 사실 경멸하고 있거든."

"걱정은 말게 경찰들에게 미리 다 이야기를 해놓았으니. 친구가 나타나 주기만 하면 되는 일이야."

"알았네. 오늘의 일이 내가 지켜온 나만의 법칙을 어기는 일인 것은 자명하지만 친구의 부탁이니 한 번 해보지."

"고맙네. 일이 끝나면 술 한 잔 사겠네."

"야. 너 이런 놈이었어. 친구를 그런 곳에 끌어넣다니 그리고 민구를 그동안 얼마나 생각했는가? 너 살기 위해 친구를 끌어들이는 일은 온당치 않아. 이건 이렇게 변변치 못하게 살고 있는 민구의 마지막 자존심마저 짓밟는 일이라고. 그걸 정권이 너는 알고 있는가?"

"왜 그렇게 화를 내는가? 나는 그럴 생각이 전혀 없다니까."

정권이 나름대로 생각이 있다는 듯 말했다.

"민구야. 니가 그 일을 할 건가? 어떤 일인지는 모르나 시민단체나 지역 신문 방송 기자들이 참여하는 마당에…… 이건 순전히 정치적인 냄새가 물씬 풍기는 일이야. 잘 생각해 보라고."

"알았어. 이 일은 내가 해줘야 할 것 같아. 친구가 어려우니까 나를 찾아온 것이 아닌가."

"고마워. 내가 민구의 호의를 잊지는 않겠네."

그 말을 듣고 있던 소영이 자리를 박차고 일어나 나가 버렸다. 정권이는 그런 소영이의 뒷모습만 바라볼 뿐이었다.

"소영이가 문제네."

정권이는 조그맣게 그 말을 하고 눈을 감았다.

"그럼 이만 일어나세."

성규가 그렇게 말하자 모두 자리에서 일어났다.

정권이는 자기가 타고 온 검정색 승용차를 끌고 갔다. 소영은 그때까지 분이 풀리지 않는지 정권이의 차가 사라질 때까지 바라보고 서 있었다.

"이제 화 풀어. 우리 그 카페에 가서 술이나 한잔하자고."

성규가 소영이에게 말했다.

소영이는 성규의 말에 대구도 하지 않고 한동안 잠잠하게 잠들어 있는 금강을 바라보고 있었다.

"그래 오늘은 그렇게 하자. 혜숙이도 부를게. 민구야 가자."

그때까지 소영의 태도를 지켜보고만 있는 민구도 소영이의 차에 올랐다.

하굿둑을 빠져나오는 내내 금강변에는 온통 미세먼지가 짙게 끼어 있었다. 도심 안으로 들어가자 도심 안에도 미세먼지가 뿌옇게 도심을 점령해 있었다.

민구와 성규 그리고 소영이 카페에서 자리를 잡고 앉았다. 소영이는 정권이와 만났던 일이 마음에 걸리는지 창밖을 응시한 채 어떤 생각에 잠겨있었다.

"여기 술을 좀 가져와요."

민구가 소리를 지르자 마담이 달려왔다.

"맥주하고 소주를 같이 가져와요."

마담은 소영의 눈치를 봐가며 술을 가져왔다.

"소영이 맘은 내가 잘 알아. 이건 내 생각인데 정권이가 내게 부탁한 건 이번이 처음이라고. 예전에 부탁한 것은 있었지만 그건 자기의 선거를 위해 내가 필요하다고 했던 거였지. 하지만 그때 완강히 거절했었고 그것이 친구에게 미안한 감정이 오랫동안 있었고 괴로웠네."

"민구가 그 일을 했으면 어떻게 되었을까? 생각해 보았는가?"

창밖만 응시하던 소영이 돌아서 말했다.

"그건 알 수 없는 일이지. 하지만 지금은 그것과는 전혀 다르지. 선거를 하고 있는 것도 아니고."

"지금 정권이가 부탁한 일을 민구는 알기라도 하는가? 어떤 일인지 짐작이라도 해보았어?"

소영이는 정권이의 부탁의 연유를 잘 알고 있다는 듯 말했다.

"난 일단은 소란 피우는 일을 해결해 달라는 것쯤으로만 생각하고 있어."

"늘 정치를 한다고 하는 사람들의 뒤에는 거래와 독소가 자리하고 있지. 이번 일에도 그것이 개입되어 있어. 사회운동을 하고 있는 단체들이 하는 일이야. 민구가 소박하게 일했던 일과는 전혀 다른 성질의 것이 숨어있다는 것을 명심해야 돼. 민구에게는 미안한 이야기지만 정권이는 민구 생각하기를 하릴없이 놀고 있는 놈팡이 취급을 하고 있거든. 자기가 민구를 어떻게 해도 되는 사람으로 생각하고 있는지 모르지."

소영은 민구의 우직한 성격을 알고 타이르듯 말했다.

민구도 소영이 말의 의미를 알고 있다는 듯 씁쓸한 표정으로 술잔을 비웠다.

"분위기가 왜 이래."

혜숙이 자리에 앉으며 말했다.

"정권이가 왔었어. 민구에게 부탁도 했었고."

성규는 무거운 분위기를 그렇게 말했다.

"그 인간이 또 일을 저지르고 싶은 모양이군. 지기 일도 해결하지 못하는 인간이 뭔 정치를 한다고."

혜숙은 그동안 보았던 그 모습이 아니었다. 그 말을 하고는 스스로 술잔에 술을 따라 벌컥벌컥 마셨다.

성규는 친구들의 모습을 보면서 이번 문제의 본질이 무엇인지 금방 알 것 같았다.

"그래서 민구는 어떻게 하려고?"

혜숙이 말했다.

"나야 정권이의 부탁이고 정권이는 친구들이 자랑스러워하는 친구이고 해서 나도 할 수 없이 그 일을 해주기로 했어."

"이번에는 시위진압 차원이 아니라는 것은 알고 있겠지."

듣고만 있던 소영이 목소리 톤을 낮추어 말했다.

"소영이 너도 그렇고 혜숙이도 나에게 얼마나 말했는가? 정권이는 어떻고 하면서. 자랑스러운 친구라고."

"왜들 그러는가?"

성규가 겨우 그렇게 말하고 빈 술잔에 술을 따라 주었다.

"확실한 것은 모르겠어. 이번 문제는 쉽게 해결되기는 어려운 일이야. 내가 알기로는 이번 문제는 그동안 관례라는 명목으로 시행되어 왔던 의회의 권력에 대하여 파헤치는 계기가 될 거야. 여러 비리들이 몽땅 음지에서 양지로 나오게 되어 있어. 그걸 피해 보려고 끝까지 우리 친구인 민구까지 동원하려고 하는 것이고 일이 어떻게 끝이 날거라 생각되는가? 민구가 했던 대로 쌍방이 조금씩 양보해서 일을 봉합하는 그런 식으로 될 거 같은가? 천만에 이건 누군가 희생양이 돼야 하는 것이지. 그건 민구가 될 것이고. 이 방식은 그들이 써온 방정식이야. 내가 성규에게 말했지. 반민특위가 결국 수포로 돌아간 일이 무엇인지. 반민특위가 단죄해야 할 역사의 죄인들을 잡을 기회를 가졌으나 단죄를 받아야 할 그들은 자기들이 살려고 빨갱이를 잡아야 한다고 마치 빨갱이가 세상의 큰 죄인들처럼 외쳐댔지. 그 결과 반민족의 중대한 범죄자들은 이제는 빨갱이들을 잡는 사람들로 돌변하여 민족에 이바지하고 있다는 인상을 남겼지. 그 결과 반민특위의 사람들이 이제는 죄인 아닌 죄인이 되었고. 이제는 거꾸로 그들이 이상한 죄인들로 되어 버렸지. 이런 일은 그들이 지금껏 해온 전문가들이야. 친구 좋아하네. 정권이가 우리의 친구였던가?”

소영이는 그 말을 하고는 더 이상 말을 하지 않았다.

“뭘 그렇게 복잡하게 생각해. 나는 그냥 친구 일이니까 돕고 싶을 뿐이야.”

“시간이 좀 지나보자 소영이 생각이 옳은지.”

혜숙이 아직 분이 풀리지 않은지 그 말을 하고 술잔을 들었다.

“오늘은 혜숙이가 다르게 보이네.”

성규는 혜숙을 바라보았다.

“그래서 민구는 지금도 정권이가 부탁한 일을 해보려고 하는가?”

“이번 한번은 해줘야지.”

“혜숙아 내버려 둬. 이미 결정했다고 하잖아.”

“나는 소영이의 말이 일리가 있다고 생각해. 잘 생각해 보게.”

성규는 마음이 착잡했다.

민구의 참여로 그 시위가 어떻게 될 지도 궁금했고 이 작은 도시에서 그간 어떤 일이 일어나고 있었는지도 궁금하였다.

소영이가 걱정을 하고 있는 모습도 어쩌면 긴 세월 동안

이 지역에 살면서 느꼈던 경험에 의해서 그러는 것이라고 생각하다가도 소영이의 말을 모두 믿기에는 상상력이 풍부하지 않았다. 소영이는 성규에게 모든 것을 알지 않는 편이 낫겠다며 술을 마셨다.

혜숙은 그런 소영이의 속마음을 알고 있는지 가끔씩 한숨을 내쉬었다. 민구도 취하는지 소영이와 혜숙을 바라보며 묘한 분위기의 모습을 연출해 내고 있었다. 그것은 자기를 생각하고 있는 두 친구의 마음을 알았다는 증거이기도 했다.

"성규야. 우리는 지금 어디로 가고 있는지 아는가?"

갑작스런 소영의 질문이었다.

"갑자기 그 말이 무슨 뜻인가?"

"뉴스에서 시위하는 모습을 보았지 않은가?"

"정치적 시위들 말인가?"

"그래. 이 나라가 이 모양이 되었어. 늘 이렇다니까. 노인들이 전쟁을 일으키고 전장에 나가 죽기는 젊은이들이 죽는다고 하잖아. 노인들이 태극기 성조기 어떤 땐 뜻도 없이 이스라엘 기까지 들고 거리에 나와 자기들을 불쌍한 눈으로 바라보는 젊은 아이들을 보고는 알아주지 않는다고 윽박지르고 폭력도 쓰지. 이런 것이 현실이 되었으니. 레밍을 이끄는 무리들이 곳곳에 산재해 있고."

소영은 그 말을 끝으로 술을 마셨다.

가끔씩 민구도 소영이 술잔을 비우면 채워 넣었다. 혜숙이도 오늘따라 술을 많이 마셨다.

"너 오늘 너무 마시는 거 아냐."

민구는 걱정스런 얼굴로 혜숙을 바라보았다. 하지만 혜숙은 민구의 걱정 따위는 의식하지 않았다.

"더는 마시지 못하겠어. 이제 다들 집으로 가자."

소영이 술자리를 끊었다.

"이제 그만 집으로 들어가자. 혜숙이도 집으로 들어가고."

"난 아니야. 오늘은 성규가 어떻게 살고 있는지 호텔로 가 봐야지."

혜숙은 꾸역꾸역 일어나 성규를 붙잡았다.

취한 눈으로 그 모습을 바라보던 소영은 아무렇지도 않은 듯 상관하지 않고 밖으로 나갔다. 민구도 소영을 따라 나갔다.

"오늘은 너 나랑 같이 가는 거야. 친구로서 알았지."

혜숙은 취중에도 그 말은 빼놓지 않았다.

17

호텔방이 마치 은은하게 불을 밝힌 듯 허옇게 물들어 있었다. 방안을 둘러보았다. 바뀐 것이라고는 아무것도 없었지만 다른 날과는 달리 방안이 밝은 기분이었다.

자리에서 일어나 물이라도 마셔보려고 손을 더듬거렸다. 곁에 누군가 누워있었다. 사람이었다. 성규는 어제 일을 생각해 보았다.

술을 마시고 혜숙이가 따라오겠다고 한 기억은 있었으나 방안으로 어떻게 들어왔는지는 도저히 기억할 수 없었다.

혜숙의 몸뚱이가 어두운 방안에서 뿌연 형광체처럼 빛을 발하고 있었다. 침대 위에 커다란 달이 두둥실 떠 있었다.

몸을 움츠리고 있었지만 둔부는 그대로 노출되어 있어 하얀 속살이 그대로 호텔 방안에 투영되고 있었다.

어제의 일들을 기억해 내느라 한동안 머리를 움켜쥐었다. 혜숙이 호텔로 가겠다는 말을 하였지만 소영이나 민구는 그 일을 대수롭지 않게 받아들였다.

몇 번 흔들어 깨우고 싶었으나 가지런한 숨소리를 듣고 그만두었다. 일어나려던 것도 혹시 잠자는 것에 방해가 될까 봐 그대로 누어있었다.

어제의 술 때문에 목이 탔고 목구멍으로 신물이 넘어왔지만 그것도 꾹 참았다. 위도 쓰렸다. 눈을 떴다 감기를 수차례 하고 있을 때 혜숙은 몸을 뒤척이며 잠투정을 하였다. 혜숙의 말에 귀를 기울였다.

"스님. 나는 이렇게 죽은 듯 살아야 돼요."

누군가와 대화를 하는 듯 그 말을 하고는 다리를 이불 밖으로 올려놓았다.

혜숙이 깨지 않게 조심해서 일어났다. 그리고 이불을 다시 덮어주었다.

갈증 때문에 냉장고를 열어 생수를 한 병 꺼내 병나발을 불었다. 목은 시원했으나 개운치 않았다.

소파에 앉아 어제의 일들을 생각해 보았다. 민구는 평소와는 다르게 자기의 말을 하지 못하고 부자연스런 표정으로 앉아 소영이의 말이나 혜숙의 말을 듣기만 하였다. 그 끝에는 정권이의 평소와 다르게 자기를 한없이 낮추려는 자세가 가식적으로 보였다.

그때였다. 혜숙의 낮은 음성이 들렸다.

"이리로 들어와."

성규는 소스라치게 놀랐다.

이번 말은 잠꼬대가 아니었다.

혜숙이 이불을 반쯤 들어 올리며 말하고 있었기 때문이었다. 어제 호텔로 같이 들어온 것도 다 기억하고 있는 눈치였다.

"이리로 들어와서 나를 좀 안아줘."

부탁이었다.

어정쩡하게 서 있을 수는 없었다. 성규는 할 수 없이 혜숙이 들어있는 이불로 들어갔다.

"성규."

혜숙이 먼저 품안으로 들어왔다.

"아. 응……"

성규는 혜숙을 안았다.

혜숙은 보아 온 것과는 다르게 꼭 안을 수 있는 몸을 가지고 있었다. 몸집이 크다고만 느꼈으나 그것이 아니었다.

머리카락이 얼굴 위에서 놀았다. 약간의 향가가 콧속으로 들어왔다. 향긋했다. 살비듬이 많은 혜숙의 몸뚱이는 이불 속에서도 허옇게 빛을 발하고 있었다.

“이제 다 늙었어. 하지만 마음만은 아직도 젊어. 내가 미쳤지.”

혜숙은 품안에서 자꾸만 말했다.

혜숙을 꼭 안고 있다가 혜숙이 원하고 있는 대로 움직였다. 답답한지 이불을 걷어차자 이불 속에서 나신이 전부 드러나 보였다.

가슴에는 잘 익은 검은 오디가 있었고 우윳빛 나신으로 감추어진 여성으로서의 모든 것이 눈앞에 펼쳐졌다. 성규는 혜숙의 바람 속으로 깊이 빨려 들어갔다.

성규가 일어난 것은 한동안 혜숙과 정을 표시한 뒤였다.

창밖을 보니 아직 새벽은 그대로 있었고 서쪽 멀리에서 초승달이 깜짝 놀란 표정으로 성규를 바라보고 있었다.

“성규. 오늘 고마웠어.”

성규로는 알 수 없는 말이었다.

“아직 새벽이 그대로야.”

“별들이 강물 위로 우수수 쏟아져 내리고 있어. 이곳에 살면서도 저렇게 별이 많이 있는 것은 처음이야.”

혜숙은 뒤에서 성규를 끌어안으며 말했다. 혜숙의 몸은 아직도 식지 않았는지 뜨거웠다.

“이곳이 산중턱에 있어서 별들이 많이 보이지. 빛도 없고 졸듯이 서 있는 저기 저 조명등만 몇 개만 있을 뿐이라 별들이 더욱 밝게 보이지. 오늘 같은 날에 억새밭으로 가면 무수히 많은 별들을 구경할 것 같은데 이곳에서보다 그곳에는 별들이 더 많아. 밖에서 들어오는 빛도 없고 오로지 하늘에서 떨어지는 별빛만이 있는 곳이야. 별들이 떨어지는 바람소리를 들어 본 적이 있는가?"

"무주 덕유산에 있는 백련사라는 곳이 있어. 그곳에서도 공양주보살로 몇 년 있었지. 그곳의 별은 이곳보다는 많았어. 새벽녘에 석탑 앞에 서면 별들이 운행하고 있는 것이 확연하게 느낄 수가 있지. 탑돌이를 하며 합장을 하고 기도를 하면 별들도 나와 같이 움직여. 고개를 숙이고 기도를 하다가 하늘을 올려다보면 그 별들의 위치가 자주 바뀌었지. 깊은 산중이고 바람소리 물소리만 들리는 곳이기에 그 적막감은 어디에도 비교할 것이 없었어. 별들이 깜박거리는 소리까지 들릴 지경이니 얼마나 적막하겠어. 백련사를 둘러싸고 있는 돌들과 동백나무들이 검게 울타리를 치고 있지. 잣나무들은 한밤중이 되면 검정색으로 절벽 같은 울타리를 만들어. 그때 새벽을 알리는 종소리가 들릴 때까지 탑돌이는 멈추지 않았지. 무량원겁즉일념 일념즉시무량겁이란 말이 있어. 한량없는 오랜 세월이 한 생각 찰나요. 찰나의 한 생각이 무량한 시간이네. 라는 말이지. 늘 그 생각을 하면서 탑돌이를 했지. 나를 잊기 위해 나는 늘 그렇게 탑돌이를 했다네. 그런데 이젠 나도 지쳤어. 이렇게 사는 것이 무슨 의미인지도 모르겠고 그래서 백련사를 내려왔지. 그리고 지금의 홍천사로 다시 왔다네. 홍천사야 작은 도시에 있으니 그렇게 적막하지는 않고 또 친구들도 많으니 그래도 사람 사는 기분은 들더라고 이렇게 친구도 만나고."

"소영이처럼 남편과 함께 살 수는 없는 거야."

"소영이야 남편을 잘 만났지. 그리고 똑똑하기도 하고. 하지만 나는 아무것도 없어. 아는 것도 없고 가진 것도 없어. 늘 비우는 연습만 하면서 살았으니."

"그런가?"

혜숙이 앞에서 어떤 말이든 할 수가 없었다. 이 순간에는 혜숙의 부드러운 살결이 등 뒤에 있다는 것을 느낄 뿐이었다.

"아직 밝으려면 시간이 좀 있어야 되니 성규가 좋아하는 그곳으로 나를 데려다 줄 수 있어?"

"그럼. 지금 나가볼까?"

불을 켜고 혜숙은 옷을 입었다. 성규도 혜숙을 따라 옷을 입고 밖으로 나갔다. 나가려는 것을 알고 있었다는 듯 엘리베이터가 7층에서 기다리고 있었다.

아침 공기가 쌀쌀했지만 혜숙은 견딜 만한지 앞서 걸었다.

소나무를 스치는 바람이 고음의 긴 여운을 남겼다. 모아이 석상을 지나 한길로 걸었다. 새벽이라 차량도 지나다니지 않았다.

성규와 혜숙은 억새밭 깊숙이 들어가고 있었다. 억새는 하얀 머리를 흔들어 댔다. 나무로 된 다리 위에서 혜숙은 걸음을 멈추었다.

"사람도 없고 아무것도 보이지 않은 이곳이 그리도 좋았는가?"

"저 별들을 보라고. 그리고 별들이 떨어져 내린 이 억새밭을 보라고. 아직도 반짝이고 있는 것이 보이잖아. 연못 속에서 꿈틀대는 저 별들. 조금 더 들어가면 강물 속에 떨어진 별들을 보게 될 거야."

그 말을 하고 성규가 앞서 걸었다.

걷는 동안 징검다리도 있었고 키 큰 나무도 서 있었다.

"여기서 강물을 보라고. 강물 위에 피어있는 저 불빛들. 나는 저 불빛을 가끔씩 내려와 보곤 했지."

강물 위에는 성규가 말한 대로 무수히 많은 별들이 반짝거렸다. 검은 유리가 깔려있는 강물 위에는 별과 달이 선명하게 보였다. 가끔씩 바람이 지나가면 그 검은 유리는 마치 검은 비닐이 바람에 흔들리는 것처럼 굴곡을 이루었다.

"이곳에 이렇게 투명한 강물이 있고 또 이곳에는 흰 목을 내민 억새들이 춤을 추니 성규가 좋아할 만하군."

"이렇게 깔려있는 검은 유리가 새벽이 되고 여명이 일 때쯤에 모습을 확 바꾸어 버리지. 그동안 너무 많은 별빛을 담아서인지 강물은 백지를 펴 놓은 듯 하얗게 변해 버려. 혜숙이도 곧 그 모습을 보게 될 거야."

성규는 다시 앞서 걸었다. 조금만 더 들어가면 앉아서 강물을 잘 볼 수 있는 벤치가 있는 것을 잘 알고 있어 그리로 걸어갔다.

강물을 바라보던 혜숙은 말없이 성규를 따라 걸었다. 나무 벤치에 앉자 혜숙이 조그맣게 노래를 불렀다. 새벽이 오는지 바람이 일었다.

강물은 혜숙의 노래에 맞춰 춤을 추었다. 시나브로 여명이 찾아오고 있었다. 성규가 말한 대로 강물은 안쪽부터 하얗게 창호지를 펴고 있었다. 혜숙은 그 모습을 바라보기만 하였다.

"자, 잘 봐. 별들의 잔치는 끝이 났어. 이제는 저 창호지 같은 강에 우리의 그림을 그려 넣으면 되는 것이지. 혜숙이도 한번 마음의 그림을 그려 봐 색깔도 칠해보고. 중요한 것은 밑그림이 중요하거든."

성규는 혜숙을 바라보았다. 성규가 말하고 있는 뜻을 혜숙은 잘 알고 있었다.

18

성규가 홍천사로 가는 중에 미첼의 전화를 받았다. 노드빌팽트 전시장의 사진을 전해주면서 전시회가 성황리에 시작되었다는 말을 하였다. 프레디는 전시회를 축하하는 뜻에서 자기가 작곡한 오페라의 서곡과 아리아를 연주해주어 더욱 성황리에 시작되었다는 것이었다.

홍천사 문 앞에서 그동안 지나쳐 보지 못했던 그림을 바라보았다. 늘 절에 가면 사천왕이 있었는데 홍천사에는 사천왕상은 없었고 나무문에 사천왕 중 두 분의 천왕만 그림으로 그려져 있었다.

시퍼런 칼을 움켜쥐고 서 있는 사천왕은 보기만 해도 섬뜩

했다. 동서남북을 지키는 왕들 중 두 왕만 그려져 있으니 그럴 만도 하다 싶었다. 두 눈이 튀어나온 것이나 단련되어 있는 발과 팔의 근육이 잘 묘사해 있는 그림이었다.

한동안 그림을 바라보다 3층으로 올라갔다. 벌써 주지스님은 제사를 준비하고 있었다. 주지스님이 두드리는 강약이 있는 목탁소리와 경을 구슬프게 외우는 소리를 들으며 무릎을 꿇었다.

금장을 한 작은 집 안에 부처가 있어 절을 하고 부처를 바라보았다. 성규 앞에서는 주지스님이 염불을 하고 있었다.

위에서 내려다보는 부처의 그윽한 미소를 바라보고 있을 때 혜숙이가 생각났다. 눈을 감았다. 혜숙이의 고달팠던 인생역정 같은 것이 눈에 보이는 것 같았다. 성규는 자기도 모르게 중얼거렸다.

"나무관세음보살."

여러 번 그렇게 외치고 나니 마음이 한결 가벼워지는 느낌이 들었다.

그때서야 눈을 뜨고 좌우에 있는 조그만 촛불을 보았다. 촛불을 보며 수많은 염원이 담겨있는 불자들을 생각하였다.

"처사님 오셨습니다."

주지가 염불을 마치고 일어서며 말했다.

"오늘은 조금 늦었습니다."

"오시지 않아도 이 일은 49재까지 계속됩니다. 제가 알아서 극락왕생을 빌어 들릴 터이니 너무 걱정하시지 마세요."

"고맙습니다."

그 말을 하고 주지는 앞서 법당을 내려갔다.

성규는 한동안 부처 앞에 꿇어 엎드려 일어나지 않았다. 아버지의 일보다는 혜숙이와 함께 지낸 그날 밤이 무엇인지를 알고 싶어서였다.

그때 어둠 속에서 보았던 혜숙의 모습이 눈에 각인되어 따라다녔다.

그때 혜숙의 모습은 즐거움의 모습이 아니었다. 그냥 남자와 함께 있다는 그것이 외로움을 이기게 해주는 그런 거라 생각되었다.

성규는 생각해 보았다. 그동안 예술을 한다고 긴 세월을 보냈다. 창작을 하다가도 창작실 구석에서 잠을 잤고 또 눈을 뜨면 그 앞에 있는 창작물을 다듬었다.

파리의 친구인 프레디와 미첼도 성규와 같이 외로운 투쟁을 계속 하였다. 그들도 성규와 같이 창작을 위해 인생의 모든 것을 바치고 있는 사람들이었다.

동질의 사람들과 어울리며 창작이라는 고통을 서로 이해하고 삭여내며 지내고 있었다. 그들도 인생의 반려자는 없었다.

성규의 머릿속에는 혜숙을 생각하면서 파리로 혜숙을 데려가면 어떨까 하는 생각까지 했다.

기도와 생각을 마치고 법당을 내려오니 신도들의 방 앞 툇마루에서 혜숙이 기다리고 있었다.

신도들의 방에 들어가 혜숙이와 함께 차를 마셨다. 혜숙은 어제의 일을 생각하는지 하고 싶은 이야기도 삼가고 묵묵히 찻잔만 채워 주었다. 성규도 어떤 말부터 꺼내야 할지 차를 몇 잔 들면서 생각했다.

"어제는 내가 미안했어."

궁리를 하고 있을 때 먼저 혜숙이 말했다.

"무슨 소리야. 나는 너무 좋았는데."

"누가 보면 다 늙은 사람들이 못하는 게 없다고 할 거야."

"나는 그런 생각을 해보지 않았어. 나는 하여튼 혜숙이 좋았어."

"고마워. 그렇게 생각해 줘서. 오늘 소영이의 강의가 있어. 가 볼 거야?"

"어디서. 나는 몰랐네."

"도서관 지하층에서 하는데 늘 사람들이 많아 빨리 가지 않으면 자리도 잡기 어려워. 같이 갈까?"

"그럼 좋지. 그게 언제인데."

"오후 2시부터이니까. 점심을 그 근처에서 먹고 가면 돼."

"알았어."

성규는 점심시간에 맞춰 도서관 앞에서 만나기로 약속하고 혜숙이와 헤어졌다. 다른 날과는 다르게 혜숙은 마치 같이 사는 사람처럼 대해 주었다.

호텔로 들어와 잠시 휴식을 취하고 나서 억새밭으로 갔다. 억새밭에는 다른 날과는 다르게 바람이 불었다.

갈대밭 가장자리에 파도가 밀려와 철썩거리며 마치 성규에게 일어난 일들이 순탄치 않을 거라는 것을 말해 주듯 몸살하고 있었다.

한동안 억새밭을 걷다가 나무벤치에 앉았다. 흔들리는 수양버들이 마치 만국기를 단 실처럼 바람에 나부꼈다.

혜숙을 생각하며 어떻게 하면 혜숙의 삭막한 마음을 달래 줄 무엇을 생각해보았다. 이런 일에 익숙하지 않아서인지 아무것도 떠오르지 않았다.

문득 수양버들을 올려다보았다. 수양버들 가지에서 파란 눈이 꿈틀거리고 있었다.

봄이 오고 있다는 것을 나무가 말해 주고 있었다. 다시 일어나 걸었다. 자꾸만 혜숙이 떠올랐다.

차를 달이는 모습이 여간 정갈하지 않았다. 그리고 차를 달여 내놓은 혜숙이의 하얀 손은 정말로 아름다웠다. 나이는 조금 되었지만 곱게 늙어 일반 촌부들과는 옷맵시나 하는 행동이 달랐다.

1시가 가까워지자 도서관 앞으로 향했다. 도서관 앞에는 사람들의 통행이 적어 혜숙을 기다리고 있기에는 안성맞춤이었다.

어슬렁거리며 혜숙을 기다리고 있자 1시가 딱 되어 불쑥 혜숙이 나타났다.

"벌써 왔어?"

"미리와 기다리려고 했어."

"저리로 가자. 그리고 점심을 먹고 소영이의 강의를 들어 보자고. 소영이 강의는 이곳에서 알아주는 강의지. 사람들도 많이 찾아오고 또 내용도 좋다는 소문이야. 한번 들어보자고."

혜숙과 식당에 들어가 식사를 하고 소영이 강의를 하는 도서관 지하로 향했다. 많은 사람들이 벌써 앞자리를 차지하고 있었다. 혜숙과 둘이서 소영이 가장 잘 보이는 곳으로 자리를 했다.

소영이의 강의는 도산 안창호 선생의 이야기로 시작되었다. 일제의 억압에서 벗어나려고 윤봉길 의사나 안중근 의사 그리고 많은 의사와 열사들과 같이 요인의 암살로 독립운동을 해 왔던 사람도 있고 청산리 전투로 유명한 김좌진 장군 그리고 홍범도 장군과 같이 일본군과 직접적인 전투로 독립을 위해 싸운 분들과 도산 안창호 선생과 같이 국제 무대에서는 국력이 있어야 독립을 할 수 있다는데 착안한 계몽운동을 한 사람들. 이들이 모두 합심하여 독립운동을 한 것이라고 하였다. 이 시점에서 우리는 계몽운동에 대하여 생각해봐야 한다는 것이다.

성규는 문득 호텔 벽에 걸려 있는 민중을 이끄는 자유여신을 떠올려 보았다. 보도블록과 죽어가는 사람들과 죽어 있는 사람들 그리고 프랑스 공화국의 삼색기, 총을 든 소년이 바로 앞에 서 있는 것처럼 보이고 희미하게 보이는 바스티유 교도소 위에 펄럭이는 삼색기. 그 그림은 자유와 평등의 상징으로 그린 그림이었다. 한국에서는 민중을 이끄는 자유의 여신이라고 하지만 파리에서는 민중을 이끄는 마리안느라고 하였다. 프랑스인들은 신이 자유와 평등을 위하여 민중을 이끌지 않고 프랑스인이면 누구나 민중을 이끌 수 있다는 의미였다. 마리안느라는 이름 역시 우리나라의 이름 정숙이나 순이 그리고 순자와 같이 흔한 이름이다.

소영은 청중들에게 지금 우리의 현실에 대하여 질문하였다. 사람들은 소영이의 질문의 요지가 무엇인지 생각하며 소영의 다음 말을 기다렸다.

역사에서 보았듯이 청나라에 도움을 요청한 왕실은 그들에게 무엇을 주었는가? 그리고 일본에게 동학의 진압을 요청한 후 그들은 우리에게 무엇을 요구하였는가? 그리고 러시아의 힘을 이용하려고 했던 왕실은 그들에게 무엇을 주었는가? 우리는 그것을 깨달아야한다고 역설하였다. 그럼 지금 우리 국토 안에서 주둔하고 있는 미군은 왜 주둔하고 있는지 생각해 보라고 말했다. 그때 청중들 여기저기서 웅성거렸다. 그 틈에 한 사람이 손을 들었다.

"교수님. 그럼 미군은 주둔하면서 우리에게 무엇을 요구하고 있나요?"

"왜 주둔하겠어요? 우리의 평화를 지켜주기 위해서인가요? 물론 사람들의 생각은 다를 수 있습니다. 하지만 나는 단호히 말합니다. 미국이 주둔하면 그들이 유리하니까 주둔하는 겁니다. 라고."

"이 시점에서 미국이 유리한 것이 무엇입니까?"

"이건 순전히 제 생각입니다. 오해하지 말았으면 합니다. 먼저 미군이 주둔함으로써 러시아의 남진정책에 제동을 걸 수 있고 즉 태평양으로 나갈 수 있는 부동항을 확보하는 것 말입니다. 또한 가깝게는 중국의 동향 파악에 주요한 교두보 역할을 하는 것입니다. 남북 간의 긴장상태를 꾀함으로써 세계의 최강인 재래식 무기를 우리에게 판매하는 것입니다. 그것도 모자라 이제는 자기들 편리에 의해서 주둔하고 있는 것인데 주둔비까지 우리에게 전부를 요구하고 있어요. 이걸 꿩 먹고 알 먹는 일이라고 하지요. 또 일본은 어떻습니까? 우리나라가 중국이나 러시아의 남진정책에 완충지대를 형성하고 있으니 그보다 더 좋을 것은 없지요. 그래서 사실은 미국에 값비싼 무기를 사주면서 부추기는 형국입니다."

그 말을 하자 청중들 일부는 수긍이 간다는 듯 고개를 끄덕였고 일부는 이해가 되지 않는다는 듯 고개를 갸웃거렸다.

"자 들어보세요. 우리는 역사를 모르면 비극은 반복된다는 것을 알아야 합니다. 구한말의 역사와 얼마 되지 않은 사건 인 제주의 4·3을 생각해 보세요. 4·3에서는 주민들이 아무 것도 모르고 앉아있다 당했고 당하기 싫은 주민들은 총을 잡았습니다. 그것이 남로당원들이기 때문에 그렇게 하지는 않았습니다. 그것을 교훈 삼은 5·18에서는 저항이라는 운동이 등장했어요. 저항이라도 하면서 죽어갔어요. 이 말을 지금 이 시점에서 제가 왜 하겠습니까? 우리 국민들이 이런 전체적인 현상을 알자는 취지에서 말씀드리는 것입니다. 우리는 이런 것쯤은 다 알고 있다고 할 수도 있겠지만 일부 시위하는 사람들을 보세요. 미국이 우리를 먹여 살리는 것으로 알고 성조기를 흔들며 시위하는 사람들이 있는가 하면 이제는 이스라엘 기를 들고 시위하는 사람들까지 등장했습니다. 이스라엘 기를 흔드는 사람들은 그릇된 종교관에서 나온 시위꾼들이라 생각되는 것이지만 이런 현상들을 돌이켜 생각해 보시기 바랍니다. 우리는 구한말에 있었던 계몽운동을 지속해야 할 것입니다. 우리는 이 시점에서 어떻게 살 것인가에 대하여 우리 자신들에게 묻기를 반복해야 할 것으로 생각되는 것입니다."

"그럼 교수님께서 인문학을 강의하는 것 역시 그런 차원에서 하시는 것입니까?"

주의 깊게 듣고 있던 한 사람이 일어서서 말했다. 그 사람은 말쑥하게 차려 입은 50대로 보이는 중년 신사였다.

“그렇습니다. 인문학이란 사람을 공부하는 학문입니다. 우리가 쉽게 알 수 있는 것은 소설도 일종의 인문학이라 할 수 있는 것입니다. 역사도 인문학에 들어 있고요. 우리가 살고 있는 모든 것이 인문학인 것입니다.”

긴 강의 시간이 끝나자 맨 마지막에 성규를 호명하였다.

“이곳에는 프랑스 파리에서 예술을 하고 계시는 이성규 님이 와 계십니다. 성규 님 일어서서 인사해 주시기 바랍니다.”

소영은 성규를 바라보며 말했다.

갑작스런 소영의 지명에 성규는 어정쩡하게 일어나 인사를 하고 앉았다. 좌중에 앉아있는 모든 사람들이 성규를 바라보았다.

“이것으로 오늘 강의를 마치겠습니다.”

소영이 마지막으로 말을 하자 수많은 사람들이 박수를 보냈다.

소영이 혜숙이 그리고 성규는 나란히 이야기 속으로라는 카페로 들어갔다. 혼자서 앉아 있던 마담이 일어서며 반갑게 맞아 주었다. 셋은 늘 앉아서 이야기하던 자리로 가 앉았다.

“오늘 강의 잘 들었어. 재미있고 흥미로운 강의였어.”

“늘 하는 이야기이고 또 사람들에게 알려주고 싶은 이야기를 했을 뿐이야. 잘 들어줬다니 고마워.”

“민구도 왔던 것 같은데 보았는가?”

"아니 나는 보지 못했네."

"뒷자리에 앉아있는데 모르는 척해달라는 눈짓이 있어 그냥 앞에 앉았어."

그때서야 혜숙이 말했다.

성규도 그때까지 모르고 있다가 혜숙의 말에 놀란 표정을 하였다.

"그랬어. 민구에게 할 말이 있었는데."

"소영아. 내가 혜숙이하고 파리를 같이 들어가는 거 어떻게 생각해."

성규가 어렵게 말했다.

"뭐? 혜숙이하고 파리에?"

"내가 혜숙이 허락도 없이 말한 거야."

"나야 대 찬성이지."

"내 허락이 있어야 되는 거 아냐?"

혜숙이 얼굴을 붉히며 말했다.

"미안해. 내 소망이야."

"혜숙아. 그렇게 하면 나는 정말 좋겠어."

"생각 좀 해보고. 여자들이란 쉽게 이야기할 수 없는 일 아닌가? 나이도 나이지만 이 나이 들어 이렇게 혼자 살고 있으니 소영이도 쉽게 말하는 거겠지만."

혜숙은 애써 의미 없는 말로 돌리려 하였다.

"참 좋겠어. 파리로 가서 살게 될 지도 모르고. 난 파리라는 말만 들어도 벌써부터 가슴이 뛰네.

소영이 혜숙을 부럽게 바라보았다.

"여기 술 좀 가져와요."

성규가 마담을 불렀다.

"난 오늘 술은 사양하고 커피를 마실 거야."

소영이 말했다.

"그럼 나도 그렇게 해."

혜숙이도 술을 사양하였다. 성규는 다시 마담을 불러 커피를 주문하였다.

"지난번에 정권이가 부탁했던 일 내일하게 되어 있어. 이건 어렵게 알아낸 정보야. 이번 이 지역 시민단체에서 시의원들을 축출할 수 있도록 시민단체들 여러 곳과 동조하는 시민들을 동원하고 있었네. 내일 오후 2시 시청 앞에서 집결하자는 내용의 문서도 돌았어. 그곳에 가서 민구가 어떻게 할지 걱정이 되네. 이런 일에는 민구가 참여하지 않아야 하는데 그 성격에 약속을 했으니 참여를 안 할 수는 없을 거야. 우리도 그때 민구를 위해서 가보세."

"어떤 일이 있었던 거야."

혜숙이 소영이에게 말했다.

"매년 행사처럼 선진지 견학이라는 미명 아래 외국으로 떠났는데 그곳에서 여러 몹쓸 짓을 많이 했나봐. 시민단체에서는 입증할 수 있는 자료를 전부 준비해 가지고 발표한다지."

"그런 일에 민구가 참여하게 되어 있는 거야."

"아마 정권이가 노리고 있는 것이 따로 있을 거야. 이 시점에서 민구를 부를 리가 없잖아. 난 그냥 추측을 하고 있는 것이고."

소영이 그 말을 하고 생각에 잠겼다.

"우린 거기에서 어떤 일을 하는 거야."

혜숙은 걱정스런 표정으로 소영을 바라보았다.

"멀리서 바라만 보자고. 어떻게 하나."

"알았어."

"한국에는 별 희한한 일들이 많아. 한국에 사는 사람들은 정말 머리가 복잡하겠어. 시위를 보더라도 순수한 면이 있는 것도 아니고."

"성훈이 같이 자신들의 이익을 위해 싸우는 것은 그래도 보아줄 수 있어. 하지만 이번 시위는 좀 달라. 그래서 내가 걱정하는 것이고. 시위 진압이나 진행을 너무 잘 아는 민구가 절대 하지 않는 일이 있었는데 그것이 정치적인 집회였어. 이 지역 사람들이 그것을 잘 알고 있어. 민구를 싫지만 인정하고 있었던 거고."

"어떻게 하는지 보고 싶네. 내일 나도 같이 가겠어."

성규도 소영이와 혜숙이 가는 곳을 따라가겠다고 말했다.

"오늘은 우리 역사에 있어서 가장 안 좋았던 동족상잔의 비극인 6·25에 대하여 이야기해 줄게."

소영이 성규를 바라보며 말했다.

"6·25라는 전쟁 때문에 이 땅에서 얼마나 많은 사람들이 죽었는지 아는가? 그리고 그 6·25가 우리에게 무엇을 안겨주었는지 아는가?"

소영이 말을 시작하며 처음 꺼낸 화두였다.

"1950년 6월 25일에 시작된 한국전쟁이 1953년 7월 27일 끝났으니 약 3년 동안에 죽은 젊은이가 140만 명이야. 수많은 젊은이들이 죽어갔지. 50년 겨울에 사람들이 많이 죽었고 밀고 당기는 계속된 전선 때문에 수많은 사람들이 희생되었어. 6·25 전후에서는 지리산을 통하여 북으로 올라가는 빨치산을 우리 국군과 경찰들, 경찰 속에는 서북청년단도 끼어 있었지. 이들이 힘을 합해 빨치산과 싸웠지. 빨치산 중 일부는 북으로 피신해 갔고 연합군의 인천상륙으로 퇴로가 막힌 남로당 일부는 지리산 깊숙이 남아 항전하다 전멸하였지. 빨치산을 잡는다고 애매한 주민들이 또 수없이 죽어갔고 빨치산에 의해 죽은 주민들보다 군과 경찰의 과잉진압에 죽은 수가 더 많았으니 이 지역에서는 경찰과 국군을 더 무서워했던 시절이었어. 그때는 공산주의를 몰살시키려는 자들이 남한 정부를 세웠으니 더욱 악랄했지. 전쟁과 더불어 수많은 사람들이 죽어갔지. 결국 16개국의 유엔군이 도와 그나마 반쪽이라도 다시 민주 정부를 수립할 수 있었던 거야. 그렇게 되니 자연 반민특위다 역사의 단죄를 해야 한다고 외치던 사람들이 빨갱이부터 잡아야 한다고 더 아우성 쳤고 그 결과 반민특위는 아주 유야무야 되어 버리고 일본에 협조한 사람들은 금력과 권력을 그리고 협조한 대가로 받은 금력으로 공부를 하여 학력까지 고루 겸비한 사람들이 이 나라를 지배해 버린 것이야. 그것이 오늘날까지 이어오고 있지. 친일을 했던 사람들이 정치 경제 사회 문화의 한복판에서 버젓이 한국의 지배계급이 되어 버린 거야. 이것이 다 그때 그 시절에는 그럴 수밖에 없었던 거지. 프랑스도 나치의 지배를 받았는데 그곳에서는 어떻게 하였는가?"

길게 말을 하던 소영이 성규를 바라보았다.

"프랑스 혁명이 끝나갈 무렵 프랑스 국민들은 힘든 나날을 보내고 있었지. 혁명이 끝났으니 국가의 모든 분야에서 어수선한 분위기를 보이는 것은 당연한 일이겠지. 그나마 나폴레옹이 유럽지역을 휩쓸며 침략 전쟁을 벌여 연전연승을 하고 있었고 지친 프랑스인들은 나폴레옹을 바라보며 위안을 삼곤 하였는데 나폴레옹이 파리로 들어와 혼란스러운 국민들을 구한다는 명목으로 자기가 스스로 왕이 되어 버린 거야. 힘들게 혁명을 해놓아 봐도 국민들은 살기가 여전히 힘드니 왕정을 그리워하는 사람들이 증가할 수밖에. 나폴레옹은 그 세력을 이용한 거지. 10년 동안 나폴레옹이 집권하고 집권이 끝나자 다시 피신에 있던 루이 16세의 동생이었던 루이 18세는 마리 앙투아네트 사이에 낳은 왕세자가 죽자 본인이 스스로 루이 18세라 칭하고 왕위에 오르지만 나폴레옹에 의해 실권을 잃고 껍질뿐인 왕이 되었을 뿐이었어. 나폴레옹이 다시 파리로 입성하게 될 즈음 저항한 시민들이 얼마나 죽었는지 아는가? 자신이 공언했던 대로 10만이 죽었어. 그리고 다시 파리로 입성한 것이지. 이후 프랑스는 암흑기를 보내게 되는데 그것은 나치의 프랑스 점령이었어. 우리나라에서는 나라가 일본에 의해 넘어가자 중국에 임시정부를 세워 독립을 위한 투쟁을 하였지만 프랑스에서는 레지스탕스라는 이름으로 지하 독립투쟁을 하였지. 연합군에 의해 독일이 패망하자 프랑스는 독립을 하게 되는데 이때 프랑스에서는 콜라보라시옹이라는 이름으로 나치에 협력한 모든 사람을 총살을 하게 되지. 특히 의식이 있는 사람이나 지식인이 나치에 도움을 주었다면 그들에게는 용서를 하지 않고 곧 총살형에 처해졌지. 이렇게 프랑스에서는 과거를 단절하는 데에 가혹하였어. 콜라보라시옹이라는 단어는 사전적으로 협력하는 것을 의미하는데 프랑스에서는 지금도 금기시되는 단어가 되어 버렸어."

성규는 그 말을 하고 소영을 바라보았다.

"우리는 참 이상한 국가에서 살고 있어. 반민특위에서 청산을 하지 못해 첫 단추를 잘못 꿰진 이후 독재를 하고 사람을 무수히 죽였어도 다음 정권에서는 그것을 용서하고 사면해주어 버림으로써 역사에 단절을 하지 못하고 있으니 말이야. 다른 나라에서는 이런 경우는 어떻게 되었다고 생각하는가?"

소영은 자기도 알고 있으나 성규에게 말을 할 수 있도록 하였다.

"있을 수 없는 일이지. 다른 나라 같았으면 우리와 같은 일을 저질렀을 때 주범은 해외로 추방을 하거나 단죄를 함으로써 그 일이 다시는 일어나지 않도록 역사에 사표로 삼는 것이지. 지금 이 나라에서 행하고 있는 일들에 대하여 나는 잘잘못을 이야기하고 싶지 않아. 사실 역사에 단죄가 없어서는 그 악령들이 고개를 내밀고 있긴 하지만."

성규는 그 말을 하고 커피를 한 모금 마셨다.

소영도 성규를 바라보며 지금의 현실을 생각하고 있는지 커피를 마셨다. 혜숙은 둘의 대화를 생각하고 있는지 말 한마디도 하지 않고 그들의 행동만 바라보았다.

밤이 깊어 가는지 창밖을 보니 네온사인이 도심을 가득 메우고 있었다.

"사람들은 박정희를 떠올리며 말을 하곤 하지. 민주주의는 하지 않았지만 경제적인 부흥을 일으킨 사람은 공과 사를 구분하여 생각해야 한다며 말이야. 물론 사람들은 빵을 준 사람을 고맙게 생각하고 그것을 은혜로 생각해 따라다니게 되어 있어. 미셜 푸코는 '광기의 역사'에서 이렇게 이야기하였지. 수사들이 토굴 속에 갇혀 있는 문둥병에 걸려 있는 사람들이나 미치광이들이 생활하는 곳에 음식을 주곤 하였지. 빵을 받아먹은 토굴 속 사람들은 수사들에게 맹신하였고 그것을 본 왕이 그런 곳을 찾아 다니며 수사들이 하던 일을 하여 자신에게 맹신하게 하였지. 이것처럼 권력은 빵을 주는 사람에게로 향한다는 간단한 이치야. 성경에도 나와 있잖아. 40일 단식을 하고 있는 예수에게 돌로 떡을 만들어 보라고 마귀는 말했다지. 왜 신의 아들인 예수가 그것을 안 했을까? 생각해 봐. 만약 빵을 만들었다면 그것을 본 사람들이나 소식을 들은 사람들은 아무것도 하지 않아도 먹을거리인 빵을 만들어 주니 일할 필요가 없었겠지. 다시 말하면 예수만 맹신하여 따라다니면 아무것도 하지 않아도 배부르게 먹을 수 있으니 말이야. 이런 것이 사람들이 사는 이치 아닌가?"

성규는 한국에서 일어나고 있는 사항을 모두 꿰뚫어 보며 사람이 추구하는 권력의 속성을 역설적으로 말하고 있었다.

"같이 파리로 떠난다는 결심은 한 것인가?"

소영은 이야기가 둘이서만 하고 있다는 것을 알고 혜숙의 이야기를 꺼냈다.

"나는 결심을 했어."

"혜숙이 너도 성규와 같이 떠날 건가?"

"요즘 생각이 많아졌어. 모처럼 한가한 시간을 보내고 있었는데 갑자기 이런 일이 생기다 보니 내가 어떻게 해야 할지."

"둘이 마음만 맞으면 성규의 뜻대로 해. 우리가 젊은 것도 아니고 다시 인생을 시작해 봐. 나는 찬성이야."

소영이 웃으며 혜숙에게 말했다.

혜숙은 간간히 소영이 말하는 의도를 생각하고 있었다.

"곧 나는 파리로 들어갈 거야. 파리로 들어가 혜숙이와 함께 지낼 곳도 마련해 두어야 하고 할 일이 많아졌어."

"정말 잘되었어. 늘 친구 혜숙이가 걱정이 되었는데."

소영이 부러운 눈으로 혜숙을 바라보았다.

19

시청 앞 광장에는 고성능 앰프를 설치한 시위꾼들과 기자들이 집결해 있고 그 앞을 지키는 단 한 사람이 있었다. 성규는 그 모습을 바라보면서 민구가 홍천사 문에 그려져 있는 사천왕으로 보여졌다.

사천왕은 살기가 서려 있는 푸른 검을 들고 있었지만 시청 앞에 서 있는 민구는 야구방망이를 들고 서 있었다. 그 모습이 당당했다.

"저기 저게 민구야."

소영이 조그맣게 성규에게 말했다.

"혼자서 저렇게 서 있다가는 뭔 일 터지겠어."

소영이 말이 끝나자 혜숙이 걱정스런 모습으로 말했다.

"저 당당한 모습을 보라고 마치 서울 광화문 광장에서 사람들을 내려다보고 서 있는 이순신 장군을 꼭 빼닮았잖아."

소영이 말했다.

"혼자서 어떻게 하려고."

혜숙이 걱정스런 표정을 하였다.

고성능 스피커에서 흘러나오는 소리는 시위 현장에서 등장했던 노랫소리였다.

그 노래는 광주에서 흔히 들었던 '임을 위한 행진곡'이었다. 그때 그 노랫소리와 함께 시위대 쪽 한 사람이 민구 앞으로 다가갔다.

사람들은 긴장하고 있었지만 노랫소리는 하늘을 울리고도 남았다. 민구에게 다가가는 사람은 청년이었다. 소영과 혜숙 그리고 성규는 그 모습을 자세하게 바라보았다.

"아저씨. 이곳에는 아저씨가 낄 곳이 아닙니다."

스피커 노랫소리 속에 끼어 들리는 소리였다.

"나는 모른다. 나는 이곳으로 들어오는 사람들을 못 들어오게 지킬 뿐이다. 어서 물러가라. 이렇게 한다고 세상이 바뀔 것 같은가?"

민구의 목소리도 확연히 들렸다.

"우리는 그냥 지켜볼 수가 없습니다. 우리는 젊은이들입니다. 세상 일은 우리에게 맡기고 비켜주세요. 아저씨는 이제

쉬어야 할 나이입니다."

청년은 다시 한 번 부탁하듯 간곡히 말했다.

"아냐, 내 할 일은 내가 할 뿐이야. 나를 밟고 지나가면 될 일 아닌가?"

민구도 한 발짝도 물러서지 않았다.

멀리서 정권이 그 모습을 지켜보고 있을 뿐이었다.

"늘 말했지만 이건 선배님이 있을 곳이 아닙니다. 여기 있는 모든 사람들은 잘못된 것을 고쳐보려고 이렇게 나와 있는 것입니다.

그렇게 타협을 하고 있을 때 확성기를 통해 쩌렁쩌렁한 목소리가 들렸다.

"의회를 해산하라. 우리는 이런 의회를 원하지 않는다."

한쪽에서는 기자들이 기사를 쓰느라 분주히 움직였고 시위의 주동자쯤으로 보이는 사람이 회견을 했고 일부 사람들은 유인물을 시위에 참석해 있는 사람들에게 나누어 주고 있었다.

"이게 무슨 말인가?"

소영이 유인물을 읽어보며 말했다. 그 유인물엔 의회의 온갖 비리가 적혀있었다. 의회의 범죄는 마치 파렴치범들이 행하는 행동들이었다.

"저놈은 쓸개 빠진 놈인가?"

시위 군중 속에서 민구에게 말하는 소리였다.

그때였다. 소란한 군중 속에서 신체 건장한 청년 몇 명이 달려 나오며 소리 질렀다.

"저런 놈은 죽여야 해!"

그들은 고함을 지르며 민구 혼자 서 있는 청사 앞으로 돌진하였다.

기자들과 시민단체의 회원들은 그 모습을 바라보고만 있을 뿐이었고 사진을 찍는 방송국에서 나온 사람들은 연신 사진을 찍었고 촬영을 하고 있던 촬영기사들도 그 모습을 촬영하느라 정신이 없었다.

"저 사람들은 무엇을 하는 사람들인가?"

그때 신문기자 한 사람이 소리 지르며 말했다. 하지만 그 소리는 군중들의 시끄런 소리 속에 묻혀 버렸다.

순식간에 민구는 그들의 손에 제압을 당하고 사람들이 보는 앞에서 시뻘건 피를 토하도록 두들겨 맞았다.

민구는 마치 시신처럼 널브러져 있었고 살기등등하던 청년들은 어느 사이 빠져나가고 민구 앞에는 시위를 하던 사람들로 둘러싸여 있었다. 그중에는 소영이와 혜숙이 그리고 성규도 있었다.

"민구야!"

소영이 소리치며 민구 앞으로 다가앉아 손수건으로 피를 닦았다. 혜숙이도 소영이와 함께 민구의 응급처치를 도왔고 그 모습을 성규는 물끄러미 바라보았다.

사람들은 실신해 있는 민구를 바라보며 혀를 찼다. 언제부터인지 시위대들이 하나 둘 자리를 떠났다.

"저런 놈은 맞아 죽어야 우리 속이 시원해."

폭력의 현장에 있던 한 사람이 분개하며 말했다.

"아무리 시위를 한다고 폭력을 하면 되겠는가?"

냉정하게 상황 파악을 하고 있던 사람이 말했다.

곧 구급대원들이 도착하여 민구를 태우고 병원으로 향했다. 눈 깜짝 할 사이에 사건이 일어나 성규나 소영이 혜숙은 손 쓸 틈도 없었다. 아니 알았어도 어떻게 할 수도 없는 일이었다.

구급차 안에서 소영은 민구를 부르며 피를 닦아 주었다. 구급대원 중 한 사람이 말했다.

"이건 주먹으로 사람을 때린 것이 아니고 예리한 흉기로 계획하여 찌른 겁니다. 이 자상을 보세요."

민구의 허벅지에 커다랗게 구멍이 뚫려있었고 그곳에서 붉은 피가 지하수처럼 흘러나오고 있었다. 구급대원은 피를 지혈한다며 찔린 상처를 누르고 묶었다.

그 모습을 바라보던 성규는 그때의 상황을 떠올려 보았다. 순식간에 일어난 사건이었지만 영화의 한 장면처럼 떠올랐다.

시위대 속에서 갑자기 나타난 정체를 알 수 없는 청년들은 마치 무술을 하는 사람들처럼 순식간에 야구방망이를 든 민구를 제압하였다.

민구는 손 한번 쓰지 못하고 그 자리에 꼬꾸라지며 외마디 소리를 냈다. 순식간에 아스팔트 위에는 붉은 피가 낭자했다.

"이건 음모야."

성규는 자기도 모르게 말을 하였다.

그때서야 소영이 머리를 들어 성규를 바라보았다. 그리고 잠시 생각하였다.

"그래, 이건 음모야."

그 말을 하고 소영이 이를 갈았다.

민구는 병원에서 눈을 떴다.

의사는 1센티만 더 위쪽이면 정맥이 절단되어 생명이 위독했을 것이라며 한숨을 내 쉬었다.

민구는 의사의 만류에도 입원 하루 만에 퇴원을 하였고 뉴스에는 시위를 하던 군중들에 의해 홀로 진압하려던 한 시민이 위독해졌다는 보도를 내보내고 있었고 계획된 시위는 그렇게 일단락되었다.

나중에 안 일이지만 병원에 있던 민구는 정권이 병문안을 하려고 병원으로 온다는 소식을 듣고 미리 퇴원하였던 거였다.

성규는 블루오션 커피숍에서 소영을 만났다.

"여길 봐. 내가 생각했던 대로 이렇게 나왔잖아."

성규가 앉자마자 소영은 신문을 보여 주었다.

신문에는 아스팔트 위에서 민구가 쓰러져 있는 장면이 묘사되어있었다.

"이것이 무엇이야. 어제 시위를 하려고 했던 일들은 모두 빠져 버리고 민구의 모습만 실려 있네.

성규가 소영의 얼굴을 바라보았다. 소영의 얼굴은 이미 상기되어있었다. 숨도 제대로 쉬지 못하고 물 한 잔을 벌컥벌컥 마셨다.

"내가 여자이지만 이것은 정말 아니야. 우리가 이렇게 살면 안 되는 것이지."

"민구를 이렇게 만든 사람들의 정체는 밝혀졌는가?"

"곧 밝혀지겠지. 하지만 민구가 그동안 해 왔던 일들이 부각되겠지. 그렇게 되면 민구를 이렇게 만든 사람들의 비난보다는 민구를 비난하는 사람들이 더 많을 것이야. 지역 신문들은 그것을 확대하여 쓸 것이고."

"이 정도였어."

성규는 파리에서의 일들을 생각하며 우리가 왜 이렇게 되었는지 잠시 생각하고 있었다.

"프랑스에서는 누차 말했지만 역사의 청산을 확실히 하였지. 하지만 그때마다 다른 생각을 하는 사람들이 생겨나곤 했었지만 그 소리는 크지 않았고 대중들의 호응도 받지 못하였지. 생각해 봐. 콜라보라시옹이라는 용어가 프랑스에서는 금기된 언어가 되었다는 것을. 그 후 프랑스에서는 어떻게 되었겠어. 자유와 평등을 피의 대가를 지불하고 얻었으니 그 때부터 프랑스에서는 인간이 어떻게 살아야 하는지에 대한 철학가가 대거 배출되었고 문학 그리고 모든 방면의 예술이 비약적으로 발전했어. 우린 어떻게 가고 있는가? 어디로 가고 있는가? 정치를 보더라도 협잡꾼들의 집단으로 전락해 버렸고. 오늘 뉴스를 보니 반민특위가 민족의 갈등을 조장했다고 까지 말을 하더군. 이런 말이 왜 나오겠어. 정말 이곳이 싫어. 이곳에 살고 있는 친구들은 어떻게 살고 있는지 이해가 가네."

성규는 화가 나는지 그 말을 하고 물잔을 비웠다.

"내가 미안하다. 부끄럽고."

소영은 그 말을 하고 눈을 감았다.

"그럼 민구는 어떻게 될 거 같은가?"

"내가 그렇게 말했잖아. 정치집회는 술수가 있으니 참여를 하지 않아야 한다고. 이제 민구는 아마 이곳을 떠나야 할 거야."

그렇게 말하고 성규를 바라보았다. 성규는 술수가 가득한 미개인들의 짓을 일삼고 있는 작은 소도시가 마치 거짓의 성처럼 보여지기 시작하였다. 그때였다. 소영의 전화기에서 문자가 왔다는 벨이 울렸다.

"민구한테 온 것이네."

"소영아. 그동안 너무 고맙다. 이제 이곳을 떠날 때가 된 것 같아. 성규도 파리에서 왔는데 좋은 꼴을 보여줬어야 했는데 모두에게 미안하네. 혜숙이 이야기는 잘 들었어. 진심으로 성규하고 잘 살았으면 좋겠어. 아직 나는 이곳을 사랑하고 있어. 잘 사는 것이 무엇인지는 이 나이되었어도 알지 못했어. 하지만 이제 먼지가 풀풀 나리는 그곳으로 가 인생을 정리해 나가야겠어. 나를 찾지 마. 성규에게도 미안했다고 전해 주고 혜숙에게도 그렇게 전해 주길 바래. 사실 나는 이렇게 되리라 생각했어. 내가 잘못 생각했는지 모르지. 하지만 누군가가 희생해야 이것은 끝이 나는 일이었어. 나를 바보라고 말하겠지. 하지만 정권이도 친구 아닌가. 이제 결심했으니 떠날게. 안녕."

긴 문장이었다. 핸드폰을 보고 있던 소영의 두 눈에서 두 줄기 눈물이 흘렀다.

"왜 그래?"

성규는 소영의 모습을 보며 걱정스런 모습으로 말했다.

"민구가 떠났어."

소영은 눈을 닦으며 말했다.

20

혜숙이 블루오션에 있다는 전화를 받고 그곳으로 내려갔다. 혜숙은 미리 커피잔을 앞에 놓고 홀로 앉아있었다.

“오늘 햇빛이 눈부셔.”

혜숙이 앞자리에 앉으며 말했다.

“모처럼 미세먼지도 걷히고 날씨도 맑고 그래서 왔어. 이제 민구도 이 도시를 떠났고 소영이도 일이 바빠 연락할 사람도 없네. 그동안은 혼자 산사에서 기도나 하면서 살았는데 성규가 오면서 나도 밖으로 많이 돌았어. 그렇게 며칠 지내다 보니 도시지만 적막강산인 홍천사가 힘들게 하네. 절에서 사는 것이 숙명이라고 생각하며 살다가 이렇게 친구들을 만나고 또 사람들을 알아가니 그것도 힘들어졌어."

"사람들은 혼자서 살기가 아주 어려운 법이야. 그래서 로빈슨 크루소가 말했잖아 인간은 사회적 동물이라고."

"그런가."

"파리에 대하여 잘 아는가?"

"들어는 봤는데 그것이 생각으로만 아는 것이라서. 그리고 성규가 말했던 나를 파리로 데려간다는 것이 어떤 의미인가?"

"같이 살아보자는 것이야."

성규는 쉽게 말했다.

"이 나이 들어 같이 산다는 것이 어떤 것인지 많이 생각해 보았어. 부처님 앞에서 묻기도 하였고. 무릎 꿇고 부처님만 바라보고 있으니 주지스님이 어려운 일이 생겼냐며 묻기도 하였지."

"그래서 뭐라 대답했어."

"아직은 말을 못하겠다고 말씀드렸지. 그리고 문득 부처님을 바라보고 있으니 그윽하게 미소만 보내고 있던 부처님은 늘 그대로 날 바라보고 있었지. 내가 떠나게 될지 모른다는 언질이라도 해야 할 것 같은데. 이런 때에는 내가 어떻게 처신해야 할지 대책이 서질 않아."

"일단 49재가 끝나고 내가 파리에 가서 거처를 마련하면 부를게. 같이 살 집이 있어야지 무작정 데리고 갈 수는 없는 일이잖아."

"성규는 내가 이렇게 혼자서 사는 것을 불쌍히 생각하여 동정심에서 그런 결정을 했는가?"

"아니야. 난 맨 처음 혜숙을 만났을 때부터 생각했어. 저런 사람과 같이 살아봤으면 하고."

"그렇게 된 거야."

"이것이 쉽게 이야기할 수 있는 말인가? 나는 지금껏 파리에 살면서 이성으로 여성을 느껴본 일이 없어. 친구들은 말했지. 결혼이라도 해서 가정을 가져보라고. 그렇게 하겠다고 말하고 선 항상 다시 제자리걸음이었지. 작품을 시작하면 모든 걸 잊게 되었으니까."

"나는 그런 세계를 알지 못해. 차차 알아가겠지만."

"그럼 내 뜻대로 혜숙이도 따라와 주겠어?"

"그래야겠지. 성규가 소영이에게도 미리 못을 박아 놓았으니 나도 수긍할 수밖에. 하지만 매사에 신중하게 결정해. 나도 그걸 믿을 테니."

"알았어."

그 말을 하고 차를 마셨다.

혜숙은 벽에 걸려 있는 그림을 보면서 뭔가를 생각하고 있었다. 성규는 혜숙과 같이 할 파리의 공간을 생각했다.

물가가 비싼 파리가 아니면 그래도 저렴한 이웃 동네인 리옹도 괜찮을 것 같다고 생각하고 있을 때 문자 벨이 울렸다.

미첼에게서 온 문자였다.

'친구 잘 지내는가? 이곳에서는 전시회가 잘 진행되고 있다네. 한 가지 좋은 소식이 있어 의견을 묻는다네. 친구의 돌멩이 하나 라는 작품을 보고 프랑스 국립미술관에서 관심을 보이고 있고 팔 수 있는지 문의를 해 왔다네. 금액은 3만 유로라고 말하였다네. 지난번 파리에 있을 때 친구가 말했던 금액이라 그렇게 말했네만 결례는 되지 않았는지. 친구 생각을 말해 주게.'

문자를 보고 성규는 생각에 잠겼다.

혜숙과 같이 거처할 곳을 마련해야 한다는 중압감이 있었으나 해결이 될 것 같아서였다.

"왜?"

혜숙은 성규를 바라보며 말했다.

"프랑스에서 연락이 왔어. 지금 전시 중인 작품을 프랑스 국립현대미술관에서 구입한다고 하는군."

"좋은 일인가?"

"그렇긴 하네."

"얼마나 되는가?"

"3만 유로야."

"3만 유로?"

"우리 돈으로 환산하면 4천8백만 원."

"그렇게 비싸?"

혜숙이 놀라며 성규를 바라보았다.

"왜 그렇게 놀라는가?"

"비싼 건가?"

"파리의 국립미술관에서 구입했으면 그 만한 가치를 생각한 것이지. 그들은 절대로 손해 보는 장사는 하지 않아."

"예술작품도 장사꾼들이 하는 것과 같이 취급하는 것인가?"

"그럼, 철저한 자본주의 국가이니."

혜숙은 철저한 자본주의 국가라고 말하는 성규를 보면서 여러 생각을 하였다. 이곳에서는 예술 작품을 가치로 환산한다는 것을 금기의 대상으로 생각하였기 때문이었다.

"그럼, 오늘은 햇볕도 좋으니 억새밭에나 갈까?"

"오늘은 억새밭이 좋을 것 같아."

둘은 블루오션을 나왔다.

성규는 누구와 나란히 걸어보지 못했기 때문에 어색했지만 혜숙은 보폭을 잘 맞추어 주었다.

"오늘은 억새밭이 새롭게 보이네."

"미세먼지도 없이 맑고 하늘은 높아. 바람도 없고."

혜숙이 억새밭 초입에 서서 넓은 억새밭을 바라보며 말했다.

"늘 이곳을 다녔지만 오늘 같이 이렇게 맑은 날은 몇 번 없었어."

"여긴 겨울이 되면 서북풍이 불어와 늘 바람이 머물러 있지. 오늘은 바람도 한 점 없이 맑네."

늪지대의 다리를 건너며 성규가 늪을 내려다보았다.

"나무로 만든 이 다리가 그래도 튼튼하네."

혜숙도 성규 옆에 서서 성규가 바라보고 있는 늪을 바라보았다.

한동안 그대로 서 있었으나 사람들은 보이지 않았다.

혜숙은 자연스럽게 성규의 어깨에 머리를 기댔다. 혜숙의 머리카락이 성규의 볼을 간지럼 피우고 그럴 때마다 향기로운 냄새가 전해졌다.

성규는 한동안 그대로 서 있다가 혜숙을 바라보았다. 혜숙은 성규의 뜨거운 눈동자를 피할 수 없었다.

"이대로 있었으면 좋겠어."

성규가 혜숙의 볼에 얼굴을 비비자 혜숙이 가느다랗게 말했다.

성규의 입술이 자연스럽게 혜숙의 입술에 닿았다.

"이런 기분은 정말 처음이야."

성규는 겨우 그 말을 하였다.

"우리가 이렇게 될 줄은 난 정말 상상하지도 않았어."

둘은 한동안 뜨겁게 끌어안고 있었다.

연못 속에서 몇 마리의 물고기들이 물 위로 튀어올랐다. 물속에는 수백 마리의 물고기들이 헤엄을 치고 있었다.

“이제 강가로 가지.”

성규가 혜숙의 손을 잡고 강가로 향했다.

강물에는 창백한 햇빛이 그대로 투영되고 있었다. 명경수지가 따로 없었다. 평평한 백지 위에는 아무런 색깔도 칠하여져 있지 않았고 구김도 없었다.

“우리의 앞길이 꼭 저 물 위를 지나는 구름과 같은가? 나는 아무것도 모르겠어. 이 순간을 내가 만들어 놓은 것도 아니고.”

혜숙은 강물을 바라보고 서 있었다.

한 무리의 작은 새들이 바로 앞까지 와 소란을 피웠다. 새들이 숲속을 날아다닐 때마다 갈잎이 사각거리며 울어댔다.

“저 새들은 뱁새라고 하지.”

성규는 혜숙을 바라보았다. 혜숙은 한동안 강물만 바라보고 있었다. 강물은 긴장한 듯 조용히 잠들어 있었다.

“오늘같이 조용한 강물은 처음 보는 것 같아.”

성규도 혜숙이 바라보고 있는 강물을 바라보았다. 강물은 마치 두 사람의 관계를 알고 있다는 듯 눈부신 햇빛만 토해냈다.

둘은 갈대밭의 끝인 공주산 입구까지 걸었다. 공주산에는 울창한 소나무가 반겼다. 저녁에는 괴기스럽게 보이던 소나무가 정겹게 보였다.

“오늘도 소영이가 교육하는 곳에 갈 거지.”

공주산을 바라보고 있을 때 혜숙이 서둘러 달라고 말했다.

"오늘도 있는가?"

"오늘이 마지막 시간이라고 들었어. 오늘도 오후 2시에 시작한다고 하네."

"그럼 가봐야지."

성규는 시간을 보았다. 더 이상 지체할 수 있는 시간이 아니었다.

늘 그렇듯 소영의 강의 시간은 사람들로 붐볐다.

소영은 오늘이 마지막 시간이라며 청중들을 한 번 둘러보았다. 성규와 혜숙이 자리에 앉아 있는 것을 보고 수인사를 하고 강의를 시작하였다.

여러분들은 1980년 광주 민주화 운동을 기억하고 있을 겁니다. 지금부터 40여 년이 흘렀으니 젊은 사람들은 그때의 함성과 민중들의 요구가 무엇이었는지는 피부로 느껴보지 못해 알지 못할 것입니다. 하지만 그들은 아스팔트에서 혹은 이름 모를 들판에서 산야에서 피를 흘리고 죽어갔습니다. 그리고 어떻게 되었을까요. 독재자들에게는 나라를 지키라고 국민들이 만들어 놓은 군대가 있었습니다. 다시 억압으로 국민들의 마음을 앗아가려고 하였습니다. 민초들의 민주주의에 대한 요구는 여지없이 무너져 내렸고 다시 그들이 집권하였습니다. 우리가 보았듯 혁명에 준하는 일이 치러진 후에 민중들은 그 일을 잊지 못한다는 것 말입니다. 다시 시작된 억압에서 민중들은 7년 1개월 만에 다시 분연히 일어났습니다. 그것이 6월 민주항쟁입니다. 그 일이 커지자 군부에서는 어쩔 수 없이 6·29 선언이라는 직선제 개헌을 약속하기에 이릅니다. 여기서 우리는 알고 넘어갈 일이 있습니다. 프랑스에서는 전제왕정을 붕괴시키는 공화정을 완성시키려고 프랑스 혁명이 일어났고 왕당파들을 단두대로 올려 처단하였습니다. 그 후 죽지 않으려고 피신해 있던 왕당파들의 반격이 시작되었습니다. 아스팔트나 산들에서 이름 없이 피를 흘린 민중들의 혁명의 결과가 희미해져 갈 무렵 다시 2차 프랑스 혁명이 발발했습니다. 혁명의 완수를 위해서였죠. 우리는 어떻게 했습니까? 5·18 후에 다시 억압된 국민들의 마음을 6·29에서 다시 표출되었고 직선제 개헌을 이루어 냈습니다. 이후 우리는 문민정부를 그리고 여야가 정권이 바뀌는 국민의 정부까지 이르렀습니다. 정당하게 선거로 당선된 대통령을 쉽게 내칠 수는 없었습니다. 다시 여야가 뒤바뀌더니 세계적으로 희한한 촛불혁명이 시작되었고, 결국 친일에 뿌리를 두고 있었고 군부독재에 뿌리를 두고 있었던 대통령이 탄핵받기에 이르렀습니다. 이렇게 태어나지 말아야 할 정부가 태어난 것이 무엇 때문입니까? 그것은 그들의 저항입니다. 이 저항은 반민특위 때부터 거슬러 올라가야 합니다. 반민특위에 있었던 분들이 반민족 행위를 했던 사람들에게 도리어 처단을 당하는 일이 발생했듯이 그 일은 계속 윤회하듯 되돌려졌습니다. 지금도 저항은 계속되고 있습니다. 촛불혁명으로 국민들에 의해 세워진 지금의 정부에게 틈만 나면 저항을 합니다. 과거청산이 없는 혁명은 곳 실패하고 만다는 역사의 가르침입니다. 프랑스를 보십시오. 과거의 청산을 철저히 했음에도 그 세력들이 뿌리가 뽑히지 않자 다시 고개를 드는 것을 말입니다. 이제 프랑스는 인간이 인간답게 살아야 한다는 명제를 가지고 연구하는 철학과 문학 그리고 예술이 전 세계를 지배하고 있습니다. 세계 역사상 사람을 수도 없이 죽인 사람을 살려두고 우리 이웃과 함께 살도록 내버려두는 민족은 없습니다. 우리의 결과는 어떻습니까? 이제는 5·18도 부정합니다. 또 해방 후 반민족행위자 처벌법이 잘못 되었다고 대놓고 이야기합니다. 살인자는 고개를 들고 마치 개선 행군을 하듯 우리 이웃을 들락입니다. 처형하지 않으려면 이승만처럼 추방이라도 해야지 않습니까?

오늘로 제 강의는 모두 마칩니다. 질문을 해 주십시오.

"이제 우리는 어떻게 되겠습니까?"

양복을 입은 젊은 사람이 일어나 말했다.

"이대로 가다가는 또 저항세력에 의해 또 뒤집힐 것입니다."

"우리는 어떻게 해야 합니까?"

젊은 여자 한 분이 일어나 질문하였다.

"이제 더 큰 그림을 그릴 때가 되었다고 생각됩니다. 우리 민족의 통일 말입니다. 우리는 경제부흥을 일으킨 대가가 너무 큽니다. 냉정히 말하면 북쪽에서는 해방 후 반민족행위를 한 자들을 전부 처단했습니다. 그것이 잘했다는 것은 아닙니다. 하지만 지금 생각해 보면 나쁘다고는 볼 수 없는 일입니다. 또 우리가 일제하에 계몽운동으로 국민들을 깨우쳤듯 우리는 지금 이 시점에서 인문학 공부가 방방곡곡에서 이루어져야 한다고 생각됩니다. 그 길이 우리 민족이 세계 속에 우뚝 설 수 있는 길이라고 생각됩니다."

"지금 매스컴에서 말하기는 보수와 진보의 싸움이라고 말하는데 그건 어떻게 생각하시는지."

학생으로 보이는 사람이 일어나 자기는 대학생이라며 말했다.

"극좌와 극우가 있습니다. 극좌는 우리 편이 아니면 다 틀린 사람들이라고 하는 것이고 극우의 사람들 역시 그 마음은 같습니다. 하지만 그것은 아니죠. 극우나 극좌와 같이 다른 생각을 하고 있는 사람도 있다 라 생각해야 되는 것입니다. 다르다고 틀린 것은 아닙니다. 이들은 보수주의자들과 진보주의자들과는 전혀 다른 개념인 것입니다."

"요즘 어르신들이 거리로 나와 태극기, 성조기, 심지어는 이스라엘 기를 흔들며 시위하고 있는데 어떻게 생각하시는지."

점잖아 보이는 중년의 신사가 질문하였다.

“신이 인간의 권력 주위에서 맴돌기 시작하면 그 종교는 결국은 망하게 된다는 것이 지금까지의 역사가 말하여 주는 것입니다. 프랑스에서도 그랬고 유럽 전역에서도 그랬습니다. 이스라엘 기를 들고 흔들어 대는 사람들은 아마 일부의 개신교인들일 것입니다. 성조기를 들고 있는 것은 사대주의를 생각하고 있는 것일 것이고 태극기를 들고 있는 것은 우리는 애국을 하고 있는 사람들이라는 것을 알려주고 싶어서일 것입니다. 이 시대에서 애국이 무엇이고 사대주의의 병폐를 잘 모르는 사람들의 행동이겠지요. 그래서 국민들이 인문학적인 소양이 필요하다는 것입니다.”

“그럼 좌파와 우파는 무엇입니까?”

대학생이라고 자신을 소개한 머리긴 여학생이 말했다.

“좌파와 우파의 시작은 프랑스에서 처음 시작된 말입니다. 프랑스 의회정에서 공화파는 왼쪽에 자리를 했고 왕당파들은 우측에 자리했을 때 그들이 처음으로 쓴 말입니다. 그것이 각 나라를 거치며 변형되어 사용되어 왔습니다. 우리나라에서 우파들은 좌파를 공산주의자들이라고 말을 하면서 금기의 언어였던 빨갱이로 몰았고 좌파라고 하는 사람들은 우파는 반민특위에서 살아남은 친일파들이라고 합니다. 둘 다 듣기 싫은 말이죠. 그걸 양측에서는 다 알고 정략적으로 그렇게 말하는 것입니다.”

“선생님께서 생각하시는 큰 그림인 통일은 어떻게 해야 한다고 생각하십니까?”

어린 여학생이었다.

“쉽게 말하면 전광석화처럼 빠르게 해야 한다고 생각합니다. 그러려면 분명 국민들의 대다수인 70% 정도는 지지도가 나와야 하고요. 혁명에 준하는 조치가 필요하겠지요. 우리가 통일되는 것을 제일 싫어하는 곳이 어느 나라겠어요? 우리의 분단으로 이익을 보고 있는 나라겠지요. 그래서 그들이 통일을 못하도록 힘을 쓰기 전에 해야 한다고 생각되는 것이죠. 그렇게 되면 우리는 잠시 경제적인 위기가 닥쳐올 것입니다. 국민들은 그것을 견딜 준비가 되어 있어야 한다는 것입니다. 그럴 준비가 되어 있지 않으면 통일은 요원해 지는 것이지요. 나는 이번 북의 최고 책임자와 하는 회담을 지켜보면서 잘되지 않을 것이라는 것을 예견하고 있었습니다. 먼저 우리가 마음에 준비가 안 되어 있으면 그 일은 절대로 되지 않을 것이기 때문입니다. 자 보세요. 촛불혁명으로 한 정부가 태어났습니다. 하지만 지금 보세요. 반민특위 때와 같이 저항세력이 자기들의 몰락을 쉽게 허락하지 않고 또다시 뭉쳤습니다. 여러 가지의 모양으로 말이죠. 그들이 숨을 쉬지 않고 있을 때 국민들의 동의를 구했어야 했어요. 경제의 이득을 준다고 북에 있는 사람들이 수긍할까요. 통일을 하려면 우리도 뭔가 큰 대가를 지불해야 되는 것입니다. 그리고 순식간에 해야 되는 것이고요. 이번에도 다 틀렸습니다. 안타깝지만 우리에게 한 번의 기회가 있었습니다. 그때 했어야지요. 하지만 그 기회가 분명 또 올 것입니다. 그때는 꼭 우리가 손해를 본다는 것을 말하고 진행해야 되는 것입니다. 경제적으로 엄청난 위험을 감수해야 하는 것입니다."

"북은 핵을 가지고 있어서 우리는 어떻게 해야 되는 것인지요?"

오십대로 보이는 신사가 일어나 말했다.

"그들이 핵무기를 우리에게 쓰려고 만들었을까? 생각해봐야 합니다. 여러 경제적인 고립을 감수해 가면서 북에서는 핵무기를 만들었습니다. 그들은 그 방법밖에 국가의 안위를 지켜낼 수가 없었겠지요. 그 핵 때문에 미국에서 비싼 값으로 우리에게 판 재래식 무기는 모두 빈 상자가 되어 버린 것입니다. 아무리 폭격기를 사고 항공모함이 있으면 뭐하겠어요. 단 한방이면 모든 것이 사라지고 없는데. 어떤 의원들은 우리도 핵을 가지면 된다며 떠들어 댑니다. 그들도 그렇게 할 수 없다는 것을 잘 알고 그런 말을 합니다. 우리는 수출을 해서 경제 부흥을 일으킨 나라입니다. 북한은 국제적 제재를 왜 받고 있습니까? 그 핵무기로 무장했기 때문 아닙니까? 우리도 북한처럼 핵을 갖고 국제적 제재를 받으면 견디겠습니까? 그 보다는 통일을 하는 편이 더 쉽습니다. 미국은 왜 회담을 지속하고 있죠? 세계 평화를 위해서입니까? 그게 옳다면 그들도 가지고 있는 핵무기를 전부 폐기해야 되지 않겠습니까? 그들은 지금 핵보다 더 엄청난 신무기를 개발하고 있습니다. 주변국을 보십시오. 미국 일본 중국 러시아 이들은 국제 질서가 변하지 않는 이상 우리의 통일을 절대로 용인해 주지 않습니다. 그리고 기득권인 힘의 우위를 절대로 포기하지 않을 것입니다. 이제 우리는 스스로 헤쳐 나가는 뭔가를 해야 합니다. 그러려면 통일을 급선무로 놓고 말입니다. 1국가 2체제를 하든 1국가 1체제를 하든 말입니다. 그렇게 되면 처음에는 여러 국가들로부터 저항을 받겠지만 그런 것은 외교로 풀어내야 하고 우리는 하나가 되어 국제적 일원으로 나아가야겠지요. 그럼 그만 질문을 받겠습니다. 여러분 그동안 너무 재미있었습니다. 앞으로 이런 기회가 또 있었으면 합니다."

그렇게 말하고 긴 질문을 끝냈다. 소영은 힘들었는지 잠시 문을 나서는 사람들의 어수선한 뒷모습을 바라보고 서 있었다.

사람들이 모두 나가자 혜숙과 성규가 소영에게 갔다.

"수고했어."

혜숙이 말했다.

"이제 1회기를 끝냈으니 다음 회기 때부터는 좀 더 연구를 해 이야기해야겠어. 성규한테 들은 프랑스 근현대사를 접목해 가면서 말이지."

세 사람은 도서관을 떠나 이야기 속으로 라는 카페로 향했다. 오후 들면서 미세먼지가 온 도심을 뿌옇게 물들이고 있었다.

"이렇게 뿌연 도시를 보고 있으면 우울한 생각부터 든단 말이야."

소영이 차를 카페 앞에 주차시키며 말했다.

21

성훈이 블루오션로 나온다는 소식을 소영이한테 듣고 아래로 내려갔다. 블루오션에 도착했을 때 소영이와 성훈이가 이야기하고 있었다.

"오랜만이네."

성훈이 먼저 일어나 악수를 청했다.

"잘 지내고 있지."

"나야 늘 이렇지. 오늘은 시간도 있고 할 이야기도 있어 이렇게 불쑥 찾아왔어. 소영이에게만 말하려 했는데 소영이 같이 이야기 하자며 이렇게 나를 초대했다네."

"잘 왔어. 나는 이곳에서 이렇게 지내고 있어."

성규가 턱으로 산 위의 호텔을 가리켰다.

"좋은 곳에서 지내고 있네. 가보지는 않았지만 저곳에서 내려다보면 정말 경치가 좋을 거야. 늘 그 생각을 하고 다녔어."

성훈이 호텔을 바라보았다.

"좋은 곳이야. 이런 호텔은 유럽에서도 찾아보기 힘들지. 이곳에 있는 동안 여러 생각을 했다네. 호텔서 조금만 내려가면 억새들이 춤을 추고 있어. 늘 그곳에서 걷다보면 유년의 기억들과 함께 친구들 모습도 떠오르지. 난 그곳을 특별한 곳으로 생각하고 있거든."

"그렇게 좋은 곳이 있는가?"

"나도 성규 때문에 억새밭을 걸었지. 이런 곳이 있는 줄도 모르고 도시 한가운데에서만 줄기차게 살았으니. 시간이 되면 친구도 한번 가보게."

소영이 갈대밭을 가리켰다.

"그럴 시간이 있을지 모르겠네. 이 상황에서 나이도 있고 회사에서 솔선하여 잔업이라도 하지 않으면 견디기 힘들어."

성훈이 두 사람을 바라보며 처지를 말했다.

"그렇게 바쁜가?"

"시간을 내면 그쯤은 시간을 낼 수 있겠으나 그럴 마음에 여유가 없어서 늘 일에 쫓기어 산다네."

"오늘은 무엇 때문에 급히 찾았는가?"

소영이 성훈을 바라보았다.

"민구에게 전화를 수차례 했었어. 전화기에서는 없는 전화번호라고 안내해 주어 연락할 길을 찾아보려고 이렇게 만나자고 했다네."

"민구는 이곳을 떠났어. 지난번 시청 앞에서 테러를 당하고 난 다음 이곳을 떠났어. 본인의 말로는 떠나려고 그곳 시위에 참여했다고 하더군."

소영이에게 그 말을 들은 성훈이 난감한 표정을 하였다.

"민구에게 일이라도 생겼는가?"

소영이 그 표정을 보며 성훈을 똑바로 바라보았다.

"이번에 우리 회사에서 시위가 다시 시작될 것 같은 데 마땅한 사람이 없어서 이렇게 찾아왔어."

"지난번에 민구를 경멸하는 눈으로 바라보더니."

소영이 성훈의 태도를 훔쳐보며 혼잣말을 하였다.

"이제야 친구인 민구가 고마운 사람인 것을 알았네. 우리 노동조합의 친구들도 민구의 필요성을 느끼고 있지."

"한갓 시위꾼에 불과한 민구가 그리 큰일을 하였는가?"

"이번 시위를 잘 처리하지 못하면 노조에서는 부득불 파업을 해야 할 것이고 회사의 사정을 아는 조합장인 나는 동지들의 의견에 반하는 행동을 할 수도 없는 처지가 되어 있다네. 우리 노조의 조합원들 중에는 급진적인 사람들이 많아서 문제야."

"그럼 민구가 회사와 노조 사이에서 일종의 완충작용을 했다는 말인가?"

"지금에야 그것을 알았어. 이제 나는 곧 퇴직을 해야 할 나이가 되었고 이 일을 깔끔하게 처리하고 싶은데 걱정이 되네."

"이제 민구를 놓아주게. 더는 찾지 말아주는 것이 우리가 친구를 돕는 일이 될 것이네."

소영이 간절히 원하는 성훈을 보아가며 말했다.

"난감하네."

성훈이 그 말을 하고 창밖을 바라보며 무언가 깊이 생각에 잠겨 있었다.

"그럼 조합원들도 친구같이 민구를 원하고 있는가?"

듣기만 하고 있던 성규가 끼어들었다.

"민구를 경멸했지만 지금은 아니야. 때론 회사 측에 붙어서 때론 노조 쪽에 붙어서 일을 한 민구가 아닌가? 지금 생각해 보면 방망이만 들고 있었지 그 방망이에 맞아본 사람도 없었고 회사 측에 섰을 때 우리는 그에게 폭행을 하였어. 우리 쪽에 붙어 있을 땐 회사 측에서 고용한 사람들에게 폭행을 당했었네. 그렇게 되면 시위는 곧 끝이 났지. 이제야 민구가 그리우니 어찌 된 일인가?"

성훈은 그 말을 하고 성규를 바라보았다. 성훈의 모습에서 진실을 찾아볼 수 있었다. 성훈의 표정에서 정권이가 부탁했던 때와는 다른 무언가가 있었다.

"그럼 그동안 민구는 자청해서 그 완충작용을 하는 사람으로 살았던 것인가?"

성규도 겨우 그 말을 하였다.

늘 소영이 앞에서 당당하게 말했던 민구를 떠올려 보았다.

비겁하게 이리저리 붙어서 일을 한다고 소영은 늘 민구를 경멸했지만 민구를 유년시절부터 겪어 온 정이라는 것 때문에 민구를 무시하지 않았다는 생각을 한 것이 부끄러웠다.

그런 생활을 하고 있는 민구를 혜숙도 무시하지 않았다. 성규는 그 이유를 알았다는 듯 소영을 바라보았다.

"성훈이. 오늘은 시간이 좀 있는가?"

"왜."

"이런 날에는 술이라도 한 잔 걸치면서 이야기해야지."

"시간을 내야지. 그리고 지금에야 말하는데 지난번 강의는 잘 들었어. 뒤에서 소영이의 강의하는 모습도 보았고 혜숙이와 성규도 보았네. 내가 살아온 것을 많이 깨달았어. 그리고 지난번 촛불혁명에 몇 번 다녀왔다는 자부심도 그때야 생겼고. 사실 5·18 때 바로 코앞에서 시위하는 사람들을 피해 다니기만 하였었고 그 일로 마음에 부채로 살아와 촛불혁명에는 참여를 했었네. 그때 늘 하루하루 다르게 촛불혁명으로 긴 역사가 바뀌어 가고 있다는 것이 보이고 있었을 때 얼마나 마음 벅찬 일이었던가? 지금도 그때를 생각하며 살고 있네. 소영이는 아는 것도 많고 많은 것을 알려주어 고마웠어."

"그런 생각을 하고 있었는가?"

"지금 회사에서 어떤 일이 벌어지고 있는가?"

성규가 성훈이를 바라보았다.

"지난번 파견근무 때문에 회사에서 일이 있었어. 우리나라는 파견근무를 허용한다는 법이 마련되어 있긴 하지만 노동자 측에서 보면 회사에서 늘 미운 놈이 있으면 그 법을 빌미로 다른 회사로 파견근무를 시키지나 않을지 걱정을 하고 있어. 그런데 이번 우리 회사에서도 한꺼번에 60명이 다른 회사에 파견하기로 돼 있다네. 회사에서는 지금이 불경기라 할 수 없이 파견을 한다고 하였지만 우리 입장에서 보면 회사의 사정도 괜찮은 것이라고 생각되어 조합원들이 총회를 하였지. 회사 마음대로 파견근무를 시키는 것에 찬성하는지 거기에서 부결이 났고 파업을 하자는 투표를 해 90%의 찬성률로 총파업이 결정된 상태라네. 내일부터 무기한 파업을 결정했는데 회사 앞에서는 양측이 끌고 당기는 시위가 벌어지겠지. 우리가 무기한이라는 것은 협상의 여지를 남겨두자는 것이야."

"그럼 파업을 하면 되는 것 아닌가?"

"노동 현장에서는 그것이 문제네. 무노동 무임금의 법칙을 회사에서 적용하면 근로자도 피해를 보니 파업을 하면 회사측에 막대한 손해를 입히게 되어 있고. 양측 모두가 피해를 입는 것이지."

"아, 그래서 민구가 필요하다는 것이구나. 누가 앞장서서 일을 막아주면 서로 밀고 당기다 봉합하는."

"그렇지 노동 현장에서는 늘 적절한 봉합이네. 결론이 명명백백하게 나오기는 어렵지. 그래서 서로 양보하면서 접점을 찾아가는 것이지."

"노동 현장도 참 복잡한 구조네."

성규는 성훈이의 이야기를 듣고 이해가 간다는 듯 고개를 끄덕였다.

"문제는 내 개인적인 일이 있어. 이제 퇴직을 앞두고 있으니 강하게 할 수도 없고 그렇다고 이것을 느슨하게 할 수도 없단 말이야."

셋은 블루오션 커피숍을 나와 이야기 속으로라는 카페로 향했다. 카페로 가는 내내 성훈은 걱정스런 표정으로 창밖을 바라보고만 있었다.

카페 안쪽 자리는 늘 비어 있었다. 소영이 그 자리로 찾아가자 마담이 따라와 주문을 받았다.

성규가 억새밭 벤치에 앉아있을 때 소영이가 다급한 목소리로 전화를 했다.

"어쩐 일로 그렇게 숨이 차나?"

"지금 혜숙이와 블루오션으로 갈 테니 기다려."

다급하게 말을 하고 전화를 끊었다.

나무벤치에서 일어나 블루오션으로 갔다.

소영을 기다리는 동안 창밖으로 트래킹을 하고 있는 사람들을 바라보았다. 사람들은 뿌연 미세먼지 속을 헤엄치듯 걸어갔다. 그 모습을 바라보고 있자 바리스타가 말을 건넸다.

“오늘은 미세먼지가 많다는 일기예보입니다.”

창밖을 바라보고 있을 때 소영이 승용차가 블루오션 앞에 멈추었다.

소영이 다급하게 들어왔다. 혜숙은 소영이 뒤를 따라 같이 들어오며 성규가 있는 곳으로 왔다.

“왜 그렇게 숨이 차.”

“앉아 봐?”

성규가 혜숙과 소영을 번갈아 바라보았다.

“왜 그래?”

“민구가 어떻게 되었나 봐. 늘 애지중지하던 야구방망이를 내게 보내왔어. 그리고 이쪽지도 따라왔지. 이걸 봐.”

소영이 편지를 내밀었다. 편지 안에는 민구가 직접 쓴 것으로 보이는 글씨가 있었다.

소영아 늘 미안했다.

오랜만에 친구들도 다 만났는데 내가 살고 있는 모습이 너무 초라하구나.

이제야 내가 내 모습을 바라본 것이지.

나는 그동안 무엇이었던가?

고향을 떠나오면서 수없이 그 생각을 하였다.

이 글을 받아볼 즈음에 나는 어디론가 멀리 떠나 있을 것이다.

그곳에서 내 생을 정리해 보려고 한다.

정말 난 멀리 왔어.

늘 보아 왔던 지중해 그 푸른 바다 어디쯤에서 고향을 그리워 하다가 떠날 것이다.

소영아. 너는 내 맘을 알 것 같아 이렇게 글을 남긴다.

내 인생의 전부이고 나를 가장 잘 알고 있는 이 야구방망이를 너에게 보낸다.

이것은 내가 학창시절부터 가지고 있었던 놀이기구였다.

공을 치는 기구가 이렇게 되어 버렸구나.

눈앞에서 5·18 때 있었던 일들이 떠나지 않는구나.

그 일로 평생 이 야구방망이를 놓지 않았다.

놀이를 하는 것이 아닌 사람을 윽박지르는 도구로 말이야.

성규에게도 혜숙에게도 고마웠다고 전해 줘.

성규 같은 친구를 둬 정말 마음 뿌듯했고 소녀시절을 간직하며 살고 있는 혜숙이 같은 친구가 있어서 좋았다고 그리고 정권이나 성훈이에게는 내가 살아보니 이상세계는 없었다고 말해 주렴.

이걸 읽을 때쯤 나는 지중해 어느 곳에서 웃으며 친구들의 모습을 상상할 거다.

그럼 잘 지내주길 빈다.

끝으로 나는 이 노래가 지금도 내 귓가에서 윙윙거린다.

소영이 같았으면 이 노래를 듣고 잘 지낼 수 있었을까?

사랑도 명예도 이름도 남김없이

한평생 나가자던 뜨거운 맹세

동지는 간데없고 깃발만 나부껴

새날이 올 때까지 흔들리지 말자

세월은 흘러가도 산천은 안다

깨어나서 외치는 뜨거운 함성

앞서서 나가니 산자여 따르라

앞서서 나가니 산자여 따르라.

"이게 무엇을 의미하는 글인가? 지 생명 같다던 이 방망이를 내게 보내놓고 나는 도무지 알 수 없는 글이라 이렇게 달려왔어. 유언 같기도 하고 말이지."

그 말을 한 소영이의 두 눈에서 이슬방울이 매달려 있었다.

성규가 다 읽고 난 쪽지를 혜숙이 받아들고 읽어 내려갔다. 쪽지를 들고 있는 혜숙의 손이 떨고 있었다.

"이런 결정을 하려고 정권이를 도와 그런 일을 했었나?"

혜숙의 두 눈에도 이슬방울이 맺혀 있었다.

"이제 곧 연락이 올 거야. 우린 그때를 기다려야겠지. 어떻게 해야 할지 말이야. 이렇게 유서도 남겨 놓았으니 찾을 수도 없을지 몰라. 아마 그렇게 되겠지. 단서를 아무것도 남겨 놓지 않았으면 지구상에 있는 60억 명 중에 누구의 시신인지 알 수가 없을 것이니까?"

성규가 일말의 기대를 하는 듯 강물을 바라보며 말했다.

"그럴까? 늘 동경해 오던 곳이 있었어. 민구는 이탈리아를 좋아했지. 지중해를 끼고 있는 카프리섬. 언젠가 그곳으로 간다며 입이 닳도록 말했었지. 아마 그곳 어디쯤으로 갔을 거야."

"기다려 보게."

성규는 그 말을 하고 커피를 들이 켰다. 혜숙은 정에 약해서인지 한동안 소리 없는 눈물을 흘렸다.

그렇게 앉아서 민구를 생각하고 있을 때 성훈이와 만났던 것을 기억한 바리스타가 신문을 가져다 주었다.

신문에는 성훈이 다니고 있는 회사의 노동자들이 전면 파업으로 회사가 멈추었다고 말하고 있었고 이렇게 작은 도시에서 큰 회사가 노사합의를 하지 못하고 파업하여 경제에 큰 타격이 우려된다는 말도 덧붙어 있었다.

"민구가 어떻게 살았는지 나는 알 길이 없어. 성장기에 나는 파리로 떠났으니까? 이곳에서 얼마나 많은 일이 발생했는지도 알 수가 없단 말이야. 종종 들리던 소리는 있었지. 유학을 와 있던 한국의 친구들이 전하는 말이 전부였으니. 확실하지 않은 말이기는 했지만."

성규는 그렇게 말하고 복잡하게 얽혀 있는 한국 사회를 생각하고 있는지 허공을 바라보았다.

"우리는 그 소용돌이의 한복판에서 살아왔어. 늘 긴장감을 온몸으로 느끼며. 늘 상아탑엔 최루가스가 점령해 있었고 나중에는 상아탑이 프락치들이 설치는 곳으로 변해 친구도 믿지 못하는 시절이었지. 늘 민구가 보내준 이 노래가 학원가에 메아리쳤으니…… 그 한복판에 민구도 있었지. 성규도 잘 알지만 민구는 우수한 학생이었어. 종철이가 어이없이 죽고 그 뒤 한열이가 많은 친구들이 보는 앞에서 아스팔트 위에 쓰러졌으니 누군들 온전한 정신으로 살 수 있었을까? 그렇게 민주화를 이루어 냈지만 대통령은 다시 군인 출신이 되었고. 아무리 해도 저들의 뿌리가 우리의 온전하게 바꿔보려는 열망의 뿌리보다 더 깊이 자리 잡고 있었던 것이지. 하지만 난 늘 그렇게 말했지. 조금 후면 바뀌게 될 것이라고. 우리가 뿌린 피가 드디어는 우리의 열망으로 나타날 거라고. 다시 시작되었던 촛불. 그때 나는 또다시 몸에 전율을 느꼈지. 촛불을 들고 있던 연약한 불씨가 또 아스팔트 위에 피를 부를 준비를 하고 있는 불꽃의 재단이 될지 걱정하면서 말이야. 나는 몇 번이고 먼 서울로 가 모여 있는 함성소리를 들으며 차디찬 아스팔트 위에서 작은 불씨를 살렸지. 그리고 이제는 바뀌었어. 우리의 힘으로 그런데 또다시 저항이 일어나고 있어. 이제는 다른 양상으로 벌어지고 있는 것이야. 종교계가 나오고 있고 어르신들이 아스팔트 위를 점령하려고 하지. 이런 것을 알고 있는 민구는 죽을 기회를 엿보고 있었는지 모르는 일이야. 정권이 문제로 자기가 죽으려고 했던 것 같아. 쉽게 되지 않았지만 분쟁을 보았던 민구는 늘 그 불을 끄는 역할을 그런 식으로 했었던 것 같아. 성규도 이제 얼마간 알겠지. 우리의 역사도 그렇고 너도 말했잖아 프랑스에서 혁명이 일어났어도 곧 공화정이 정착되지 않았다고. 그것이 밑거름이 되어 나중에 나타났다고 말이야."

소영이 길게 말을 하고 바리스타가 내려다 준 커피를 마셨다.

성규는 소영이의 말에 할 말이 없었다.

이상실현을 하려고 공부에만 전념했던 지난 시간을 생각해 보았다. 이 땅에서 움텄던 모든 것을 생각해 보고는 고개를 숙였다.

"내가 죄인인 것 같아. 나는 이제 어떻게 살아야 하는지 도무지 떠오르지 않아. 요즘 호텔방에서 뜬눈으로 밤을 지세운 적이 한두 번이 아니네. 하지만 결론은 있어. 우리의 마음을 보듬을 수 있는 예술을 창조해 내야 한다는 내가 모르는 그런 거 말이야."

"김구 선생의 소원을 읽어보았는가? 간단하게 말하면 김구의 소원은 우리 민족이 누구에게 빌리며 살지 않을 만큼의 경제력과 우리를 지킬 수 있는 만큼의 군사력을 가지면 되고 세계 평화에 이바지 할 수 있어야 되고 세계 속에 우리의 문화를 심어야 한다는 것이었지. 그렇다고 보았을 때 성규가 생각하고 있는 것이 맞은 일이라고 생각해. 성규가 잘할 수 있는 예술을 세계 속에 심는 일 말이야."

혜숙은 소영이와 성규의 말을 듣고 있기만 하였다.

22

블루오션에 소영이 찾아왔다. 성규는 급박하게 돌아가는 현실을 호텔에서도 깊이 생각하고 있었던 때였다.

소영이 성규가 나오자 다짜고짜 신문을 내밀었다. 신문 첫 장에 큼지막하게 정권이 사진이 있었다.

“이것이 무엇인가?”

신문을 받아든 성규가 소영을 바라보았다.

“정권이가 우리가 생각하던 대로 그 일을 했던 거였어. 이걸 보라고.”

신문에는 민구의 테러 배후가 정권이로 지목되고 있었고 정권이는 시의장직에서 사임하고 의원직을 사퇴했다는 내용과 사퇴의 변에서 자기가 한 행동에는 잘못이 없고 시위꾼들이 한 일탈행위에서 일어난 사건이라고 하였다. 또 민구라는 사람은 이곳에서는 누구나 알 수 있는 시위꾼이라는 말도 덧붙였다.

"그럼 정권이의 농간이었네. 이걸 민구는 알고 떠난 것일까?"

"민구가 이야기했던 것을 보면 민구도 이 내용을 잘 알고 있었던 것 같아."

소영은 확신에 찬 목소리로 말했다.

"그랬을까?"

성규는 알 수 없었다. 민구의 그동안 평판에 대하여 잘 알지도 못하였기 때문이었다.

소영은 또 한 구절을 보여주었다. 사회면에 조그맣게 나와 있는 성훈이 문제였다. 사회면에는 화학공장이 문을 닫았고, 협상의 기미마저 보이지 않는다는 거였고, 이 와중에 능력이 없는 성훈이 노조 조합장직을 내놓고 조기 퇴직해 버린 내용이었고, 협상이 장기적으로 흐를 것이라고 적혀 있었다.

신문을 보여준 소영이 비장한 모습으로 블루오션을 떠났다.

성규는 그곳에 남아 생각을 정리했다.

미첼과 프레디 그리고 성규가 루브르박물관에 갔을 때의 일을 상기해 보았다. 수많은 예술품들이 즐비해 있는 틈을

헤치고 들라크루아의 작품 앞에 섰을 때 전문가인 미첼이 말했다.

"19세기 화가 외젠 들라크루아는 낭만주의 화가이고 20세기에 나타나는 인상주의 화가들에게 영감을 준 화가라고 말하면서 1789년 프랑스 대혁명이 시작되어 전재왕정은 무너뜨렸으나 정치적인 혼란은 계속되고 있었고 틈새에서 실각했던 왕당파들이 다시 군주제를 복귀시키고자 하였다. 이를 안 시민들은 다시 한 번 혁명을 일으킨 7월 혁명을 기념하기 위하여 1830년에 그린 그림이라고 말했다. 당시에는 이 그림에 대하여 논란이 많았다고 했다. 남성중심주의였던 프랑스에 가슴을 훤히 들어낸 여자가 사람들을 이끌고 있다는 것과 여자의 모습도 귀족이 아닌 하층민에 가까운 모습이고 거기다가 뒤따르는 남자들을 아래로 내려다보는 시선도 문제 삼았다. 또 오른편에 권총을 든 어린아이의 등장도 눈에 거슬렸다. 훗날 이 아이의 그림을 본 빅토르 위고는 레미제라블의 영감을 주었다는 설도 있고 또 이 그림을 토대로 뉴욕에 있는 자유여신상도 착안해 프랑스에서 만들어 미국에 기증한 작품이라고 말했다. 미첼은 말미에 사람들은 이 그림을 민중을 이끄는 자유여신이라고 말을 하지만 외젠 들라크루아는 여신이 아니라 민중을 이끄는 마리안느라고 했다. 그 이유는 민중을 이끄는 것은 누구나 할 수 있는 일이지 신이 하는 것이 아니라 했다."

성규는 소영이 떠나간 곳을 물끄러미 바라보았다. 그곳에는 뿌연 미세먼지가 마치 한 치 앞을 내다볼 수 없는 현실과 같아 보였다.

야산 중턱에 걸려 있는 호텔을 보았다. 마치 약시로 보는 것처럼 이미 그곳에도 미세먼지가 점령해 있었다.

자리에 앉자 바리스타가 TV를 보고 있었다. TV에서는 태극기와 성조기를 들고 아스팔트 위를 걷는 어르신들의 무표정한 모습이 눈에 보였다. 그들의 행동에는 하나같이 이정표도 없고 아무런 뜻도 없이 누군가의 지시에 의해 거리를 걷는 모습이었다.

"저들은 살아 있다는 것을 강변하고 있는 것일까?"

TV에는 기자 한 분이 어르신 한 분에게 인터뷰를 하는 모습이 포착되었다.

"누구를 지지하려고 이렇게 나온 것입니까?"

칠십이 넘어 보이는 할머니였다. 아마 기지도 안타까움에서 묻는 거였다.

"황교민이오. 황교민."

"황교민이 누굽니까?"

"황교민이오. 그냥 황교민."

그 말을 연호하며 부처님 미소를 하고 사람들을 따라갔다.

마치 레밍처럼 긴 줄을 서서 어떤 함정으로 빨려 들어가는 것만 같았다.

혜숙에게 전화를 걸었다.

한동안 신호는 갔으나 받지 않았다. 자리에서 일어나 억새밭 쪽으로 걸었다.

걸으며 주변에 있는 친구들을 생각해 보았다. 친구들을 만난 후로 줄곧 하나하나 떠나갔다.

억새밭 앞에 도착하여 늪지대 쪽으로 걸었다. 벌써 나뭇가지에는 물이 오르고 있는지 연녹색 눈을 끔벅거리고 있었다. 봄이 시작되고 있었다.

늪 위의 다리에 올라 아래를 내려다보았다.

물 위로 고개를 내민 연꽃 줄기가 한철을 다했다는 듯 검게 쪼그러져 말라 있었다. 그 틈에 허우적이는 사람들의 모습이 마치 실제형상처럼 보여졌다.

눈을 비비고 왜 이런 착시를 보고 있는 것인지 생각했다. 주위에는 아무도 없었다. 한줄기 바람이 스쳐 지나갔다.

새들이 바람과 함께 나타나 주위를 소란하게 하였다. 그 소리 속에는 아버지의 음성도 섞여 있었다. 눈을 감고 아버지의 마지막 음성을 생각해 보았다.

"성규야. 너는 아버지의 마음을 알지."

분명히 들리는 아버지의 목소리였다.

깜짝 놀라 눈을 뜨고 주위를 두리번거렸다. 주위에는 아무도 없었다. 그때 일순 작은 회오리바람이 늪에서 일었다.

눈을 비비고 회오리바람을 일으키고 있는 그곳에 집중하

였다. 메마른 갈잎과 억새 잎이 하늘로 치솟아 오르고 있었다. 그때였다. 전화벨이 울렸다. 전화기를 열어보니 혜숙의 전화였다.

전화를 받았다.

전화기 저편에서 혜숙이 목소리가 들려왔다. 갑자기 눈물이 핑 돌았다.

"전화를 받고 왜 말이 없어요. 무슨 일 있어요?"

한동안 전화를 들고 있자 혜숙이 말했다.

"그냥 전화를 걸었어."

성규는 그 말밖에는 할 말이 없었다.

"진료 중이라 전화를 받지 못했어요. 오늘 결과를 보고 내려갈 거예요."

혜숙이 성규에게 병원에 갔다는 말을 그때서야 했다.

성규는 한국에 들어왔던 이후를 생각해 보았다.

아버지의 죽음 이후 홍천사에서 혜숙과의 우연한 만남 그리고 혜숙을 통하여 초등학교 친구들인 소영이 민구 성훈 정권이를 차례로 만났고 그 이후 한국의 복잡한 역사처럼 하나하나 성규의 주위에서 떠나가고 있었다.

다시 걸었다.

억새밭에서 떠들어대던 뱁새 떼가 계속하여 따라오며 조잘거렸다. 억새밭의 끝인 공주산 근처의 나무벤치에 앉았다.

바람이 잠잠해지더니 새들도 어디론지 사라졌다. 눈을 감았다. 먼 곳에서부터 아버지의 음성과 어머니의 소곤거리는 소리가 들렸다.

문득 머리를 들어 주변을 살폈다. 주위에는 아무도 없었다. 목소리가 들릴 만한 곳도 없었다. 철썩거리는 강물도 그때만큼은 조용했다.

다시 눈을 감았다.

아버지의 목소리는 늘 그곳에 자리하고 있었다. 잔잔한 강물이 바람을 받아서인지 자꾸만 큰소리를 냈다.

막 석양이 시작되고 있었다.

노랗게 물든 서쪽하늘에 붉은 혀 같은 태양이 꼬리를 물고 있었다. 일어서서 태양을 맨 눈으로 바라보았다. 눈이 시려 먹장같이 변할 때까지 그대로 있었다.

서쪽으로 기우는 태양을 바라보다가 억새밭을 바라보았다. 주위가 검붉은색으로 물들어 보였다. 미첼이 그린 캔버스를 바라보고 있는 것 같았다.

곧 해가 서쪽으로 기울자 붉은 기운이 하늘을 덥고 있었다. 벤치에 앉아 짧지만 긴 세월같이 느껴지는 아버지의 죽음과 친구들의 모습들을 생각하였다. 시나브로 억새밭이 어두워져갔다.

'민구는 왜 이쪽저쪽을 오가며 온몸으로 싸움을 말렸던 것일까? 그리고 마치 귀중품처럼 야구 방망이를 아끼다가 소영에게 넘겼을까?'

자꾸만 밤이 깊어갔다. 주변에는 불빛도 없었다. 억새밭 사잇길이 허옇게 드러나 보였다.

'아버지가 저런 길로 떠나갔을까?'

혼잣말을 하며 하늘을 올려다보았다. 별들이 하늘에 일제히 피어올랐다. 차츰 선명하게 별자리가 보였다.

내일이 아버지의 사십구재인데 어떻게 해야 되는지를 생각해 보았다. 제주 행원리로 아버지를 모셔야 되지 않을까? 생각해 보았다.

평생을 가고 싶었으나 용기가 나지 않아 가보지 못한 아버지의 고향 그리고 할아버지 할머니의 고향으로 아버지를 보내드려야 한다고 생각을 하고 있을 때 하늘에서 한 개의 유성이 남쪽으로 희뿌연 선을 그었다.

'아버지를 행원리로 보내야겠어.'

조그맣게 혼잣말을 했다.

다시 하늘을 바라보았다.

하늘에 그려진 검고 푸른 하늘에 수많은 별들이 자리를 잡고 반짝거렸다.

문득 민구가 하늘에 보였다.

'친구 내가 그동안 했던 일들을 생각해 보았는가? 소영이와 혜숙은 친구로서 슬퍼만 하고 있는데 친구도 내 생각을 알지 못하는가?'

민구가 조용하게 말했다.

'나는 한국을 잘 모른다네. 소영이를 통해 들은 것이 전부이니.'

성규는 혼자서 대화하듯 민구의 모습을 바라보았다.

'학창시절에 그렇게도 외치고 다녔던 민주주의에 대한 설렘 그리고 우리 민족에게 내가 나서서 안겨주고 싶었다네. 하지만 민주주의가 무엇이었던가? 지금 우리는 보수라고 하는 사람들과 혁신이라고 하는 사람들의 담론에 국민들은 지쳐간다네. 다 민주주의를 원하는 것인데…… 난 그래서 내 몸을 불태우고 싶었어. 그게 내 행동의 답이라네.'

성규는 그 말을 생각하고 깜짝 놀라 자리에서 일어났다.

그때 갑자기 하늘에 보이는 수많은 별들이 강물 위에 한꺼번에 쏟아져 내렸다. 쏟아져 내린 별들을 보며 갈대밭을 빠져나왔다.

멀리서 호텔의 붉은 글씨가 눈에 들어왔다.

23

성규는 일찍 일어나 몸을 깨끗이 하였다. 아버지의 49재이고 아버지의 고향으로 가려고 오후에 있는 제주행 비행기표도 예매해 두었다. 홍천사로 가는 발걸음이 가벼웠다.

"처사님 오셨습니다."

주지가 웃으며 반겨주었다.

합장을 하고 주지에게 고맙다고 깊숙이 고개를 숙였다. 3층 법당으로 올라가는 발걸음이 가벼웠다.

법당으로 올라가자 혜숙이 무릎을 꿇고 기도하고 있었다. 성규는 혜숙의 모습을 바라보며 혜숙이와 같이 무릎을 꿇었다.

주지는 목탁을 두드리며 길게 염불을 하였다. 알아들을 수 없는 말이었지만 때론 처량하면서도 구슬픈 목소리로 들렸다.

"처사님. 오늘로 49재가 끝이 났습니다. 이제 아버님은 다른 사람으로 태어나셨을 것입니다. 다시 태어난 영가님을 위해 우리는 기도해야 합니다. 저기 위패를 모셔 놓았으니 아버지 일일랑 걱정하지 말았으면 합니다. 여기 수많은 위패들이 있고 아버지의 불도 밝혔습니다. 이제 보내드려야 합니다. 아버지의 유골은 어떻게 하실 겁니까?"

길게 염불을 한 주지스님이 말했다.

"어제 저녁 내 생각해 보았습니다. 아버지가 떠나고 한 번도 찾지 않은 아버지의 고향인 제주도 행원리 앞바다에 보내드리는 것이 자식된 도리라고 생각해 보았습니다."

주지는 한동안 성규를 바라보다 말하였다.

"나무관세음보살. 잘하신 생각입니다. 아버지의 고향으로 유골을 보내드리면 아버지의 영가도 고마워할 것입니다."

성규는 그 말을 듣고 합장을 하였다.

"여기 보살님의 말을 잘 들었습니다. 보살님을 파리로 데려가신다고요?"

주지스님도 다 알고 있었다.

"네. 그렇게 하겠다고 약속했습니다. 혜숙 씨에게 새롭게 시작해 보자고 말했고 저는 독신주의였는데 혜숙 씨를 보고 그 마음이 바뀌었습니다."

"이번 제주에 갈 때 보살님과 같이 갔으면 합니다. 그곳에서 이야기도 많이 하고 추억도 만들어 주었으면 합니다. 부디 행복하게 사셨으면 합니다. 적막강산인 절을 떠도신 보살님을 부처님께서 도우실겁니다."

"제가 그렇게 하겠습니다."

"잘된 일입니다. 보살님. 이제는 절로 떠돌지 마시고 재미있게 살아보세요. 보살님도 부족하다고만 하지 마시고 동등한 입장에서 사셔야 합니다."

"그냥 보살님을 모시고 떠나면 되는 것입니까?"

"파리로 떠나실 때 제가 간단하게 혼인식을 열어 드리겠습니다."

"고맙습니다."

"스님께 신세를 많이 지었습니다."

혜숙이 주지 앞에 고맙다고 말하며 합장을 하였다.

성규는 혜숙과 함께 혜숙이 기거하는 방에 들어가 비행기표가 있는지 알아보았다. 다행히 제주행 비행기표가 남아 있어 예매하고 납골당에 들러 아버지의 유골함을 가방에 넣어 공항으로 갔다.

제주공항에 도착하여 택시로 아버지의 고향인 행원리로 갔다. 택시기사는 육지에서 온 손님이 행원리를 콕 찍어 찾아서인지 무슨 말인가를 붙여보려고 틈새를 노리는 것 같았다.

"행원리는 관광지도 아닌데 그곳에 친척이라도 있습니까?"

더는 기다리지 못하겠는지 택시기사가 말했다.

"네. 아버지의 고향입니다."

"그렇군요."

"행원리에는 관광지도 아니고 구경할 만한 오름도 없어 영문이 있어서인지 해서 말했습니다."

"특별한 일이 있어서 왔습니다."

성규는 그 말만하고 더 이상 말을 하지 않으려 하였다.

"구좌읍 행원리에서는 4·3 때 사람들이 많이 죽었습니다. 해안가에서 2킬로 위쪽 사람들은 다 죽여도 좋다는 정부의 지시에 따라 그곳 사람들이 많은 피해를 본 곳이기도 합니다. 그곳에는 곱은재우영이라는 곳이 있어요. 그곳에서 사람을 모아놓고 총살을 했다는 곳이기도 합니다. 행원리와 월정리 사이에 4·3의 위령탑도 있어요. 4·3이 되면 그곳에서 매년 해원굿도 하는 곳입니다. 행원리는 넓은데 어디로 모셔야 됩니까? 지형을 모르시면 서북청년특별부대가 진을 쳤던 구좌중앙초등학교도 있습니다."

운전기사는 성규의 생각을 알고 있는 듯 말했다.

"구좌중앙초등학교로 가시죠."

알려주지도 않았는데 알아서 말을 해준 운전기사가 고마

웠다.

“저는 그곳보다는 행원리와 월정리 사이에 있는 4·3 위령탑이 있는 곳으로 모셔 드리고 싶습니다.”

운전기사는 큼지막한 여행용 가방을 바라보며 말했다.

“오늘 제가 가고 싶은 곳을 전부 다니면 안 되겠습니까?”

성규는 아버지가 살았던 곳과 아버지가 다녔던 초등학교 그리고 할아버지 할머니가 비명에 가셨던 곱은재우영을 다 찾아보고 할아버지가 생업으로 바다에서 일을 했던 그 바다에 아버지를 보내 드리고 싶었다.

“그렇게 하겠습니다. 이곳의 지명을 잘 모르시는 것 같아 제가 안내해 드리겠습니다. 말만 하십시오. 위치는 제가 찾아드리죠.”

“고맙습니다.”

이야기를 듣고 있던 혜숙이 고마움을 표시하였다.

택시기사는 위령탑이 있는 행원리와 월정리의 우회 도로변에 있는 위령탑 앞에 차를 세웠다.

“여기가 4·3 위령탑입니다.”

운전기사가 탑 앞에 주차시키며 말했다.

성규는 차에서 나와 여행용 가방에서 아버지의 유골함을 꺼내 위령탑 앞에 놓고 절을 하였다. 혜숙이도 성규가 절을 하자 따라서 했다.

저만큼에서 지켜보고 있던 운전기사가 슬픈 표정으로 그

모습을 바라보고 있었다. 위령탑에 93위를 모신 글귀를 보았으나 그 이름은 알 수 없는 이름들이었다.

위령탑에 절을 하고 일어서자 운전기사가 말했다.

"어느 분의 유골입니까?"

"아버지의 유골입니다. 아버지는 늘 행원리를 잊지 못했습니다. 하지만 이곳에서 있었던 일들은 세세하게 말하지 않았습니다. 다만 할아버지와 할머니가 이곳에서 돌아가셨다는 것과 그들의 도움으로 홀로 육지로 빠져나왔다는 것 말고는 아무것도 알지 못합니다. 고향이 행원리라는 말을 무척 많이 하셨습니다. 그리고 가좌중앙초등학교도 말을 하였고 동네 어귀에 키 큰 팽나무가 있었다는 것을 수도 없이 이야기하셨죠. 하지만 결정적인 이야기는 하지 않았습니다. 아버지에게는 제주의 이야기는 늘 금기의 언어였습니다."

"그랬군요. 지금은 세상이 많이 달라졌습니다. 4·3이 다시 조명되고 있고 대통령도 이곳에 오셔서 그때 있었던 일을 사죄하였습니다. 저는 제주에서 낳고 제주에서 자랐습니다. 이곳에서도 얼마 전까지만 해도 4·3은 금기어였습니다. 수많은 사람들이 화를 당했지만 그 일을 나서서 이야기할 수는 없었습니다. 그 말을 하면 빨갱이라는 명칭이 따라다녔죠. 이제 아버님도 편안히 떠나실 것입니다. 여기서 매년 4·3이 되면 해원의 굿을 합니다. 죽은 사람의 원통함을 풀어주는 굿이지요. 그럼 이제 행원리로 가겠습니다. 그곳에 가면 아직도 그때 역사의 흔적이 있습니다."

운전기사는 행원리에 대하여 손바닥을 보듯 훤히 알고 있는 것 같았다.

행원리를 찾아가니 아직 사람들은 그곳에 살고 있었다. 하지만 아는 사람이라고는 없었다.

마을에 아버지가 늘 말했던 키 큰 팽나무가 있었는데 고목은 죽고 그곳에 다시 자란 2세대 나무라고 운전기사는 말을 해 주었다.

행원리 주변을 보고 다시 찾은 곳은 구좌중앙초등학교였다. 학교 운동장에서 학교를 바라보니 교실은 지은 지 얼마 되지 않은 새 건축물이었다.

"이 건물들은 다시 건축된 것입니다. 예전의 학교 건물은 낡아 다시 지어졌지요. 여기에 무서웠던 서북청년단들이 주둔했던 곳입니다. 서북청년단이 이곳에서 사람들을 짐승 취급하며 마구 죽였으니까요. 공산당을 죽여야 한다는 명분이었지만 제주에 그 당시 공산당이 얼마나 있었겠어요."

"기사님은 어떻게 이 행원리에 대하여 그렇게 잘 아시는지요."

운전기사의 지역의 박식함에 놀라며 말했다.

"저는 이곳에서 가까운 월정리가 고향입니다. 월정리는 이곳보다 바다에서 가까워 화를 덜 당했지요. 바다에서 2킬로 위쪽에 있는 마을은 전부 많은 화를 당했던 곳입니다. 여기서 그리 멀지 않은 다랑쉬마을은 마을 전체가 없어져 버렸습니다. 그곳에 사는 사람들도 모두 화를 당했고요. 제주 주민이 그 당시 30만이었는데 그 10분의 1인 3만이 화를 당했으니 얼마나 참혹했겠어요. 조병옥이라는 작자는 당시에 이곳에 와 제주 주민 모두를 몰살시켜도 된다는 말을 공공연하게 말했답니다. 빨갱이라고 말하면서 말입니다."

그렇게 말을 하고 운전기사는 눈시울을 적셨다.

"같은 민족끼리……"

성규는 운전기사의 말을 듣고 그 말밖에는 할 수 없었다.

"이제 연대봉으로 가시지요. 그곳에 가면 그때 있었던 흔적이 지금도 남아 있습니다."

운전기사는 차를 몰고 연대봉 쪽으로 향했다.

혜숙은 성규의 어깨에 기대어 성규의 슬픈 역사를 생각하고 있는 것 같았다.

연대봉으로 오르며 운전기사는 성규 옆에서 지명에 대하여 알려주었다. 예전 이름은 어등포라고 말하였고 그곳에서는 다도해의 섬들이 연꽃 모양을 하고 있다고 해서 이름 지어진 곳이라 말했다.

4·3 때 무장대 토벌작전을 하려고 석성을 쌓았다는 흔적도 보여주었다. 그리고 석성의 이름을 4·3석성이라고 하였다. 또 그곳을 돌아보며 당시에는 이곳 주민들이 자주 찾던 무속 신앙의 사당도 있었다고 했다.

바다가 보이는 연대봉에 서서 아버지와 할아버지 할머니를 생각해 보았다. 아버지는 친구들과 놀이를 하러 이곳을 오르락내리락 하였을 것이고 할머니와 할아버지는 물질을 하러가 화를 당하지 않게 기도하러 이곳에 올랐을 것이었다.

"이제 이곳에는 더는 가볼 곳이 없어요. 요 아래로 내려가면 바다가 있고 해수욕장도 있습니다. 그곳에 가서 아버님의 유골을 보내드리는 것이 좋을 듯합니다. 그곳에는 아직 바닷물도 깨끗하고……"

그 말을 하고 의중을 살피듯 성규를 바라보았다.

"이렇게 돌밭에서 어떤 것을 경작해서 먹고 살았는지 지형이 무척 모질군요."

"여기 제주 도민들은 많은 사람들이 지슬을 먹고 살았지요. 쌀과 같은 곡식의 생산은 잘되지 않아 육지에서 가지고 들어오는 것이 많아요. 지슬은 이곳 말이고 육지 사람들은 지슬은 감자라고 합니다."

"그렇군요."

"아버지는 술을 한 잔 드시면 마포름 이야기를 많이 합니다. 그 마포름이 어떤 바람입니까?"

"아! 제주 사람이네요. 제주에는 이렇게 봄이 시작될 즈음 봄바람이 붑니다. 육지와는 다르게 그 해양성 봄바람은 사람들의 마음을 산란하게 하지요. 육지의 봄바람과는 확연히 다른 바람입니다. 그 봄바람에 유채꽃이 피고 동백이 붉게 물들지요. 제주 사람들은 그걸 잘 알아요."

택시는 해변을 달렸다.

"이곳이 월정리해수욕장입니다. 이곳에 보내드리는 것이 좋겠습니다. 저는 손님이 일을 하시는 동안 이곳에 있겠습니다."

운전기사는 길가에 차를 주차해 놓고 기다렸다. 성규와 혜숙은 아래로 내려가 한적한 해수욕장의 금모래밭에서 아버지의 유골함을 꺼냈다. 아버지와 함께 어머니를 보내 드렸을 때를 기억하며 유골함 앞에 넓은 돌을 찾아 재단을 차린 후 소주를 가득 따랐다. 성규와 혜숙은 그 앞에 절을 했다.

"아버지. 이제 보내 드립니다. 여기에 있는 이 사람은 아버지의 며느리 혜숙이입니다. 보아주세요."

그렇게 말을 하고 다시 술잔을 비우고 따랐다.

해수욕장에 바람이 불었다. 재를 소박하게 올린 후 유골함을 열고 유골을 한 움큼씩 바닷물에 뿌렸다.

혜숙도 성규가 하는 대로 따라서 했다. 아버지를 보내 드리는 성규의 눈에 눈물이 고였다.

"아버지. 이제 고향으로 오셨으니 편안히 잠드세요. 아버지의 마음을 아들은 잘 알고 있습니다."

유골함이 비워지자 성규는 그 말을 하고 모래사장에 엎드려 슬피 울었다. 옆에서 지켜보고 있는 혜숙도 눈시울을 붉혔다.

회오리바람 같은 것이 모래사장을 쓸고 지나갔다.

성규는 고개를 숙이고 눈을 감자 아버지의 모습이 어렴풋 떠오르고 그 옆에 어머니의 모습도 보였다. 그 뒤에는 안면이 전혀 없는 할아버지와 할머니 모습을 한 사람이 서 있었다.

눈을 뜨고 바다를 바라보았다. 바다에서 파도가 백사장으로 밀려오며 철썩거렸다. 멀리서 은은하게 들려오는 소리가 들렸다. 해원의 굿소리였다.

해원의 굿소리는 점점 더 가까이 들렸다. 물 위에 영상처럼 비치는 아버지의 형상과 어머니 그리고 할머니 할아버지의 형상들이 찌그러지면서 해원의 굿소리에 맞춰 사라져갔다.

"아버지. 어머니. 할머니. 할아버지. 좋은 곳으로 가십시오. 편안하게 잠드십시오."

성규는 그렇게 소리쳤다.

멀리서 그 모습을 지켜보던 운전기사가 백사장으로 내려왔다.

"이제 편안히 가셨을 겁니다."

그 말을 하고 먼 바다를 바라보았다. 운전기사도 누구를 생각하는지 눈에 눈물이 고여 있었다.

성규와 혜숙이 공항에 도착하여 비행기를 기다리고 있을 때 전화벨이 울렸다. 파리에서 온 미첼의 전화였다.

“미첼인가?”

“까미유 끌로델. 잘 지냈지.”

“지금 제주에 왔다네. 제주는 한국에 있는 섬인데 아버지의 고향이기도 해. 전시회는 잘 마쳤는가?”

“성황리에 마쳤다네. 그리고 성과도 좋았고. 프레디는 거의 매일 전시회장에서 연주를 했어. 여러 악기를 선보였고 이번에 작곡을 마친 까미유 끌로델이라는 오페라의 서곡과 프리마돈나가 연주할 곡을 연주해 주었다네. 음악을 전시회장에서 듣는 것도 좋은 일이었다네. 또 더 마음 뿌듯한 것은 친구의 작품평이 좋다는 것이네. 그래서 이번 숨 좀 돌릴 겸 해서 친구의 나라인 한국에 갈 예정이네. 친구가 좋다면 말이지. 어떤가?”

“나는 대환영이라네. 이곳에 올 때 친구는 화구를 가져오게. 이곳에서 작품을 그려 보면 어떨까 해서네. 프레디는 여기 억새밭에서 연주 좀 부탁한다고 전해 주게. 들고 다니기 쉬운 악기로 가져오면 될 듯도 하네.”

“알았어. 프레디에게도 그 말을 하겠네. 나는 부탁대로 화구를 챙겨갈 것이고.”

그 말을 하고 미첼은 전화를 끊었다.

친구들이 한국에 들어온다는 말에 저절로 힘이 솟았다. 그리고 매일 만나다시피 했던 친구들이라 꼭 파리에 들어가 있는 듯했다.

24

군산에 도착하자 혜숙은 정리할 문제가 많다며 홍천사로 떠나고 성규 혼자서 호텔로 돌아왔다.

객실에 있을 때 프레디로부터 전화가 왔다. 마침 비행기표가 있어 오늘 출발하게 되었다고 말하고 가는 길에 짐이 될 만한 악기는 가져가지 않고 바이올린만 한 개 가지고 간다고 말했다. 미첼은 한국으로 가지고 갈 화구를 정리해 짐을 꾸리고 있다고 했다.

호텔 침대에 누워 한국에서 있었던 시간을 생각해 보았다.

소영이로부터 배운 백제의 멸망과 한국의 근현대사에 대한 공부와 소영이의 견해를 생각해 보다가 고집불통이었던 민구를 생각해 보기도 했다.

민구의 초등학교 시절의 이야기 같은 전설도 생각해 보았다. 늘 똑똑하기만 한 학생이었던 민구가 왜 자기의 꿈을 실현시키지 못했는지도 생각해 보았다.

정권이와의 마지막 만남도 늘 마음속 찌꺼기로 남아 있었다. 성훈이의 처절한 싸움도 눈에 선하게 보이는 것 같았다.

내일이면 도착하게 될 한국의 친구들보다도 가깝게 지내던 파리의 친구들을 떠올려보며 처절하게 살고 있는 한국의 친구들과 비교되는 파리 친구들의 편안한 삶이 괜스레 질투가 날 지경이었다.

이리저리 선머슴아처럼 뛰어다니는 소영이의 모습이 눈에 선하게 떠올랐다. 늘 자세를 흩트리지 않고 다소곳하게 앉아 있던 혜숙이 모습도 눈에 선하게 들어왔다.

전화를 걸었다. 소영은 마치 기다리고나 있었던 것처럼 벨이 한 번도 마저 울리지 않았는데 전화를 받았다.

"나 소영이."

"혜숙이와 제주에서 조금 전에 도착했어."

"그럼 내가 블루오션으로 갈까?"

"그래주면 고맙고."

"알았어. 기다려."

옷을 주워 입고 아래로 내려갔다.

이번만큼은 먼저 가서 소영이를 기다리고 싶었다. 또 혜숙이에 대하여 알지 못하고 있는 것도 알아봐야겠다고 생각했다.

블루오션은 늘 한가했다. 시내에서 떨어져 있어서이기도 하고 평상시 사람들의 왕래가 없는 곳이기도 하여 더욱더 한가했다.

성규가 블루오션에 들어가자 바리스타가 반가운 손님이 왔다는 듯 반겼다.

"오늘도 한가하네."

성규가 인사했다.

"늘 이렇습니다. 손님이 있을 때는 한없이 많이 있다가 이렇게 한가할 때는 늘 이렇습니다. 오늘은 미세먼지도 없고 사람들도 많이 거리로 나올 듯한데……"

바리스타는 화창한 날에 실내에 있는 것보다는 밖이 더 좋다는 듯 말했다.

"멀리 제주도에 다녀왔어."

"그랬어요. 예보에서 오늘과 내일은 맑답니다. 미세먼지가 좋음으로 표기되어 있어요."

"그래요."

프랑스 친구들이 도착하는 내일이 맑다는 것이 너무도 좋았다. 프랑스 친구들은 내일 오전이면 이곳에 도착할 것이었다.

바리스타와 이야기를 하고 있을 때 소영이 들어왔다.

"오늘은 맑아서 좋다. 억새밭도 좋은 것 같아."

환한 미소로 소영이가 성규 앞에 앉았다.

"아버지 사십구재도 끝이 났고 아버지 고향인 제주에 아버지를 보내 드렸어. 아버지 고향에 처음 가보았는데 생각대로 좋은 곳이었지. 아버지께서 말씀하셨던 곳이었기에 그 지형을 들어서는 순간부터 몸으로 느낄 수 있었어."

"혜숙이랑 같이 갔는가?"

"그럼. 혜숙이도 좋아했지. 살면서 이런 날도 있다고 하면서."

"혜숙이도 이제는 지난 어려웠던 세월 다 잊고 잘 살아 줬으면 좋겠어. 그렇게 해줄 거지."

"그럼 나는 지금까지 홀로 살았으니 같이 사는 법을 좀 배워야겠지."

"혜숙은 진저리치는 세월을 보낸 친구야. 남편이 있긴 했지만 같이 얼마 살지 못하고 떠났지. 그놈이 지금은 어디서 살고 있는지조차 알 길이 없다고 입버릇처럼 말했어. 남편은 알코올장이였어."

"알코올장이가 뭐야?"

"알코올 중독자라는 것이지. 술만 마시면 지 마누라 주어패기가 일상이었지. 그래서 혜숙이 이혼을 했던 것이고 그 후 혜숙은 불교신도였기에 스님들을 통해서 이절 저절 찾아다니며 공양주보살로 살았어. 그러니까 산속에서 외롭게 사는 날이 많았다는 이야기지. 친구 덕에 나도 친구를 찾아간다고 이절 저절 많이 구경했었고."

"그럼 혜숙이 슬하에 자녀는 없었는가?"

"그런 것도 모르고 같이 살려고 했었는가?"

"혜숙이와 깊은 대화는 하지 못했네. 다만 혜숙이의 표정을 보아서 외롭고 쓸쓸했었다는 것을 알았을 뿐이지."

"자식은 없었어. 그리고 몇 년 전에 혜숙이 큰 병을 얻어 수술했었다는 이야기는 들었지."

"그것도 알지 못했어. 몇 년 전의 일을 내가 알 필요도 없고."

"암을 치료 받았었지. 그리고 지금도 가끔씩 정기검진을 하러 서울로 간다네. 이것은 알고 있어야 할 것 같아서 알려주는 것이야. 혜숙이도 자기의 흠결을 말하기 곤란할 것 같아서."

"그래서 지난번에 서울로 진료를 받으러 갔었구먼."

"이것이 기본적인 혜숙이의 신상이니 알아두게."

"알았어. 고마워."

"이제 아버지 일도 끝났고. 언제 파리로 들어가는가?"

"내일 오전이면 파리에서 같이 공부를 했던 친구들 둘이 이곳으로 온다네. 그들과 같이 지내다가 들어가야지."

"그럼 내일 술이라도 한잔 같이 할 수 있겠나?"

"그래야지."

두 사람은 차를 마시며 멀리로 햇살을 받아서 반짝거리는 강물을 바라보았다.

소영과 성규는 블루오션을 나와 억새밭으로 향했다.

봄 햇살이 내리쬐는 억새밭에는 아직도 크게 생명이 꿈틀거리는 기색은 보이지 않았다. 하지만 주변에 있는 수양버들과 능수버들 가지에는 푸른 눈이 조그맣게 꿈틀거리고 있었다.

"긴 겨울이 지나더니 이제 봄이 찾아왔네. 저 나뭇가지를 봐. 아무것도 보이지 않던 나뭇가지에서 저렇게 푸른 눈이 끔벅거리니 말이야."

"벌써 그렇게 되었네. 한국에 들어왔을 때엔 겨울이 한창이었는데 이제 봄기운이 완연해 졌어."

"지난겨울에는 일이 많았네. 유독 올겨울에 친구들 곁에서 일어나는 사건들이 많았어, 지금껏 이렇진 않았는데. 한국사회에는 늘 그런 사건이 줄을 이었네."

그 말을 해놓고 소영은 한차례 강물을 바라보았다.

"나는 한국에서 있었던 일들이 들려오면 멀리 있는 일처럼 느껴졌거든. 이제는 다를 것 같아. 이렇게 복잡한 일들이 늘 내재되어 있었다고 생각하니 한국에 있는 우리 동포들의 피로도가 얼마나 심했을까 하는 생각이 자주 들어."

"그렇게 사는 것이지. 아무것도 모르고 살 때가 행복한 것이고 좀 더 깊숙이 이 사회를 안다면 맨정신으로 살지는 못할 것이야. 요즘 민구가 떠나고 많은 생각을 했어. 사회학자인 남편에게도 이야기해 보았지만 남편은 사회학적으로 이해되지 않는다는 말을 하였어. 한국 사람들의 특수성은 유교적인 관습이라는 것이 많은 것을 차지하고 있거든. 학연이나 지연 그리고 혈연 등이 엄연히 존재해 있지. 그런 차원을 넘어서야 비로소 공동체라는 것이 작동될 것인데 그런 것이 문제야. 그렇다고 그런 문제들을 전부 없애버릴 수도 없는 일이고 말이야. 요즘 외국영화를 자주 보는데 그들은 가족을 위하여 모든 일을 하거든 나라에 충성하는 것이 아니라 가족을 위하여 모든 것을 내놓는 일 말이야. 극히 개인주의적인 사고여서 그런 영화를 내보내는 것이 아닌가 싶어."

"전 세계에 개인주의 사고가 모든 이성을 잠식했어. 우린 그 속에서 살고 있는 것이고 국가의 이익을 생각하라고 위정자들은 말을 하지만 그것이 그렇게 쉽게 되어 지겠어. 이미 개인주의적인 경향들이 차근차근 다가왔는데 말이야. 이것이 또 언젠가는 전체주의적인 것으로 바뀔 것이지만. 늘 그래왔어. 개인주의가 발달하면 전체주의가 서서히 숨을 틔우며 살아나고 또 전체주의적 사고가 발전하다보면 다시 개인주의 사고가 숨을 틔우지. 이것이 지금까지 있어온 세계의 철학이야."

"성규가 생각하기에 우리는 지금 어디에 와 있는 것인가? 그리고 우린 어디로 가고 있는 것이지."

"내가 우리 사회를 잘 알지 못하는 상황에서 어떻게 알겠어. 하지만 분명한 것은 유럽보다 한국은 모든 면에서 조금 늦다는 것이지. 그래서 한국에 다가올 것을 유럽에 비추어 미리 생각해 보는 거야. 그렇다고 보았을 때 한국도 급속하게 개인주의가 발전할 거라 생각되는 것이고 전통적 사고 속에 개인주의적 사고가 빠르게 차지하게 될 것이라 예견할 수 있는 것이지. 사람들은 더욱 그것을 부채질할 것이고……"

"그럴까?"

성규는 소영이와 억새밭은 걸으며 많은 대화를 하였다.

다시 억새밭 초입으로 걸어 나와 내일 프랑스 친구들이 오면 다시 만나자고 약속하고 헤어졌다.

로비로 들어가니 계산대에서 일을 하던 사람이 성규에게 편지를 내밀었다. 혜숙이한테서 온 편지였다.

방으로 오르는 동안 승강기 안에서 생각했다. 늘 만나고 싶으면 언제든지 연락하면 만날 수 있는 사이에 편지를 놓고 간 것부터가 이해가 되지 않았다.

요즘 성규와 만나게 해준 것이 고마워 새벽마다 법당에 올라가 합장하고 부처님께 고맙다고 기도했어.

그렇게라도 해야 내 벅찬 마음을 헤아릴 수 있었지.

성규가 말한 프랑스 파리의 멋진 모습도 상상해 보았고 파리에는 에펠탑도 루브르박물관 그런 것들을 상상하면서 보냈지.

항상 꿈을 꾸는 사람은 행복한가 봐. 일생에서 이런 행복감은 처음이었어.

상상의 나래를 펼쳐보고 성규의 예술세계를 옆에서 돕는 역할도 상상해 보았지.

같이 센강변을 거닐며 산책도 하고 얼마나 기막힌 상상인가?

이제 그 상상을 상상 속에서만 즐기며 살아야겠다고 결심했어.

친구가 이 편지를 읽고 있을 때 나는 이곳에 없을 거야.

주지스님께 내가 이 절을 떠난다고 말하였고 주지스님도 내 뜻을 존중해 주었어.

성규. 그동안 잘 살아줘서 정말 마음 뿌듯하다.

내 친구가 파리에 있다는 것과 세계의 예술가들과 같이 서 있다는 것이 너무도 마음 뿌듯했어.

이제 나는 이곳에서의 모든 것을 정리하고 떠나 부디 좋은 작품으로 세상을 빛내주길 부처님 앞에 빌께.

당신의 혜숙이가.

편지를 다 읽고 문을 박차고 나와 홍천사로 갔다.

홍천사에는 주지스님이 법당에 앉아 있었다. 뒤에서 주지스님의 경 읽는 소리를 들으며 그 자리에 무릎을 끓었다.

스님의 진지한 뒷모습을 보면서 혜숙이 문제를 거론할 수 없는 중압감이 있었다. 성규가 들어왔다는 것을 아는지 모르는지 경 읽는 소리는 한동안 계속되었다. 목탁소리도 간간이 섞여 가슴을 울렸다.

눈을 뜨고 중앙에 앉아 있는 부처님을 바라보았다. 그윽한 미소가 그대로였다. 목탁을 두드릴 때마다 부처님의 형상이 움찔거리는 것 같았다.

한동안 부처님의 얼굴을 똑바로 바라보고 있자 혜숙이 매일 새벽 부처님을 보고 기도하면서 무엇을 발원했는지 생각해 보며 부처님을 바라보았다.

그윽한 미소로만 보였던 부처가 이제는 가식적인 모습으로까지 보이기 시작했다. 더는 생각하지 말아야 한다고 생각하며 얼굴을 법당 바닥에 묻었다.

"처사님 오셨습니다."

엎드려 있을 때 경 읽는 소리가 끝나고 나지막한 목소리로 성규를 불렀다.

성규는 일어나 앉으며 주지스님께 말했다.

"혜숙 씨가 어디로 떠났습니까?"

주지스님은 성규의 얼굴을 천천히 바라보며 웃었다.

"보살님은 보살님 사정으로 이 절을 떠났습니다. 더는 알 수 없는 일이고요. 보살님은 한국에 있는 절을 두루 돌아다니신 분이라 아마 산중 깊숙한 곳으로 떠났을 거라는 생각을 합니다."

"주지스님은 아시잖아요. 저와 같이 파리로 떠나겠다는 것을요."

주지스님께 간절하게 혜숙이 떠난 곳을 알아보려고 했다.

"처사님의 생각을 저도 잘 알고 있습니다. 저는 단지 이제 보살님을 잊으라고 말하고 싶군요. 혜숙 보살님의 당부도 있고 해서 여기까지만 말씀드리겠습니다."

"저는 갑작스런 혜숙 씨의 행동을 알지 못하겠습니다. 제주까지 가서 조상님께 말씀도 드렸고 아버님께도 말씀드렸는데……"

"혜숙 보살님의 부탁이 있어 저는 여기까지만 말하겠습니다. 이제 다 잊어 주세요. 이 봄날에 꾼 긴 꿈으로만 생각하십시오. 떠나시기 전에 제가 차를 달여 드리겠으니 한 잔 하시고 가십시오."

성규는 어떤 단서라도 얻어볼 요량으로 승방으로 따라 들어갔다.

주지스님은 차를 달였다. 냄새가 혜숙이 끓여주곤 했던 보이차 냄새였다. 구수하면서도 상큼한 냄새가 승방에 차곡차곡 쌓여갔다.

"처사님. 혜숙 보살님을 더 이상 찾지 마십시오. 갑작스럽게 처사님의 의견을 듣지도 않고 이곳을 떠나게 된 개인적인 일이 있습니다. 저는 다음 생에 다시 만났으면 하는 소박한 소망입니다."

주지스님이 보이차를 찻잔에 따르며 말했다.

성규는 주지스님의 얼굴에서 어떤 사정이 있다는 것을 짐작할 수 있었다.

차를 마시고 혜숙의 사정을 더는 말하지 않고 승방을 나왔다. 승방을 나와 혜숙이 걸었을 주변을 걸었다.

성규의 심정을 알고 있는지 조용하게 처마 끝에서 풍경이 울어댔다. 한동안 풍경을 바라보다가 홍천사를 빠져나왔다.

호텔에서 파리에서 오는 두 친구를 기다렸다. 친구를 기다리며 혜숙의 갑작스럽게 떠나게 된 일이 무엇인지 생각해 보았다. 그러나 그동안 혜숙의 태도에서는 도무지 이렇게 갑작스럽게 떠나게 된 일이 무엇 때문이지 알 수 없었다.

소영이의 말대로 창밖은 미세먼지도 없었고 화창한 봄기운이 완연했다. 무심코 벽에 걸려 있는 민중을 이끄는 자유여신이라는 그림을 살펴보았다.

멀리 마르세유 감옥 위에서 지금의 프랑스 기인 삼색기가 펄럭이고 있었다. 마리안느가 들고 있는 삼색기와는 다른 뭔가를 느낄 수 있었다.

마르세유 감옥 위에 펄럭이는 삼색기가 상징하고 있는 것은 무엇인가 그것은 프랑스 혁명이 승리했다는 것이기도 했다.

죽은 자들이 길거리에 즐비해 있는 위를 역동적으로 앞으로 나아가는 민중을 이끄는 가슴을 드러낸 여인. 그녀는 사람이 아닌 자유여신이었던가? 프랑스인들은 그를 마리안느라고 하지만 우리는 굳이 자유여신이라고 불러지는 이유는 무엇 때문인가? 이 나라에선 자유는 신이 주는 것이라 생각하고 있는 것인가? 여러 생각을 하고 있을 때 전화벨이 울렸다.

"손님이 찾아오셨습니다."

로비에서 온 전화였다.

"그래요."

"여기 외국인들 두 분이 찾아오셨습니다."

"아 곧 내려가겠습니다."

전화기를 내려놓고 친구들이 왔다는 것을 직감적으로 알고 아래로 내려갔다.

"친구들 오셨는가?"

성규가 미첼과 프레디를 반겼다.

미첼은 화구가 담겨 있는 가방을 하나 더 들고 있었고 프레디는 바이올린과 가방을 들고 있었다.

"잘 있었지."

서로 부둥켜안고 반겼다.

성규는 미리 예약해 둔 방의 키를 들고 앞서 걸었다.

방은 금강이 훤히 내려다보이는 곳이었다.

여장을 풀고 둘이서 쉴 수 있도록 하고 방으로 들어와 소영이에게 전화를 걸어 저녁을 약속하였다.

다시 프레디와 미첼이 있는 방으로 들어갔다. 프레디와 미첼은 풍경이 좋다고 말하며 강물을 내려다보고 있었다. 성규는 소영에게 들은 동학혁명의 피가 흐르고 있는 금강이라고 설명하였다.

금강의 상류지역인 우금치 전투에 대하여 소상히 말하여 주었다. 성규의 말이 끝나자 미첼은 강물을 바라보며 생각에 잠겼다.

아마 프랑스 리옹을 지나는 론강이나 파리를 가로지르는 센강을 생각하고 있는 것이 분명하였다.

“미첼. 그림의 윤곽이 떠오르는가? 나는 친구가 그리고 있는 동안 친구를 위한 연주를 하겠네. 여기 까미유 끌로델도 좋은 소재거리가 있을 듯도 하겠지. 모르지 아직 상상 속에 조각을 생각하고 있을지도.”

“이제 한국 친구를 만나러 갈 시간이 되었네. 이곳에서 많은 공부를 하게 해준 사람이야. 같이 식사하면서 이야기해보세. 르조키만 못해도 이곳에도 좋은 곳이 있네. 몽파르나스의 사람들은 여전한가?”

“그럼 그들을 매일 르조키에서 만났네. 여기 한국으로 들어오기 바로 전날도 르조키에 있었지.”

프레디가 나서서 말했다.

이야기 속으로 향하는 내내 파리 이야기만 하였다. 미첼은 어떤 영감을 받았는지 차창 밖만 바라보았다.

차창 밖에 가게에서는 자기의 얼굴을 내밀려고 하나둘 불을 밝히고 있었다.

"이곳도 파리와 다름이 없네. 불이 들어오니 도시가 다르게 보여. 이곳으로 오면서 보니 허름한 골목 안의 그림이 보여 지더니 이제 또 다른 그림으로 장식되어 지네."

미첼이 창밖을 바라보며 혼잣말을 하였다.

이야기 속으로에 도착하자 소영이 미리 나와 기다리고 있었다. 미첼과 프레디를 소개시켜 주고 한국식 스테이크를 주문하였다.

소영이는 한국말로 반갑다는 말을 하였고 미첼과 프레디도 소영이의 모습을 관심 있게 바라보았다.

성규는 두 사람과 소영의 대화를 매끄럽게 해주기 위하여 통역을 해주었고 직역보다 의역을 하는데 힘썼다.

식사를 마치고 그 자리에서 차를 마셨다. 소영은 자연스럽게 한국에 대하여 설명하였다.

소영은 성규에게 말해주었던 것을 요약하여 한국의 근현대사에 대하여 외국인들이 이해하기 쉽게 정리해 이야기하였다.

미첼과 프레디는 소영의 이야기를 들으며 수긍한다는 듯 고개를 끄덕이기도 하였고 성규가 말했던 동학의 평등사상과 자치행정에 대한 것을 질문했다.

프랑스 혁명의 강이라고 말했던 센강처럼 미첼은 금강에

대하여 더욱 관심을 보였다. 성규는 미첼의 관심에 대하여 강가의 풍경을 그리려고 생각하는 것을 잘 알았다.

이후 넷은 술을 한잔씩 하면서 긴 이야기를 하였다. 이야기 말미에 혜숙이 떠났다는 말을 소영에게 말했다.

“갑자기 혜숙이 이곳을 떠났어. 편지 한 장을 남겨놓고 만나지도 못했어. 왜 그렇게 되었는지 소영은 잘 알고 있는가?”

“내가 말 안 했나?”

성규의 눈이 빛났다.

“이유를 알 길이 없지. 편지를 받고 곧 홍천사로 달려가 주지를 만났는데 잊으라는 말뿐이었어.”

“파리로 같이 떠나기 전 건강검진을 한다고 하더니 결과가 안 좋았다고 하더군. 혜숙이도 울면서 재발했다는 이야기를 했지. 재발은 사형선고나 매한가지인데 깊은 산속으로 가 수양하면서 살겠다는 말만 하였었네. 친구는 혜숙이를 더는 찾지 않았으면 해. 예전대로 살면 되는 것이지. 나도 그 이야기를 들었을 때 잠을 설쳤네.”

“그랬었어.”

성규는 소영이의 말을 듣고 눈물이 흘렀다.

미첼과 프레디는 영문을 몰라 성규의 얼굴만 바라보았다.

“오랜만에 만났는데 내 개인적인 이야기를 해서 미안하네.”

성규는 친구들에게 이해해 달라고 말했다.

소영은 그 말을 해놓고 성규의 침울한 모습을 바라보았다. 그리고 이런 자리에서 말을 잘못했다고 생각했는지 죄인처럼 행동하였다.

"자 그럼 오늘은 이만 돌아가세."

성규가 서둘러 술자리를 끝냈다.

소영이 프랑스 친구들에게 인사를 하고 떠났고 세 사람은 다시 호텔로 돌아갔다.

아침 일찍부터 미첼은 성규를 깨웠다. 성규가 늘 걸었던 그 강변을 가고 싶다는 거였다.

성규는 프레디와 미첼을 데리고 늘 걷고 사색하던 억새밭으로 향했다.

미첼은 그림을 그릴 소재를 찾고 있는지 공주산 앞까지 걷는 동안 아무 말도 하지 않았다. 그러다가 물가에 서서 넓게 펼쳐진 강물을 한참 동안 바라보았다.

미첼은 생각을 정리하였는지 억새밭에서 가장 높은 야산의 정상에 있는 금강정으로 올라갔다.

금강정에서 내려다보는 금강과 억새밭을 번갈아 바라보며 좋은 곳이라고 말하고 내려왔다.

호텔에서 식사를 마칠 즈음 미첼은 호텔방에 있는 화구를 가지고 나와 억새밭으로 갔다.

동행해준다고 말했으나 미첼은 굳이 혼자 가겠다고 하였

다. 프레디와 미첼은 호텔에 있다가 얼마쯤 지난 후에 미첼이 그림을 그리고 있을 억새밭으로 갔다.

미첼은 이젤을 금강정 위에 설치하고 그 위에 캔버스를 놓았다. 미첼은 열심히 손을 움직이고 있었다.

생각했던 대로였다.

미첼이 그리고 있는 이젤 위의 캔버스를 보았다.

온통 붉은색이 칠하여진 갈대밭과 금강이 햇살을 받아 반짝이고 있었다. 금강 위에는 아무것도 그려져 있지 않았다. 온통 붉은색이 전부였다.

피를 상징하듯 붉은색 위에 해가 솟아 있는지 캔버스 위에서 반짝이고 있었다. 그리고 강변에 있는 억새밭도 온통 붉은색이었다. 멀리 보이는 공주산도 그랬다.

캔버스엔 붉은색의 명암만 있을 뿐이었다. 붉은색 속의 억새밭에 한 사람이 공주산 쪽으로 걷고 있었다. 그 모습은 마치 고흐가 자신이 화구를 들고 그림을 그리러 다니는 모습을 그린 것 같이 그런 그림이었다.

"친구를 생각하여 그린 그림이네."

뚫어져라 바라보고 있던 성규를 바라보며 미첼이 말했다.

붉은색이 온 화폭을 점령해 있었지만 전반적인 그림의 형상은 진부하게 느껴지지 않았다.

"이 그림은 오늘 저녁이면 완성이 될 것이네. 그림이 완성되면 어제 보았던 소영 씨에게 기증할 것이고."

그 말을 하고 색을 덧칠하였다.

저녁이 다 되어 미첼이 화구를 들고 호텔로 돌아왔다. 완성된 그림을 성규가 있는 호텔방으로 가져와 친구들에게 감상하게 하였다.

프레디는 그림을 보고 벌써 다 그렸느냐고 말하며 감상을 하였다.

"여기 홀로 걸어가는 사람이 까미유 끌로델인가?"

"그렇다네."

아침이 되어 성규는 소영에게 연락하여 블루오션에서 만나자고 약속하고 친구들과 함께 호텔을 나와 블루오션으로 갔다.

블루오션 벽에 그림을 걸어두고 감상하면서 소영을 기다렸다. 늘 보아왔던 보석과 꽃의 그림과는 다른 느낌의 그림이었다. 바리스타도 한동안 그림을 감상하였다.

성규는 바리스타에게 청하여 가끔 왔던 소영이 친구가 오면 여기서 바이올린 연주를 하면 어떠냐고 말해 허락을 받았다. 블루오션에는 손님이 없어 가능한 일이기도 했다.

소영이 들어오며 친구들이 바라보고 있는 그림을 같이 감상하다 자리에 앉았다.

미첼이 그림을 떼어내 소영이 앞으로 가져왔다.

"까미유 끌로델. 이 그림을 여기 소영 씨에게 기증한다고 전하여 주게."

성규가 소영에게 그 말을 하자 소영이 고마워하며 그림을 받았다.

그림이 전해지자 프레디가 자기가 완성했다는 까미유 끌로델이라는 오페라 서곡을 연주하고 아리아도 연주해 보였다.

미첼은 저 곡을 매일 전시회장에서 들었다며 흥얼거리기까지 하였다.

"오늘 우리는 제주로 갈 것이고 제주를 구경하고 서울로 올라갈 것이야. 내가 친구들의 여행 가이드를 할 것이고……"

성규가 소영에게 그동안 고마웠다는 표현으로 그렇게 말했다.

"그런가?"

"이제 곧 파리로 들어가네. 언제 파리에 오면 꼭 연락해 주게."

그렇게 소영이와 헤어졌다.

세 사람은 서둘렀다. 비행기 시간도 촉박했다.

호텔에서 체크아웃을 하고 공항으로 갔다. 4·3이 다가오자 제주로 향하는 사람이 많아 겨우 비행기에 탔다.

제주에 도착하여 먼저 4·3기념공원에 들러 꽃을 헌화하였다.

프랑스인들은 성규가 헌화하자 영문을 몰라 했지만 소영이가 말해 주었던 4·3기념공원이라고 말하자 그들도 수긍하였다.

그리고 아무것도 새겨져 있지 않고 누워 있는 백비를 구경시켜 주면서 성규가 백비에 대하여 설명하여 주었다.

"여기에 이렇게 쓰여 있네. 언젠가 이 비에 제주 4·3의 이름을 새기고 일으켜 세우리라."

"그것이 무슨 뜻인가?"

미첼이 의아한 표정을 하였다.

"4·3이라는 단어는 콜라보라시옹처럼 금기의 단어였어. 언젠가는 4·3이라는 단어도 사람들이 알게 될 거라는 기다림에서 만든 것이라는 뜻이야."

"이 나라에도 그런 아픔도 있었는가?"

4·3기념일이 다가오자 공원에도 행사가 많아 사람들의 왕래도 잦았다.

서둘러 성규의 고향이기도 한 행원리를 한 바퀴 돌고 제주의 좋은 곳을 구경시켰다.

오후 들어 서울행 비행기를 탔다. 고궁을 구경하고 인천공항으로 가야 되기 때문에 일정도 바빴다.

광화문 앞에 도착하자 나이가 많은 사람들 한 무리가 태극기와 성조기를 들고 지나갔다.

미첼과 프레디가 저들이 누구냐고 물어왔다.

"우리는 저렇게 시위를 하는 겁니다."

설명할 수가 없어서 간단하게 말하자 미첼과 프레디는 차 안에서 그들의 모습을 뚫어져라 바라보았다.

인천공항에서 신문을 가지고 비행기에 올랐다.

신문에 낯익은 그림이 있었다. 자세히 보니 미첼이 그려 소영이에게 주고 간 그 그림이었다.

그림의 출처가 프랑스 유명작가의 금강하구라는 작품이라고 설명되어 있었다. 일부 사람들이 붉은색이 화폭을 점령해 있다며 이 그림을 빨갱이 그림이라고 격하시키는 발언을 한다고 설명되어 있었다.

민중을 이끄는 마리안느

1쇄 발행일 | 2019년 08월 15일

지은이 | 윤규열
펴낸이 | 정화숙
펴낸곳 | 개미

출판등록 | 제313-2001-61호 1992. 2. 18
주소 | (04175) 서울시 마포구 마포대로 12, B-108호(마포동, 한신빌딩)
전화 | (02)704-2546
팩스 | (02)714-2365
E-mail | lily12140@hanmail.net

ISBN 979-11-90168-00-7 03810

값 15,000원